VICTORIA
A CELEBRATION OF A QUEEN AND HER GLORIOUS REIGN

図説 ヴィクトリア女王
英国の近代化をなしとげた女帝

デボラ・ジャッフェ
DEBORAH JAFFÉ
二木かおる 訳

原書房

図説　ヴィクトリア女王

目次

序文

ヴィクトリア女王の治世は六三年七カ月におよぶ。これはイギリス君主の中でも歴代最長の在位年数である［二〇一五年にエリザベス二世の在位が最長記録を更新する］。女王の在位期間中はイギリスが地主階級中心の農業国から高度な工業国へと先例のない変革を成し遂げた時期と重なる。この変革の余波は世界中におよんだ。

一八三七年、ヴィクトリアは一八歳で女王の座についた。ジョージ三世の息子であり、ヴィクトリアにとっては伯父にあたるウィリアム四世が死去したためだ。当時の首相はメルバーン卿だった。議会はすでに選挙法改正に取り組み、君主からの独立性を保ち、議会制民主主義へと進んでいた。この流れはヴィクトリア女王の在位期間中も変わることはない。工業化が急速に進み、人々は加工工場や製造工場での職を求めて農村から都市部へ流入し、大きな社会変動がもたらされた。豊かな中流階級と貧しい労働者階級の出現

上:ジョージ三世。ヴィクトリア女王の祖父（画家アラン・ラムジー流の絵）
前ページ:ヴィクトリア女王。56歳

である。

ヴィクトリア女王の統治下では植民地の獲得が進み、イギリス人がその地を支配することで大英帝国が急速に拡大する。帝国は本国イギリスに巨万の富と権力をもたらしたが、女王の即位当初から、植民地の境界線をめぐって戦争や小競り合いが絶えなかった。アフガン戦争では、インドへ触手を伸ばそうと目論むロシアを一八三九年にカブールで阻止する。東インド会社は中国とのアヘン戦争に深く関与し、一八四二年には香港島がイギリスに割譲される。一八五七年にインドで大反乱が起こって東インド会社の限界が露呈すると、イギリス政府はこの大国を直接の支配下に置いた。思いがけない幸運から、イギリス政府は一八七五年、数年前に開通したスエズ運河の筆頭株主となる。ジョージ三世の時代に始まったオーストラリアへの囚人の流刑が廃止されると、この広大な大陸とその隣に位置するニュージーランドへ自由移民が移住を始める。カナダではハドソン湾会社がイギリスの私企業から本国政府に譲渡された。一九世紀末に南アフリカ戦争が起こり、ヨーロッパ諸国との競争がアフリカ大陸で熾烈を極めた。一九世紀中頃のアメリカ合衆国は、南北戦争のさなかの若い国で、世界における政治的、経済的影響はまだ限られたものだった。

革新の時代

一九世紀は偉大な発見と発明の時代でもある。ヴィクトリア女王自身、幼少期は前工業化時代であったが、女性統治者へと成長すると最新の発明品を使いこなし、その考案者と言葉を交わすよ

ヴィクトリア女王とアルバート王子（1854 年、ロジャー・フェントン撮影）

うになる。この世紀のもっとも画期的な発明は蒸気鉄道である。ジョージ・スティーブンソンが一八二五年に蒸気機関車ロコモーション号を設計し、ストックトンからダーリントンのあいだを走行したときには、この成功がもたらす影響の巨大さはまだ真に理解されていなかった。鉄道はイギリスの景観を変え、多くの雇用を創出しただけではなく、手ごろな団体旅行を提供するトーマス・クックのような実業家も生み出した。そして、新たな輸送手段をたたえるかのような、大聖堂という呼び名にふさわしいセントパンクラスやパディントンといった主要駅が建設される。

イザムバード・キングダム・ブルネルは橋、鉄道、船を建造して工学技術のさらなる発展に貢献し、トーマス・キュービットは大規模な住宅開発に携わる。ハーバート・ミントンはタイルのデザインをピュージンに依頼し、ストーク・オン・トレントにある自社工場で製造して、一八五一年に開催された万国博覧会に展示した。新しい写真技術が開発され、女王はこれを大いに利用する。ヴィクトリア女王の治世は王室史上初めて、写真によって細部まで記録されることになる。また、晩年には、ヴィクトリア女王は電話を頻繁に使用していた。

新たに誕生した中流階級がさらなる豊かさを享受する一方で、労働者階級はひどい貧困にあえいでいた。多くの人々が農村部から新しく発展した都市へと流入する。一九世紀初頭には都市部の人口は全体の二二パーセントだったのに対し、その終盤には七七パーセントに増加した。一八三四年には労働組合や労働運動の基礎が築かれる。この年、トルパドルの殉教者として知られる、労働環境の改善を求めた農場労働者たちがオーストラリアへ流刑となった。

庶民の住環境が劣悪だったために、公衆衛生が深刻な課題となり、下水設備の改善を求める運動が始まる。クリミア半島の陸軍病院で看護師をしていたフローレンス・ナイチンゲールがイギリスで清潔・安全な病院の体制を整えた。チャールズ・ダーウィンは生命の起源に疑問を呈し、キリスト教会などと激しく険悪な論争を繰り広げる。チャールズ・ディケンズ、シャーロット・ブロンテ、ジョージ・エリオット、エリザベス・ギャスケルらの小説家は新しい形の論理的な散文や詩を通して、ヴィクトリア朝のイギリスにおける格差や矛盾を描写する。ジョージ・クルックシャンクをはじめとする風刺家や風刺漫画家は雑誌『パンチ』に社会の不平等や悪を大いに書きたてた。その一方で、一八四二年創刊の『イラストレイテッド・ロンドン・ニュース』紙はイギリスや王室の出来事を絵や写真をふんだんに使って紹介した。

ヨーロッパの親族との結婚

ヴィクトリアと彼女のいとこにあたるアルバート王子との結婚により、イギリス王室とドイツのザクセン＝コーブルク家との結びつきがより強固になる。これはふたりの叔父にあたるベルギー国王レオポルド一世にとって喜ばしいことであった。使者として送ったシュトックマー男爵を通して、レオポルドはヴィクトリアが国政にあたる際に緊密に助言を与えた。レオポルドが亡くなり、子どもたちがヨーロッパ各地の王室と婚姻関係を結ぶと、ヴィクトリアは事実上、ヨーロッパ王室の頂点に立つ。

ふたりの結婚生活は、アルバートが腸チフスで急逝したために短いながらも、愛と情熱、そして

バルモラル城でのヴィクトリアとジョン・ブラウン（1868年）

口論と憂鬱の入り混じるものだった。高等教育を受け、洗練されているが堅物の若者であるアルバートは、当初、イギリス王室の浮ついた雰囲気と、結婚に対する議会からの敵意ある反応に不満を感じていた。ヴィクトリアは気楽な音楽を聴いたり、トランプや、本を少し読んだりしながら余暇を過ごすのが好きだったが、知的なアルバートは時代の先端を行く発明家や技術者、実業家、有数の慈善家などに会ったり、国政に関わることを好んだ。彼のもっともすぐれた業績の一つは、先頭に立って万国博覧会を企画し、成功させたことだろう。ヴィクトリアも子どもたちと一緒に何度も訪れ、工芸品を買ったりして存分に楽しみ、アルバートの功績をずっと誇りに思っていた。

　愛情の欠落した寂しい子ども時代を過ごしたため、ヴィクトリアとアルバートは家庭生活をとても大切にしていた。ふたりはバッキンガム宮殿とウィンザー城の空気を重苦しいと感じており、プライベートな時間を過ごすためにワイト島のオズボーン・ハウスとスコットランドのバルモラル城を購入した。

　オズボーン・ハウスはソレント海峡を見下ろすイタリア様式の建物で、アルバート王子とトーマス・キュービットが設計を手掛けた。アルバートはソレント海峡をナポリ湾に見立て、建物を結婚前に訪れたイタリアの様式にする。庭には九人の子どもたちが遊べるように、小さなスイス風コテージも建てた。

　スコットランド高地地方《ハイランド》のバルモラル城はドイツの城を模している。これはアルバート王子が子ども時代を過ごしたドイツ、チューリンゲン州のコーブルクにある城を彷彿とさせる。ヴィクトリア女王一家はバルモラル城で過ごすのが好きで、乗馬や登山を楽しんだ。これにはしばしば狩猟等の案内役であったジョン・ブラウンも同行した。九人の子どもたちを慈しむ夫妻の家族像はマスコミにも数多く取り上げられ、この時代に誕生した裕福な中流階級の人々の理想とされる。

ヴィクトリア女王は君主であるのみならず、母親、祖母、そして曾祖母の役割も担っていた。女王にとって妊娠と出産は極めて骨の折れる経験であったが、娘や孫娘のお産のときにはいつも温かく励ました。ヴィクトリア自身は八人目の子どもであるレオポルドを産む際に、苦痛を和らげるためにクロロフォルムを使用する。これは激しい宗教的論争と医学的議論を巻き起こしたとはいえ、画期的なことだった。それまでの長きにわたって女性が耐えてきた出産の痛みに対する考え方を変えたのだ。さらに、レオポルド王子の誕生は、女王一家に血友病という恐ろしい病気の存在を突きつけた。ヴィクトリアの子どもたちが婚姻関係を結んでいたため、この血友病はヨーロッパ王室に広まった。

ヴィクトリア女王とアルバート王子は長女のヴィクトリアをとても可愛がっていた。この第一王女はドイツ皇帝フリードリヒ三世と結婚する。しかし、晩年、女王は娘ヴィクトリアの長男で、自分の孫にあたる、のちのドイツ皇帝ヴィルヘルムの行いが気に入らないと公言するようになる。そして、女王夫妻の長男、皇太子アルバート・エドワード（バーティ）は若い頃から両親の心配の種となる。姉のような才能の片鱗も見せず、身持ちの悪い女性を偏愛する傾向は両親を大変悲しませた。

女王、女帝、そして帝国の母

一八六一年に愛する夫アルバート王子が亡くなる。その直後にヴィクトリア女王に対する国民の同情が広がるが、これは長く続かなかった。アルバートの葬儀に関連する儀式が終わると女王は隠遁者のようになり、夫の記念碑を建て、その生涯を本にまとめた。しかし、国民は女王がたたえるほどアルバートがすばらしい人物であったとは信じず、国が支払う王室費、すなわち議会が定めた君主への給付金に対して憤っていた。そして、君主制への支持が何度も揺らいでいたことから、チャーティスト運動という形をとった共和主義が支持を得る。

一九世紀は服喪の時代であった。喪失と悲しみに耐えているのはヴィクトリア女王だけではない。多くの家族が死に打ちのめされていた。この時代は幼児死亡率と死産率が高く、労働者階級は（アイルランドでの壊滅的なジャガイモの不作による飢饉も一因とされる）栄養不良に苦しみ、コレラ、腸チフス、結核などさまざまな病気が蔓延していた。さらに、

ハイランドにあるグラサルト・シール邸。ヴィクトリア女王による水彩画

クリミア戦争や南アフリカ戦争、暴動での負傷者や死亡者、工場や鉄道で事故に巻き込まれる人々が大勢いた。喪中にふさわしい装いが広がり、コートールド社のような企業は黒いクレープ地の製造が収入の柱となった。

ベンジャミン・ディズレーリ首相の思いやりと魅力、そしてジョン・ブラウンの厚い友情と献身のおかげで、次第に、ヴィクトリア女王はふたたび国民の前に姿を現すようになる。ヴィクトリア女王にとってハイランドで過ごす時間は、とりわけ大切だった。数カ月にわたってバルモラル城で過ごし、ジョン・ブラウンと乗馬を楽しんだり、敷地内のひっそりとした別邸に滞在して、ハイランドの景色を水彩画で描いたり、日記を綴ったりすることもあった。

ジョン・ブラウンが亡くなると、女王はこの親友の死を『タイムズ』紙の王室行事日報の欄に掲載するように命じた。数年後にはブラウンの役割を、インドでは書記という意味のムンシーとして知られるアブドゥル・カリムが務めるようになる。一八七六年にヴィクトリア女王はインド女帝となったことに喜び、ヒンドゥスターニー語を学んだり、カレーを食べたりしてエキゾチックな文化を楽しんだ。オズボーン・ハウスにはダーバールームと名付けたインド様式の部屋も増築される。古今東西の多くの人々のように、女王もインドの魅力にとりつかれたのだ。

ヴィクトリア女王は一八八七年に在位五〇周年記念式典《ゴールデン・ジュビリー》を、一八九七年には在位六〇周年記念式典《ダイヤモンド・ジュビリー》を執り行う。しかし、八〇歳を過ぎてからは健康状態が思わしくなく、一九〇一年一月二二日にオズボーン・ハウスで息を引き取った。女王の死は予期されていたことであったにもかかわらず、この知らせに国民は呆然とした。長年のあいだヴィクトリア女王は常に「そこにいる」存在で、その在位年数は一般的な臣民の寿命よりも長かったのである。人々は祈りや礼拝を捧げ、イギリス国内だけでなく世界中の新聞に死亡記事が掲載された。

イギリスにおいて一九世紀は特別な時代だった。変化と安定、進歩と伝統、富裕と貧困が共存し、発明と改革が巻き起こる。このすべてがヴィクトリア女王の統治下での出来事なのだ。歴史家にとっては、女王の治世はその先例のない長さだけでなく、この時代を記録した資料の多さという点からもたぐいまれである。経費、王室関係者のリスト、支出金額が公式に記録された。ヴィクトリア女王自身も詳細な日記をつけ、その長い生涯にわたって数多くの手紙をしたためている。女王の秘書官であったチャールズ・グレヴィルとヘンリー・ポンソンビーも自分たちの日記に出来事を綴っていた。ヴィクトリア女王の時代に起きたさまざまなことは、二〇世紀にも長きにわたって影響をおよぼした。手厚い庇護の下で育てられた小柄な年若い女性は女王となり、イギリス史のみならず世界史上、極めて興味深く、重要な時代にその名を馳せたのである。

第一章　アレクサンドリーナ・ヴィクトリア王女

国王ジョージ三世の孫としてアレクサンドリーナ・ヴィクトリア王女が生まれた一八一九年には、イギリス王室は混乱状態に陥っていた。国王の家族につきまとうイメージは放蕩、不倫、非嫡出子、狂気といったもので、見習うべき模範的な家庭生活と見なされるのはまだ何年か先の話であった。国自体も君主制と折り合いが悪く、王室の不真面目な態度や贅沢な生活を支える費用に対して疑問が呈され、共和主義者が異議を唱え始めていた。議会は国王からの独立性を強め、改革を通して、イギリスを完全な民主主義国家にしようとしていた。

一八一五年にウェリントン公爵がワーテルローでナポレオンに勝利すると、国を統治する側の上流階級と軍にとっては大きな自信になり、ヨーロッパではイギリスが最強であると目されるようになる。フランスのように国内での大規模な内乱もなく、近隣で領土を拡張する必要性もない。イギリスにとって領土拡大とは大英帝国内や、アメリカ大陸、アフリカ、アジア、オーストラリアなどの植民地化を通して、遠隔地で行うことだった。フランスは君主制主義者と共和制主義者が国内で流血の争いを繰り広げていた。ドイツとイタリアはまだ一つの国家として統一されておらず、複数

前ページ:14歳のヴィクトリア王女と愛犬ダッシュ(ジョージ・ヘイター画)

の小さな公国から成り立っていて、各公国がしのぎを削り、同盟を強化しようとしていた。拡張主義をとるロシアは常に国境線を押し広げようとしている。国家の拡大はヨーロッパの多くの国家元首にとって重要課題であった。

イギリスは世界における強国という地位を確立していたが、君主制の足元は危うかった。狂気が露見し始めたのは国王ジョージ三世の治世である一七八〇年代だ。国王は代謝性疾患のポルフィリン症を患っていた。この時代には一五人の子どもたちや王妃のシャーロット・オブ・メクレンバーグ=ストレリッツに嫡子はできず、子どもができても王位を継承することができない非嫡出子だけだった。ジョージ三世の息子たちは、特に女優を相手に不倫するのを偏愛していて、この当時は誰もまともに結婚していなかった。

一八一〇年、国王の病状に回復の見込みがなくなって記憶障害が出始めると、摂政が置かれることになり、長男で皇太子のジョージが摂政皇太子となった。臣民の大半が新しい工場で過酷な労働に耐え、衛生状態の悪い住環境で暮らす中、多くの人々は浪費を重ねる摂政皇太子の派手な生活を不快に感じていた。議会も同様で、摂政皇太子との関係は悪かった。与党のホイッグ党は改革を掲げていた。ジョージ三世になってから、議会から君主へ支給される王室費の見直しが要求される。一七六〇年にジョージ三世は年額八〇万ポンドの定額で合意していたのだが、子どもが増えるにつれてこれではまかないきれなくなり、たびたび議会に追加を要求するという状態だった。

王室では王位継承について問題が持ち上がっていた。ジョージ三世のいとこで、ハノーヴァー家の傍系にあたるブラウンシュヴァイク公爵が将来、王位を継ぐ可能性が濃厚になっていた。この問題の解決は、摂政皇太子の嫡出子であるシャーロット王女に期待される。彼女はプロイセンのザクセン＝コーブルク家の風変わりなレオポルド王子と結婚していた。しかし、一八一七年一一月、摂政皇太子から直系の娘へ継承するという望みは絶たれた。死産の末、シャーロット王女が亡くなってしまったのだ。

これを受けて、ジョージ三世の三男であるクラレンス公爵ウィリアムが二〇年間一緒に暮らし、一〇人の子どもをもうけていた女優のドーラ・ジョーダンと別れ、ドイツのザクセン・マイニンゲン家のアデレード王女と結婚した。妻とのあいだにはふたりの娘が生まれたが、幼児期に亡くなってしまった。

この頃、寡夫となったレオポルド王子はイギリスにとどまり、新たな計画を模索していた。プロイセンのザクセン＝コーブルク家の縮小版をヨーロッパ最強のイギリス王室の中に築くという彼の野望が、イギリス王室を救うことになった。シャーロット王女との婚姻に際し、医師のクリスチャン・シュトックマー男爵がレオポルド王子に伴ってイギリスへ来ていた。しかし、軍医としての経験しかなく、産科医は無理だと言って、王女の妊娠と出産に際して医学的な助言をすることを拒否する。彼は宮廷での生活に魅せられ、特使、相談役、折衝者となり、五〇年間にわたってイギリス、ベルギー、そしてザクセン＝コーブルクにおいてレオポルドに仕えた。

レオポルド王子が特別に結婚仲介人として、彼の姉でライニンゲン公爵に嫁ぎ、若くして寡婦となったザクセン＝コーブルク家の王女ヴィクトワールをイギリス王室に紹介したことで、継承問題の危機は回避された。ヴィクトワール王女の夫は一四歳のカールと一〇歳のフョードラを残して亡

イギリス王室の面々を描写したエッチング『新しい宣言後も見過ごされる悪徳:強欲・泥酔・賭博・放蕩』（1792年、ハンナ・ハンフリー作）

くなっていたのだ。

五〇歳で独身だった国王ジョージ三世の四男、ケント公爵エドワードは兄のように贅沢な暮らしを好み、長年付き合っていた愛人がフランスにいた。しかし、彼はヴィクトワール王女に会った瞬間に、継承問題が解決できると悟る。一九歳という年の差は結婚を阻む理由にはならなかった。王女は当初、彼を嫌悪していたが、弟からの度重なる説得もあって、最終的には結婚をしぶしぶ承諾した。一八一八年七月一一日、ふたりはコーブルクの巨人の間で挙式した。

未来の女王の誕生

婚礼から間もなく、公爵夫人は懐妊した。公爵はこの子が無条件で王位継承権を認められるよう、イギリスで生ませようと決意する。そのため、夫人が妊娠後期だったにもかかわらず、一八一九年四月に公爵夫妻はドイツ人の助産師を伴ってイギリスへ戻った。当時のイギリスでは、出産時に大切な、医療従事者としての助産師の役割が認識されていなかったが、ドイツでは大学教育を受け、医師と肩を並べて働く存在だった。ケント公爵は出産で命を失ったシャーロット王女の悲劇は繰り返すまいと、マールブルク大学で学んだ助産師のレジーナ・フォン・シーボルトを雇う。

一八一九年五月二四日、ケント公妃はケンジントン宮殿で元気な女の子を出産した。ケント公爵夫妻に女児が誕生した知らせは、男児の誕生を強く望んでいた宮廷と、イギリス王室の首をかしげたくなるような騒動に当惑していた国民に温かく迎えられなかった。ロンドンでは、新生児の名前を選ぶのに苦心する。シャーロット王女が死去したため、シャーロットはふさわしくない。両親は子どもの母親であるケント公妃にちなんでヴィクトリアとしたかったが、名付け親のひとりであるロシア皇帝アレクサンドル一世は自分の名前の女性形であるアレクサンドリーナを望んでいた。摂政皇太子も名付け親であり、洗礼式にも参列したのだが、この赤ん坊にはなんの優しさも示さなかった。ロシア皇帝に敬意を示し、反感を買わないようにとの配慮から、子どもは一八一九年六月二六

寡婦となったケント公妃と幼い娘のヴィクトリア王女（1821年、サー・ウィリアム・ビーチー画）

日にケンジントン宮殿でアレクサンドリーナ・ヴィクトリア王女と名付けられ、洗礼を受けた。幼少期にはドリーナと呼ばれることになる。

イギリスでの出産に立ち会ってからすぐに、レジーナ・フォン・シーボルトはコーブルクに戻り、今度はケント公妃の義理の姉、ルイーズ公妃の出産の世話をした。この義姉はケント公妃の兄、ザクセン＝コーブルク家のエルンスト公爵の夫人で、アルバート王子を産んだ。

ケント公爵は贅沢な生活を送っていたため、深刻な負債を抱えていた。一八一九年から一八二〇年にかけての冬、なるべく費用をかけないようにとケント公爵一家はデヴォンの海岸沿いの保養地シドマスへ休暇で出かけた。冷たい海風の中を散歩に出たために、公爵は風邪をひいてしまった。この風邪から快復することはなく、数日後に肺炎で亡くなってしまう。遺書には侍従のサー・ジョン・コンロイが遺言執行人になるとしたためられており、さらに、莫大な借財があることが公爵夫人に伝えられた。

ケント公爵は一八二〇年一月二三日にウィンザーに埋葬された。父親のジョージ三世の死去からわずか六日後であった。いまや摂政皇太子がジョージ四世として即位し、父親を失った生後わずか八カ月のドリーナが突然、グレート・ブリテン、アイルランド、および海外領土から成る王国の未来を担う者として脚光を浴びるようになる。クラレンス公爵夫妻に新たに子どもが生まれなければ、そう遠くない将来に女王となる可能性があるのだった。

ドリーナの子ども時代

ケンジントン宮殿での生活は、いまや三人の子どもを抱え、ふたたび寡婦となったケント公妃にとっては息苦しいものだった。彼女はいわば、イギリス人大家族の中で敵視されているドイツ人なのだ。ケント公妃は英語を習得するのは難しいと公言していた。しかし、歴史家のエリザベス・ロングフォードによると、彼女は流ちょうに英語を話せたが、同情を買うために苦手な振りをしていたらしい。

ケント公爵の借財を清算しなければならなかった。実家のコーブルクへ帰りたい気持ちも大きかったであろうが、公爵の未亡人にとって幸いなことに、弟のレオポルド王子がロンドンに残っていた。幼いドリーナが将来、君主の座に就くときに障

害にならないよう、レオポルドはケント公の借財を整理し、姉にコーブルクへ帰るのは思いとどまるように説得した。フョードラの住込みの女性家庭教師《ガヴァネス》であるハノーヴァーから連れてこられたルイーズ・レーゼンがドリーナの教育にあたった。レオポルドは姉に助言を続け、シュトックマーをケンジントン宮殿に紹介した。シュトックマーはヴィクトリア女王の人生と王室に多大な影響を与えることになる。当時はケント公妃の財政を管理していたサー・ジョン・コンロイも、この父親のいない家族に大きな影響力をおよぼすようになる。

幼いドリーナは、その幼少期をほぼ女性だけに囲まれて育つ。第一言語としてドイツ語を話し、三歳になるまで英語は使わなかった。彼女の母親とルイーズ・レーゼンは小さなヴィクトリアが将来担うであろう大役に向けて準備するうえで、自分たちが重大な責任を負っていると明確に理解しており、最善を尽くす覚悟をしていた。このため、仲が悪く、ふたりを認めようとしないジョージ四世には助けを求めなかった。

ケント公妃の度重なる手当増額の要求、風変わりな様子がますます際立ち、宮廷から煙たがられている弟のレオポルド王子、そして若い王女へのドイツ風の教育方法といった理由から、国王を始めとするバッキンガム宮殿の人々はケンジントン宮殿の面々を気に入らなかった。月日の経過とともに、ケント公妃とサー・ジョン・コンロイの仲を怪しむ噂が広がったことで、ケント公

前ページ:11歳のヴィクトリア王女（リチャード・ウェストール画）
上:ガヴァネス・レーゼン（ヴィクトリア王女のスケッチ）

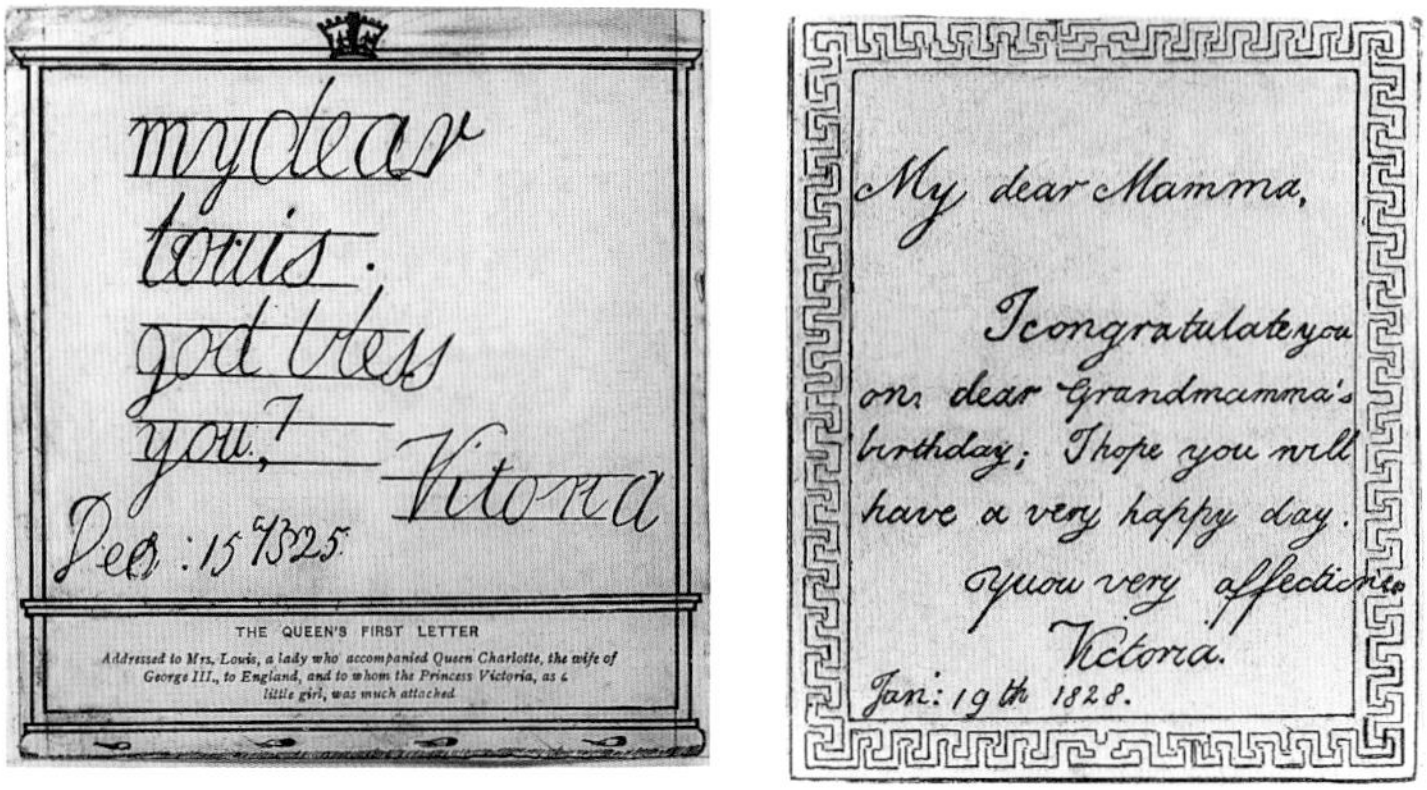
my dear
Louis.
god bless
you, Victora
Dec: 15th 1825

THE QUEEN'S FIRST LETTER
Addressed to Mrs. Louis, a lady who accompanied Queen Charlotte, the wife of George III., to England, and to whom the Princess Victoria, as a little girl, was much attached.

My dear Mamma,
I congratulate you on dear Grandmamma's birthday; I hope you will have a very happy day.
Your very affectionate
Victoria.
Jan: 19th 1828.

子ども時代のヴィクトリアが書いた手紙

妃と国王の関係はますます険悪なものになった。

子ども時代のヴィクトリア王女は母親にべったりだった。ケント公妃はいつも娘を目の届く範囲に置き、ヴィクトリアの即位まで親子は寝室もともにしていた。ドイツ流の養育方法か、あるいは経済的な苦境のせいか定かではないが、ケント公妃は王室の水準から比べると質素に娘を育てた。ドリーナがまだ小さい頃は、かなり年の離れた父親違いの兄カールと姉フョードラと一緒に暮らしていた。しかし、ドリーナが九歳の一八二八年にフョードラは結婚し、ドイツへ帰ってしまった。

ヴィクトリアは子ども時代、この兄と姉ふたり以外には同世代の子どもと接する機会はほとんどなく、ケンジントン宮殿の外の世界からも隔離されていた。ジョージ四世の王室から嫌われていたことで、ほかのイギリス王室の人々と顔を合わせる機会も稀であり、ヴィクトリアの世界は母親とレーゼンのいるケンジントン宮殿内に限られたものだった。大人になったフォードラとヴィクトリアはケンジントン宮殿での隔絶された、孤独な子ども時代を振り返ったことだろう。一八三四年にフォードラがふたりの子どもたちを連れてケンジントン宮殿を訪れた。一五歳になっていたヴィクトリア王女は喜んで、異父姉の子どもたちと一緒に時間を過ごした。

レオポルド叔父も依然として大切な訪問者だった。若い王女にとっては父親のような存在で、彼女の将来を計画し、王女の母親には助言をし続けた。彼は先に提示されたギリシャ国王の座は退けたが、一八三〇年に新たに独立したベルギーに国王として迎えられた折には承諾し、ロンドンを去ることになった。これを受けてサー・ジョン・コンロイがレオポルドに代わってケント公妃の相談相手になる一方で、ベルギー国王の代理としてシュトックマー男爵がロンドンに残り、レオポルドの指示を受けながら公妃に助言を続けた。また、レオポルドの命令でシュトックマーはコーブルクにあるエルンスト公爵家を頻繁に訪ね、子息たちの成長ぶりを確認していた。

ドリーナの教育はレーゼンにまかされた。彼女は王女に日記を毎日書かせた。この習慣は王女の、そしてのちには女王の生活を物語る興味深く、たぐいまれな記録として残されることになる。王女は三カ国語を話せるように育てられた。絵や歌も習っていて、素描ではなかなかの才能を発揮する。また、宮殿での退屈で孤独な生活の気晴らしに、歌の稽古を楽しんでいた。

レーゼンは王女が将来担うであろう大役に向けて準備するうえで重要な存在だった。ヴィクトリアは一一歳になるまで自分の未来に何が待ち受けているか知らなかった。ジョージ四世が亡くなり、弟のウィリアムがそのあとを継いだ一八三〇年、王女に自分の運命を知らせるのはいまが最適だろうとレーゼンは考えた。ヴィクトリアは伯父の死とウィリアム四世の即位、そして自らが王位継承順位第一位にいることを告げられたのだ。いつか、イギリスとアイルランドの女王になる。立場を理解したヴィクトリアは、「わたくしには、ちゃんとできるわ」と答えたと言われている。

世間から隔絶され、大人に囲まれて育ったせいか、ヴィクトリア王女は心の中の世界を一三二体の人形と遊びながら形成した。人形は一体一体に立派な名前がつけられ、精巧に作った服が着せてあった。王女はこれらの人形を使って、ままごと遊びをよくしていた。また、彼女はダッシュと名付けたスパニエル犬を飼っていた。この犬はサー・ジョン・コンロイからヴィクトリアの母親へ贈られたものをもらい受けたのだった。子どものペットの多くがそうであるように、ダッシュもヴィクトリアの親友となる。定期的に洗って毛並みを整えられ、洋服を着せられていた。ダッシュは若いヴィクトリアの肖像画を何点も手掛けた画家、サー・エドウィン・ランドシアの絵のモデルにもなった。

王女は乗馬が好きで、ハイドパークを抜けて新しくできた道を通り、一八二六年に動物園が開業したリージェンツパークへ行ったり、ウィンブルドンコモンやリッチモンドパークを走ったりしていた。コヴェントガーデンにあるロイヤル・オペラハウスを訪れて『セビリアの理髪師』や『フィデリオ』などのオペラを鑑賞することもあった。

さらに、国中のいろいろな家庭を訪ねた。娘には政治に関してできるだけ偏見を持たせないようにとの母親の配慮から、ホイッグ党員とトーリー党員両方の家も含まれていた。ヴィクトリアは即位した当初、ホイッグ党を支持していた。これは当時の与党がホイッグ党であり、また、ジョージ三世の息子である父親がかつて、兄弟たちの中で唯一のホイッグ党支持者であったことにも影響を

次ページ上:ロイヤル・オペラハウスでのヴィクトリア王女
下:ヴィクトリア王女の132体におよぶ人形コレクションの一部

受けていたからだろう。

一八三五年、王女一家はカンタベリーに滞在したあと、ラムズゲートを訪れる。そこではレオポルド叔父や新しい妻でヴィクトリアが憧れるルイーズも合流した。王女たちは遠くにフランスの海岸線が見える海沿いの小さな家に滞在し、レオポルド叔父とルイーズは少し離れたアルビオンホテルに宿泊する。ラムズゲートの街はこの王室からの訪問客を公式に歓迎した。ヴィクトリア自身は四年ぶりに父親のような存在の叔父に会えるのを喜んだ。また、新しく叔母となったルイーズの美しさや親しみやすさのみならず、洗練された優美なフランス風の装いや髪型に夢中にもなる。いつか女王になったら、自分でドレスをフランスから取り寄せて、髪型も真似しようと考えていたことだろう。

ザクセン＝コーブルク家のいとこたち

遠く離れていても、レオポルド叔父はヴィクトリア王女と自分の出身地の将来に対して影響力を保持しようとしていた。一九世紀、ヨーロッパの君主たちは帝国の拡大に躍起だった。ロシア帝国は絶えず領土を拡大しようとしていたので、その結果として、他国から警戒されていた。フランスは一九世紀末に共和国になるまで、君主制から皇帝ナポレオン三世の専制へと移行する中でひどい混乱に苦しんでいた。独立した公国の集まりだったドイツとイタリアは一九世紀の終わりまでに統一される。

ベルギー国王レオポルド一世も他国の君主と同じで、実家であるザクセン＝コーブルク家の発展とそのヨーロッパにおける権力拡大が自らの野望には必須であると考えていた。姪のヴィクトリアだけでなく、ザクセン＝コーブルク家の母親のいないふたりの甥、エルンスト王子とアルバート王子の養育にも深く関わった。コーブルクから戻ったばかりのシュトックマーは、弟のアルバートは聡明で真面目な若者で、その知性が発揮されるような結婚をするべきだと報告した。兄のエルンストについては、その品性に憂慮すべき点があると伝える。

レオポルドとは定期的に手紙をやり取りしていたので、彼の甥で、王女にとってはいとこにあたるふたりの王子のケンジントン宮殿訪問を提案されても、ヴィクトリアは驚かなかった。このうちのひとりとの結婚が画策されていることに、ヴィクトリアはおそらく気づいていなかった。レオポルドとシュトックマーはこの訪問を心配して、計画がうまくいくかどうか気を揉んでいたに違いない。

一八三六年の夏、ザクセン＝コーブルク家からの一行が到着した。ケント公妃の兄で、ヴィクトリアには伯父にあたる、エルンスト・ザクセン＝コーブルク公爵とふたりの息子である一八歳のエルンストと一六歳のアルバートだ。アルバートより数カ月早く生まれたヴィクトリアは一七歳だった。王子たちの母親は不貞を働いたため、子どもたちから引き離されている。エルンスト公爵は女癖が悪かったが、妻の不義を許さず、一八二四年にハウスタイン中尉と不倫していた妻を離縁した。この離婚にあたり、彼女はまだ五歳と六歳だった幼い子どもたちを父親のもとに置いて行かなければならなかった。これは当時ではよくある話だった。母親は悲しみに打ちひしがれ、ふたりの息子に二度と会えないまま、一八三一年にパリで亡くなった。

上:クリスチャン・シュトックマー男爵
下:ヴィクトリアの叔父レオポルド。ベルギー国王

若く、さっそうとしたアルバートの細密画

ヴィクトリアには、王子たちの悲しい生い立ちもふたりとの出会いに水を差すものではなかった。彼女にとって、彼らの訪問は自分と同年代の若者と時間を過ごせる貴重な機会だった。このふたりのいとこたちの容姿と性格にヴィクトリアは好印象を持ち、魅了された。

エルンストは……黒髪で、茶色がかった**黒い目**とまつげをしている。鼻と口の形はあまりよくない。親切で正直、そして知的な顔つきで、体形はすばらしい。アルバートはエルンストと同じくらいの身長だが、体つきはたくましく、とてもハンサムだ。わたくしと似た髪の色で、青い目は大きい。鼻の形が美しく、口元はとても優しい。歯並びもきれいだ。なんといっても魅力的なのはその表情で、とてもさわやかだ……

ヴィクトリアはふたりを申し分のない立ち居ふるまいをする、成熟した聡明な兄弟だと思った。絵やピアノも上手だ。エルンストに比べるとアルバートのほうが真面目で、「深刻な教訓めいた話」

をするのが好きだったが、ダッシュとも仲良く遊んでいた。ふたりの楽しい話や陽気さと快活さで、王女の生活はこれまでにないほど楽しいものになった。そのため、二カ月が過ぎ、七月になってふたりが帰るときにはヴィクトリアは涙を流して悲しんだ。シュトックマーとレオポルドはふたりの訪問が成功したことを喜んだ。懸念が払拭され、この先さらに交友をたしかなものにする計画を練った。

準備

ヴィクトリアが成長すると、母親やサー・ジョン・コンロイ、レーゼン、そして客人と夕食をともにするようになった。ケンジントン宮殿内の人々は王女の将来の役割を念頭に置く一方で、国内の産業化や多くの変化によるさまざまな影響から彼女を守る努力が尽くされた。ジョージ・スティーブンソンの機関車が初めてストックトンからダーリントンのあいだを走ったのは一八二五年だったが、ヴィクトリア王女が初めて機関車を見たのは一八三七年だった。一八三二年に選挙法が改正され、翌一八三三年には大英帝国内で奴隷制度が廃止される。さらには工場法により、九歳から一二歳の子どもが紡績工場で働ける時間が一日あたり最長九時間に制限される。公衆衛生と下水設備は劣悪で、コレラや腸チフスが貧しい地域に広がっていたが、状況は少しずつ改善されていた。トーマス・ワクリーは『ランセット』誌を創刊して医者に治療技術を高める方法を紹介し、解剖用に遺体を盗む者や偽医者、技量が不足する開業医の一掃に努めた。

加工工場や製造工場の悪徳経営者から労働者を保護するために労働組合運動が組織され始める。一八三八年にグラスゴーで人民憲章が発表され、チャーティスト運動が始まった。帝国と工場がもたらした富により、新しく、豊かな中流階級が台頭し、これまで一般的だった土地所有者が享受する世襲の富とは異なる、にわか成金という概念が生まれる。

ヴィクトリアが成長するにつれ、母親との緊張が高まった。ケント公妃と王室の不和は依然として続いている。しかし、ジョージ四世が亡くなると、ヴィクトリア王女は国王に即位したウィリアム四世とアデレード王妃を定期的に訪問し、関係の改善を図った。国王夫妻はヴィクトリアをだんだんと好きになり、娘のように可愛がった。一八三七年には王女は病に伏せる国王を頻繁に見舞い、王妃を励ますまでになっていた。

サー・ジョン・コンロイはヴィクトリアにとって相変わらず苛立たしい、気に障る存在だった。王女はコンロイが自分と母親に対して影響力をおよぼそうとするのがいやだったし、彼がケント公妃の愛人だという噂にも当惑していた。さらに、彼の力添えなしには、ヴィクトリアが将来の責務を充分に果たせないという思い込みと押し付けがましさに我慢ならなかった。ケント公妃とサー・ジョンはヴィクトリアが二一歳になる前に即位した場合には、摂政を置こうと考えた。コンロイがレーゼンの役割に強く嫉妬していたのは疑う余地がない。彼女はとうの昔にガヴァネスの地位を凌駕して、彼が手に入れようと躍起になっている王女の相談相手かつ友達という役割を担っていたからだ。

一八三七年の春までには、ウィリアム四世の容体が悪化しているのは周知の事実となる。レオポルド一世はザクセン＝コーブルク家と、サー・ジョン・コンロイを側近にして王女を全面的に支配しているケント公妃に対し、さらに綿密な計画を練る。母娘の関係は悪くなる一方だった。ヴィクトリアの将来が確定するのは時間の問題である。見習い期間が終わろうとしており、このままでは経験不足と力不足におじけづくであろうと自覚していた。彼女は将来の立場に見合う水準まで自分を高められるように、さらなる努力をしようと決意する。

一八三七年五月二四日、ヴィクトリア王女は一八歳の誕生日を祝った。伯父であるウィリアム四世の容体は悪化の一途をたどる。いまではアルバート王子も、ヴィクトリアが気づいていたように、レオポルド叔父がふたりの将来を画策しているのを知っていた。彼が誕生日を祝う手紙を送ると、王女も返信した。ヴィクトリアを乗せた馬車がロンドンの街中を走ると、誕生日を迎えた次期女王に祝いの言葉をかけようと人々が沿道に集まった。この日を祝う舞踏会がセントジェームズ宮殿で催され、王女はレーゼンや女官のレディ・フローラ・ヘースティングス、王室の人々とともに出席する。ヴィクトリア王女は結婚相手にふさわしい年頃の男性たちとカドリーユを踊り、彼女がイギリス人と結婚するのを心待ちにしている上流階級の人々を喜ばせた。

一八歳の誕生日は、ヴィクトリアが母親からの自立を進めるうえでも重要な機会だった。これからは王室費として自分の収入を得ることができるのだ。国王の容体が悪化する中、王女は定期的にバッキンガム宮殿を訪ね、国王を見舞うだけでなく、アデレード王妃も慰めていた。ヴィクトリアは来るべき国王の死に対して覚悟をしており、レオポルド叔父とシュトックマーの存在をありがたく思っていると、一八三七年六月一九日付のレオポルドへの手紙に書いている。

心から愛する叔父さまへ
わたくしたちのかけがえのない誠実な友人シュトックマーから、もっとも**ためになる**、良識的かつ**堅実な**、**すばらしい**助言がしたためられた、叔父さまからの優しく愛情あふれるお手紙を受け取りました……シュトックマーがいてくれることにどれほど感謝し、うれしく思っているかお伝えしたいと思います。彼はずっと変わらずに、いまでも非常に頼れる、揺るぎのない存在で……わたくしは全幅の信頼を置いています！
国王のご容体は……絶望的で……とても残念です。国王は個人的にいつもわたくしに親切にしてくださいました。この思いやりを忘れることがあれば、わたくしは恩知らずで心が冷たいとのそしりを免れないでしょう。
来るべきときを、心静かに、落ち着いて迎えたいと思います。わたくしは恐れてはおりませんが、待ち受けるすべての物事にうまく対処できるかはどうかはわかりません。しかし、わたくしは信じております。善意と勇気を持って、誠実に臨めば、失敗することは何もないであろうと……

一八歳の誕生日から一カ月も経たないうちに、ドリーナの人生は永遠に変わってしまう。イギリスで一七〇二年にアン女王が即位して以来、初めての女性君主となるのである。

国王ウィリアム四世の妻、アデレード王妃（ペンと水彩。1836年、サー・デイヴィッド・ウィルキー画）

第二章　若き女王

一八三七年六月二〇日未明、国王ウィリアム四世が亡くなった。国王の危篤に際し、カンタベリー大主教であるウィリアム・ハウリ師、チェンバレン卿、カニンガム卿、そして国王の主治医がウィンザー城にすでに集まっていた。彼らはすぐにケンジントン宮殿へ向かい、若いアレクサンドリーナ・ヴィクトリア王女に国王の訃報と、彼女の即位を伝えた。

まだ暗い中、一行は午前五時頃にケンジントン宮殿に到着した。しかし、彼らはヴィクトリアの母親であるケント公妃に王女との面会を止められた。娘が女王になったいまも、彼女はこれまでのようにヴィクトリアを自分の意のままにできると考えていたのだった。だが、この日はそうはいかなかった。

ケント公妃はついにこの大切な訪問者からの要求に折れ、王女を起こした。一八歳のドリーナはまだ室内ガウンのまま母親の手を握ると、階段を下りて行った。そして、ひざまずいて、彼女が女王であると宣言する大主教とチェンバレン卿に面会した。「ドリーナ」という名前はいまや過去のものとなり、これからは「ヴィクトリア女王」と呼ばれるようになる。彼女は一一歳で「わたくし

前ページ:1837年6月20日に即位の知らせを受ける18歳のヴィクトリア王女(フレデリック・シュカード画)

には、ちゃんとできるわ」と宣言して以来、このときのために準備してきたのである。

国王に弔意を述べると、ヴィクトリアは喪に服すために黒いドレスに着替えに行った。こうして、これから六三年七カ月におよぶ治世の一日目が始まったのだ。これは歴代イギリス君主の最長在位年数である［二〇一五年にエリザベス二世の在位が最長記録を更新する］。

この日ヴィクトリアが着ていたと考えられる喪服がロンドン博物館にある。いまでは色あせて濃い茶色になっている。服飾史の研究家ケイ・スタニランドによると、ケント公妃が節約のためにドレスを黒インクで染めたという噂は根拠がないらしい。長年にわたって準備を整えてきたこの日のためにケント公妃がそんなことをする理由がない。

これはエレガントなくるぶし丈のドレスだった。カッティングの美しい袖には、プリーツが入っており、袖口は白いレース、スカート部分の左側には腰から裾までフリルがあしらわれている。この時代に見られる典型的なフォーマル用のドレスだ。ヴィクトリアの身長が約一五〇センチしかな

即位の日にヴィクトリア女王が着用していたと思われるドレス

いのを、レオポルド叔父は非常に残念がっていた。しかし、この頃は細身でウェストもくびれており、後年の体形とは大きく違っている。数カ月後、ヴィクトリア女王が宮廷画家に指名したサー・デイヴィッド・ウィルキーは、白いドレスを着て大臣たちとの会議に臨むヴィクトリア女王を描くことになる。画家がドレスを黒ではなく白にしたのは、単に絵の中の女王を際立たせたかったからだ。

朝食の席で、女王はシュトックマー男爵とこの日の流れについて話し合った。男爵は先頃レオポルド一世を訪ね、ヴィクトリアを補佐するようにとの命を受けて戻ってきたばかりだった。午前九時過ぎ、首相であり友人でもあるメルバーン卿が到着する。国政への取り組みが始まったのだ。女王はメルバーンをひとりで引見し、そのときの様子を日記に綴っている。

……大臣を引見するときのように、**もちろん**、まったく**ひとりで**。彼はわたくしの手に挨拶の口づけをした。それからわたくしは彼に、首相と現在の内閣を改造するつもりはなく、現政権のままとすることを伝えた……次に彼は、わたくしが枢密院会議で読み上げる布告書について説明した。これは彼が起草したもので、見事なできだ……わたくしは彼をとても気に入り、信頼している。

首相の第二代メルバーン子爵ウィリアム・ラムはヴィクトリアに魅了された。当時のメルバーンは孤独な五六歳で、妻のレディ・キャロライン・ポンソンビーとは二〇年以上前に離婚していた。離婚の原因は妻の不貞が繰り返されたことで、もっともよく知られている相手は荒々しさが魅力の

第一回枢密院会議に出席する女王。女王の存在を引き立てるために、ドレスの色を実際の黒ではなく、白にして描かれている(サー・デイヴィッド・ウィルキー画)

詩人バイロン卿だった。メルバーンは気取らず、不器用な印象を与えるが、抜け目のない政治家である。ホイッグ党でありながら、改革に反対で、貧困を認めず、基本的な社会立法を変える必要性はあまり感じていなかった。若い女王がその大役を務めるにあたり、できる限りのことをメルバーンから学ぼうとする姿勢をうれしく思い、彼女を導き、支持し、補佐するのは自分の義務であると考えていたのは間違いないだろう。年下の君主と年長の政治家はこの先、さらに絆を強めていくのであった。

午前一一時三〇分、女王はケンジントン宮殿内の赤の大広間で第一回枢密院会議の議長を務めた。黒い喪服に身を包んだ女王は、カンバーランド公爵とサセックス公爵に王座へ先導され、グレート・ブリテンおよびアイルランドの王位が引き継がれた。

次ページ:ヴィクトリア女王の戴冠式の日にハイドパークで行われた礼砲(ウィリアム・ヒース画)

この場に臨んでいた者たちは皆、女王の態度に感服した。小柄で年端もいかぬ女性が実年齢をはるかに超える円熟ぶりを見せたのだ。自信、落ち着き、自立心がにじみ出ており、まったく緊張をしなかったと女王自身も語っている。近年イギリス王家の先行きの不透明さを見せつけられたあとなので、周辺の人々はなおさら女王に好印象と安心感を覚えたのに反して、ケント公妃の側近たちは女王の自信に満ちた態度に愕然としていた。

ヴィクトリア女王となったこの日、彼女は手紙を何通かしたためた。叔父であるベルギー国王レオポルド一世にウィリアム四

世の死を伝える。レオポルドは姪がいまや女王になり、自らの計画の完了も近いと喜んだことだろう。ヴィクトリアはドイツに住む異父姉のフォードラと、寡婦となったアデレード皇太后にも手紙を送った。アルバート王子からは国王の死を悼み、ヴィクトリアの即位を祝う手紙が届いた。
忙しく、大変な一日であったにもかかわらず、新女王ヴィクトリアは時間をとって日記をつけている。レーゼンが植えつけたこの習慣のおかげで、女王になるという経験について、彼女自身によって書かれた興味深い実情を知ることができる。日記には早朝の訪問客、その日の行事、自らの義務に対する決意が記されている。

わたくしをこの地位に就かせたのは喜ばしい**神のお導き**によるものなので、わが国に対する義務を**全力**で果たしたいと思う。わたくしはまだ非常に若く、すべてではないにしても、多くのことにおいて経験不足だ。しかし、わたくし以上に真の善意にあふれ、適切で正しい行いをしようと心から望んでいる者は、ほとんどいないだろう。

翌日、セントジェームズ宮殿の窓から、アレクサンドリーナ・ヴィクトリア王女がヴィクトリア女王になったと宣言された。国中のイングランド国教会の会堂や非国教徒の教会堂、シナゴーグでは説教や祈りが捧げられ、亡き国王を悼み、新たに即位した女王を歓迎した。

若い女王と女官たち(1837年の即位直後。アッカーマン社によって発行された絵)

女王の王室人事

自分の新たな立場をより強固にするために、女王は早急に王室の人員を選定した。幸いなことに、いままでは母親の干渉を受けずに行動できる。女王はメルバーンにサー・ジョン・コンロイについて感じていることを話した。彼女はコンロイが視界に入るのさえいやで、同じ部屋にいるのにも耐えられなかった。ケント公妃は彼の愛人だという噂も広まっている。メルバーン卿の支持を得て、王室の要員からサー・ジョン・コンロイをはずすことができたが、ケント公妃から引き離すことはできなかった。コンロイは女王の個人秘書という重要なポストに就けると目論んでいたので、この降格ともいえる決定に激怒する。

ヴィクトリアが権力を行使するようになると、母と娘の関係はさらに張りつめた。そして、サー・ジョン・コンロイが財政を管理していたにもかかわらず、母親が七万ポンドの負債を抱えていることが発覚すると、親子関係はもっと悪くなる。メルバーン卿はこの状況と、娘が借財をなんとかしてくれると考える公妃の図々しさにあぜんとした。女王を忠実に支え、家庭教師であり友人でもあるレーゼンは新たに侍女として王室に迎えられ、女性男爵《バロネス》・レーゼンとなる。

メルバーンの助言により、王室の人事はほぼ全員がホイッグ党員とホイッグ党議員の妻から構成されたので、トーリー党は議会で反発した。例外はレディ・フローラ・ヘースティングスで、このトーリー党側の控えめな女性は女官として王室に仕えた。ヴィクトリアは彼女がサー・ジョン・コンロイの協力者であると思っていたので、心から打ち解けることはなかった。サー・デイヴィッド・

ウィルキーが宮廷画家となり、ドクター・ジェームズ・クラークが侍医に任命された。

女王の衣装管理部も組織する必要があった。国王の衣装管理室は閉鎖され、新しい部署には女性用の衣装に特化した専門家と技術が求められた。女性用の衣装管理という新たな環境に慣れるまで、それなりの時間を要したであろうとケイ・スタニランドは言う。母親の干渉から自由になり、短期間ではあったが、ヴィクトリアは同年代の若い女性らしく、おしゃれに興じるようになる。ラムズゲートでの休暇を思い出し、洗練されたルイーズ叔母にならってパリからドレスを取り寄せた。

サザーランド公妃が女王の衣装管理係となった。日中に着るドレス、イブニングドレス、下着、寝間着、ユニフォーム、乗馬用の服など、増えていく衣類の手入れをするために、衣装管理専門の女性たちが雇われる。衣服の中にはフランス製のものもあったが、そのほかのドレスは、当時苦境に陥っていたロンドン東部のスピタルフィールズで織られたシルクを使って作らせている。

さらに、女王の仕立て係であるミセス・ベタンズのドレスやリチャード・ガンドリーに作らせた靴もあった。そして、手袋、縁のある帽子、女性用の華やかな帽子、ボンネット帽子、シルク、レース、コルセット、コルセット用の芯、刺繡、羽毛細工、宝石、花、香水などの職人や専門家が王室御用達になり、女王の衣装に貢献した。議会や戴冠式用の礼服専門の仕立屋もいた。

女王が早急に決定すべき事項の一つは、王室費の一環として議会が支給する金額であった。ケント公妃は年額三万ポンド、女王自身は毎年三八万五〇〇〇ポンドと、女王の手許金から六万ポンドを受け取った。女王にはランカスターとコーンウォールの直轄領地からの収入もあったが、のちにコーンウォールの直轄領地からの分は長男に支払われるようになる。

バッキンガム宮殿

七月一三日、女王とケント公妃、そして王室に仕える人々全員がバッキンガム宮殿へ移った。ここはかつてジョージ三世の妻であるシャーロット王妃が暮らしていた宮殿で、その後ジョージ四世がジョン・ナッシュに改築を命じ、ウィリアム四世が即位した頃に完成した。ヴィクトリアはこの宮殿に暮らす最初の君主となった。バッキンガム宮殿は改築工事が完了する前から——実際にはヴィクトリアの治世になるまでかかった——ケンジントン宮殿に比べてかなり大きかった。ここで生まれて初めて、ヴィクトリア女王は自分だけの寝室を持つことができた。隣をバロネス・レーゼンの寝室にして、二つの部屋を仕切る壁にドアをしつらえさせた。女王の母親は娘と寝室を共有するものと思っていたが、ヴィクトリアは少し離れたスイートルームを母にあてがう。ケント公妃はこれに憤り、傷ついた。

ヴィクトリア女王は当初、バッキンガム宮殿での毎日は目のまわるような忙しさだと思っていたにもかかわらず、ウィンザー城の静かさにも飽きてしまった。この城は古くから君主が過ごしてきた城で、ジョージ四世が大規模に改築している。ヴィクトリアは城の雰囲気が窮屈で、退屈だと感じていた。トランプをしながら長い夜を過ごすのも、彼女の性に合わなかった。

ワーテルローの戦いで勝利をおさめ、いまでは指導的な立場の政治家であるウェリントン公爵はシュトックマーとともに、当初は女王にとって不可欠な存在だった。だが、このどちらもメルバーン卿の存在にはおよばなかった。女王と首相はほぼ毎晩、夕食を一緒にとりながら親交を深めた。

フォーマルな晩餐であろうと、客人がいようと、ふたりは常に隣り合って座り、女王の左にはいつも彼がいた。メルバーンがほかの女性と話していると、女王は嫉妬を感じるほどだった。

国政やレオポルド叔父からの手紙、母親との関係についてのみならず、ヴィクトリア女王は自分の体形や服装など、もっと個人的な事柄についても首相と話し合っていた。一五〇センチほどの身長で、食欲も旺盛だったヴィクトリアは、すぐに体重が増え、ずんぐりした体形になりがちだった。何度もダイエットに挑戦していたが、食べる楽しみには勝てなかった。結婚問題についてもふたりは話している。ヴィクトリアは結婚するつもりはなく、女王としての責務をひとりで全うするのだと首相に語っていた。

ほどなくして王室はふたりの関係を快く思わなくなり、多くの者が不信感を持ち始めた。枢密院書記で詳細に日記をつけていたチャールズ・グレヴィルは女王と首相が毎日少なくとも六時間、ふたりきりで話していると報告する。いまでは独り身の

『議会についての講義』ヴィクトリア女王に助言している首相のメルバーン卿（1840年）

首相にとって、「いかなる関係の、どんなふたりよりも、一緒に時間を過ごしている相手」だった。また、「助言を与える祖父」のような存在のウェリントン公爵は、メルバーンが女王に毎日面会して国政について話し合う権利は認めていたが、親密な雰囲気で長い時間をともにすることは非難していたとグレヴィルは記す。新しい王室、そして女王と首相の関係を揶揄するゴシップは国民の知るところにもなる。風刺漫画が発行され、初めのうちは不満を持つトーリー党員が使っていた「ミセス・メルバーン」という言葉が一般にも広がった。

シュトックマーを通して常に感じられるレオポルド叔父からの影響を、メルバーンは快く思っていなかった。徐々に、ヴィクトリアもレオポルド叔父の助言が自分の意に沿わず、不要だと思うようになり、彼の影響を受けないようにし始める。女王に即位してすぐに、ヴィクトリアは国家元首という立場上、議会への対応は慎重を期する必要があると学んでいた。ベルギー国王のレオポルド一世やヨーロッパにおける他国の君主と違い、イギリス議会が要求している女王の役割とは、立憲君主なのだった。次第に議会は君主の気まぐれではなく、民主主義社会の有権者に対して責任を持つようになる。ヴィクトリアの治世が始まった当初は、女王と議会は互いにうまく役割を果たすために学ぶべき点が多くあった。国内には女王として、この若い女性が先代の国王たちよりも有能であってほしいという期待と関心が高まっていた。

一〇月に女王はブライトンへ行幸した。ブライトンはジョージ四世が摂政皇太子時代に頻繁に訪れ、海辺の行楽地として人気が高まっていた。ジョージ四世はロンドンのリージェンツパークにある古典様式の立派なテラスを設計したジョン・ナッシュに依頼して、一八一五年にロイヤル・パヴィリオンを改築させた。女王はこの海辺の別荘に滞在したが、これ見よがしの豪華なオリエンタル風

次ページ:野外劇場を抜けて凱旋門に差しかかり、ブライトンのロイヤル・パヴィリオンに到着したヴィクトリア女王(G・B・カンピオン画)

のデザインを、いかにも伯父らしいと嫌悪する。

　ヴィクトリアが女王になって一年目はあわただしいものだった。毎日は会議、引見、執務、審議、視察などの予定が詰まっている。世界中からの使節と面会、大臣や枢密院との会議、軍隊の観兵などを行いながら、女王は議会について習熟し、戴冠式の準備を進めていた。ヴィクトリアはこの年を振り返り、これまでいちばん幸せな、楽しい一年だったと述べている。その姿を目にした者たちは皆、若さと経験不足にもかかわらず、女王は勤勉で礼儀正しく、問題を解決する能力が高いことに感心した。手厚い庇護の下で育ち、未熟だった一八歳の少女はこの一年で立派な大人に成長したのである。

第三章　戴冠式

戴冠式を四週間後に控えた一八三八年五月二四日、ヴィクトリア女王は一九歳の誕生日を祝った。日記には楽しかった前年について、特にメルバーン卿と友情を結べた感謝を綴っている。

……誠実で**正直**、かつ親切な**真の**友人を**得られた**幸せに対して、充分に感謝することなど**決してできない**。このすばらしい友人とはメルバーン卿で、わたくしにとても優しく、そして、よくしてくれる……

女王の誕生日を祝い、国が主催する盛大な舞踏会がバッキンガム宮殿で開かれた。ヴィクトリアはメルバーン卿が彼女とのダンスを断り、早々に帰宅してしまったのが残念だった。会場には大勢の人々が集まり、その多くは外国からの賓客である。社交界の結婚適齢期の男性が若い女王とカドリーユを踊り、男女それぞれ七二人という大人数で一回のダンスが一時間もかかるようなイギリスのカントリーダンスも行われた。若さあふれるヴィクトリアは夜通し踊り、舞踏会をあとにしたの

前ページ：戴冠式の礼服に身を包むヴィクトリア女王（1838年、ジョージ・ヘイター画）

は午前四時で、寝たのは明け方だった。

メルバーン卿は戴冠式に向けてヴィクトリア女王に準備をさせるのは自分の義務だと考えていた。君主の戴冠式とは、地位に付随する義務を正式に承継することだ。イギリスでは戴冠式の始まりは八世紀にまでさかのぼることができ、九〇〇年以上にわたってウェストミンスター寺院で行われてきた。戴冠式は君主が代わるごとに変化、発展を遂げてきたが、その祭儀や祭具——承認、最初の奉納、嘆願、聖体拝領、礼拝、宣誓、塗油、金の拍車、宝剣の奉納、マントの着用、十字架のついた宝珠、指輪、王笏、戴冠、聖書、祝福と賛美の歌《テ・デウム》、忠誠の宣誓、聖餐——は象徴的意味を持ち、歴史と伝統に深く根ざしている。

ヴィクトリア女王の戴冠式については何度も議論が重ねられた。式の進行は形式を遵守すればいいのだが、近年においては女性君主が行った例はなかったからだ。たとえば、国王は参列者の前で礼服を着替えるが、若い女性が公然とそんなことをするのは不適切だと考えられた。そこで、セントエドワード礼拝堂が着替え室として使われることになった。

式典の内容と長さを決め、紋章院総裁であるノーフォーク公爵は出席者名簿を作成しなければならなかった。招待状の印刷、勲章の授与、式服やドレスのデザイン、王冠と指輪のサイズ調整、晩餐会の準備など、やるべきことがたくさんある。費用の支払いはイギリス政府だったので、大蔵省は出費を抑えるようにと目を光らせていた。一八二一年のジョージ四世のときのような、飾り立てた馬を含む、これ見よがしの豪華な祭典は経費がかかりすぎ、悪趣味で時代にそぐわないとされ、今回はもっと控えめな式典になるよう計画された。

現在の王室行事とは異なり、ヴィクトリア女王の戴冠式の予行演習は最小限に抑えられた。女王は式の前日にレディ・ランズダウン、レディ・バラム、カニンガム卿、ウィームズ大佐とともにウェストミンスター寺院を訪れ、準備の様子を視察する。初めての試みとして、一般国民がこの若い女王の姿を一目見られるように、宮殿からウェストミンスター寺院へ向かう戴冠行列にこれまでよりも近づけることになったので、人々はすでに沿道に集まり始めていた。女王の一行は寺院でメルバーン卿に会った。ヴィクトリアは用意された二つの玉座を試したが、両方とも低すぎた。そして、寺院の中を歩き、女王は翌日の式典が成功すると自信を持った。日記には次のように記されている。

バッキンガム宮殿周辺の公園はいままで

トラファルガー広場を通る戴冠行列（1838年6月28日）

にない光景で、**風船などの飾り付け**や縁日のような準備が進み、大砲も設営されている。白い天幕が張られ、とても美しい光景だ。

女王万歳！

一八三八年六月二八日。木曜日午前三時一七分、戴冠式当日の夜明けを知らせる二一発の礼砲の音で女王は目覚めた。人々はすでにグリーンパークに集まり始めている。この日の様子を『タイムズ』紙は次のように伝えた。

ロンドン全体が文字通り目覚め、これまでにないような喧騒と興奮に包まれている。午前四時、街路はすでに馬車や歩行者であふれ、通り抜けることもできない場所がたくさんある。まるで全国民がバッキンガム宮殿周辺の公園とウェストミンスター寺院に向けて流れ込んできたようだ……まだ早朝の六時だというのに、グリーンパーク、ザ・マル、セントジェームズパークにはさまざまな階級の人々が集まり、場所の取り合いが始まっている。

こうした中、女王は式典に向けて忙しく準備をしていた。軽い朝食をとると、シルクのストッキングと白いサテンのパンプスを履いた。金色と白の、光沢のある紋織りのドレスを着て、その上に国会関連の行事のときに着用する重い式服をまとった。一〇時にはバッキンガム宮殿からウェストミンスター寺院の西側の入り口までの、壮麗な戴冠行列の中心となる黄金の公式馬車に乗り込む準備が整う。

戴冠行列は大規模で、トランペット奏者、近衛騎兵連隊の一団、そしてメキシコ、ポルトガル、スウェーデン、ザクセン、ハノーヴァー、ギリシャ、サルディーニャ王国、スペイン、アメリカ合衆国、オランダ、ブラジル、バイエルン、デンマーク、ベルギー、プロイセン、オーストリア、トルコからの大使や使節が乗った馬車が連なっていた。ロシアを代表してストロガノフ伯爵が、フランス国王の代理としてスルト陸軍元帥が出席する。ケント公妃は従者と一緒に近衛騎兵連隊の護衛がついた六頭立ての馬車に乗っていた。その後ろを同じ型の馬車でケンブリッジ公爵夫妻とグロスター公爵夫妻が続いた。ザクセン＝コーブルク家のエルンスト公爵も列席していたが、ふたりの息子の姿はない。結婚の可能性を取り沙汰されるのを嫌ったヴィクトリア女王が意図的に招待しなかったのだ。

ヴィクトリア女王の戴冠式を
記念して作られた水差し

いよいよ、王室で女王を支える人々を乗せた一一台の馬車が、それぞれ六頭の馬に引かれてやって来た。このあとに、騎乗した近衛旅団、サザーランド公妃とアルベマール伯爵に付き添われた女王を乗せる公式馬車が姿を見せた。美しい馬車は八頭の白馬に引かれ、八人の宮内官が徒歩で同行している。国王衛士が各車輪の横を、ふたりの従僕がドアの横を歩く。金色の棒を捧《ほう》持《じ》する宮内官のコンバーミア男爵と国王衛士の長であるイルチェスター伯爵が両わきを固める。彼らの後ろには騎乗したスコットランドのロイヤル・カンパニー・オブ・アーチャーズの総司令官と近衛騎兵の佐官リチャードソン大佐、そして近衛騎兵連隊の一団が続く。

この華やかに彩られた、長く、壮大な行列はバッキンガム宮殿から寺院まで最短の道順を行くのではなかった。できる限り多くの人々が楽しめるように、工夫して距離を長くしていた。宮殿を出発すると、左折してコンスティテューションヒルを上がり、ピカデリーを通ってセントジェームズストリート、ペルメル街、コックスプールストリート、チャリングクロス、ホワイトホール、パーラメントストリートを抜けて寺院の西側の入り口へと向かう。ちょうど一時間の道のりだった。

公式馬車が着くまでには、ウェストミンスター寺院は招待客で埋まっていた。貴族たちは式服を、妻たちは羽根飾り、垂れひだ、長い裾のない宮中服を着るように命じられた。そのほかは、宮中服か制服で、黒い喪服を着ることは許されなかった。貴族がつけている小冠や女性たちの豪華な宝石がきらめく中、小柄なヴィクトリア女王が入場してきた。古くから伝わる王位を象徴する宝器を持った貴族と、聖皿、聖杯、聖書を手にした主教たちが彼女を迎え、翼廊まで列になって進んだ。

主席司祭と主教座聖堂名誉参事会員が列に加わり、この一九歳の若い女王を中央の身廊から翼廊へと導くのを目にすると、参列者たちは心を奪われた。翼廊には王座と椅子が高座の上に並べられている。ケント公妃、異父兄のカールと異父姉のフョードラ、バロネス・レーゼンは、聖歌隊が歌い、オーケストラが演奏する中、カンタベリー大主教が式を進行するのを上の席から見守っていた。

女王は承認と宣誓が終わるとセントエドワード礼拝堂に移動し、重い式服を着替え、マントをはずした。国王の戴冠式の場合には、これは参列者の前で行われる。しかし、ヴィクトリアは女性であることから、セントエドワード礼拝堂に退いて着替えるように変更されていた。誰もその中の整頓までは気がまわらなかったようで、祭壇の上にサンドウィッチや飲み物が並べられているのが女王の目に留まってしまう。

式典では、衣服を脱いだときに君主はもはや世俗の存在ではなくなると考えられ、この時点で胸に聖油を塗られるのだが、この儀式も女性に対して不適切であるとして割愛された。その代わりに、ヴィクトリアは彼女のためにデザインされた、壮麗な金織布の戴冠式衣を身につけて姿を現した。戴冠式衣を着用するのは中世に始まっていたが、ヴィクトリア女王が着たのは大学の式服のマントのような形のものだった。

式次第にはこの日の式典の内容が詳しく記されているにもかかわらず、式は予行演習が不十分だったので、混乱していた。参列者は立ち上がって「女王陛下万歳」と繰り返すのを忘れた。大主教はこの壮大な典礼を成功させるには必須の細かい手順を知っていたが、ほかの人々は、女王も同じく、何をすべきかわかっていなかった。式典では女王が玉座から玉座へと移ったり、祭壇から礼拝堂へと儀式ごとに移動したりしなければならなかった。女王は進む方向や、立ったり座ったりするタイミングが合わないことが多々あった。女王の前にひざまずこうとして転んでしまう老齢の貴族がおり、つけている小冠がゆがんでいる者もいる。進行を正確に把握している唯一の人物であるはずの大主教も間違え、メルバーン卿が手を差し伸べなければならなかった。

戴冠式用玉座に腰かけて、ヴィクトリアはこの式典でもっとも大切な瞬間を待っていた。勲爵士《ナイト》

次ページ:ウェストミンスター寺院でのヴィクトリア女王の戴冠式（エドマンド・トーマス・パリス画）

戴冠式衣に身を包むヴィクトリア女王(ロイヤルアカデミー会員のチャールズ・ロバート・レスリー画)

たちが金色の天蓋を女王の頭上に掲げ、大主教が聖油を彼女の額に塗る。それから、アザミやユリ形紋章の刺繍が施された金色の長い戴冠式衣を身につけた女王に、即位の宝器と王冠が授けられる。

即位の宝器はそれぞれ象徴的な意味を持ち、歴史的に重要なものである。金の拍車は一六六〇年に加えられ、騎士団と騎士道を意味する。宝剣は三〇〇〇個以上の宝石で装飾されており、一八二〇年にジョージ四世の戴冠式のために作られた。この宝剣は君主の手に渡されるまでは祭壇に置かれている。腕輪は誠意と知恵を表し、女王が手首につける。君主は英国国教会の首長なので、キリスト教の象徴である十字架のついた宝珠が女王の右手に乗せられる。

威厳という意味を持つ、戴冠式用の指輪をつけるときに問題が起きた。国王ウィリアム四世が使った指輪は大きすぎたので、この式典のために、女王の小指のサイズに合わせて指輪が作られていた。しかし、大主教が間違って薬指にはめようとしたので、女王はとても痛い思いをする。このあと、指輪をはずすのも大変だった。最後は王笏である。

一つには十字架が、もう一つに崇高の印である鳩がついた王笏を、手袋をした手に授けられる。女王の頭に王冠を乗せるのはうまくいったが、この王冠は女王にはとても重かった。大主教が女王に王冠をかぶせた瞬間に、参列者が「女王陛下万歳」と繰り返し、トランペットが鳴る。貴族は小冠を振り、外では礼砲が響き、さらには聖歌隊が「女王は歓喜せん」を合唱した。

戴冠式もだんだんと終わりに近づいてくると、寺院を離れる前に、女王は王冠を華々しい大英帝国王冠につけ替えた。王冠はどれも極めて貴重で、重い。大英帝国王冠の重さは約一キログラムである。金の冠におよそ三〇〇〇個のダイヤモンド、一七個のサファイヤ、一一個のエメラルド、五個のルビー、そして二七三個の真珠がはめられている。頭と接する王冠の下部には白テンの毛皮がついていて、クッションの役割を果たす。女王の行列は身廊を抜けて、群衆の待ち受ける西側の出口から姿を現した。王冠をいただいた女王はバッキンガム宮殿へ戻るために公式馬車に乗り込む。沿道に人々があふれ、興奮する姿を目にして、女王は喜んでいた。

常に現実的な視点を忘れないチャールズ・グレヴィルは、「……人が多すぎて、行列の雰囲気が台無しだ……」。式典では自分の役割を満足に果たせない者がひとりではなかった。予行演習を怠っていたのだ」と記す。これ以降、王室ではすべての儀式について入念に予行演習を行うようになった。大蔵省はヴィクトリア女王の戴冠式を「質素」だと見なしたが、

大英帝国王冠

それでもなお、寺院や沿道に何千もの人々が集まる壮大な行事であった。

バッキンガム宮殿に戻ると、さらなる祝賀、そしてメルバーン卿や家族とのディナーが待っていた。手違いが多くあったにもかかわらず、うれしさで心が一杯になっていたメルバーン卿は、総じてうまくいったと考えていた。早起きしたうえに、大変な一日で疲れていたであろうが、女王は午前零時に母親の部屋のバルコニーへ行き、グリーンパークで打ち上げられる壮麗な花火を見た。それから、この特別な一日を振り返り、戴冠された君主の心境を詳しく綴った長い日記を書いた。

王室

ヴィクトリア女王は即位一年目を、それまでの人生の中でいちばん楽しんでいた。しかし、一八三八年一二月には王室での毎日、特に、楽しみや刺激がほとんどないウィンザー城での生活に疲れを感じ始める。ヴィクトリア女王を頻繁に訪ねていたチャールズ・グレヴィルは王室の様子を率直に記している。

女王はユーモアを好み、陽気で飾らないお人柄だが、なんといっても**女王**なのである。よって、ふるまいや口調は抑えたものでなければならない。この点において、女王はまだ若く、未熟である……ウィンザー城はほかのどんな場所とも違う。イギリスのカントリーハウスとは異なり、社交にはまったく適さない。客人が好きなときに集い……座ってくつろぎながら会話を楽しむ場所がない。ビリヤード台があるが、城の中の辺ぴな場所にあるので、ウィンザー城外の街にあるのも同然だ。書斎には本がたくさん集められているものの、入りにくく、暖房がきいていない。そこに行くのは司書だけだ。朝食用の部屋が二つあり……食事が終わると、皆すぐに席を立つ。次の食事まで人と顔を合わせることはない。

若き女王は君主として最初の一八カ月間と、即位によってもたらされた人生の大きな変化をうまく乗り切った。その若さと、世間から隔絶された子ども時代のためであろうが、経験豊かな主人のように、客人をくつろがせる能力には欠けていた。王室での生活において、ヴィクトリアは権威ある立場で、常に人に囲まれている。その状態に満足してはいたものの、頭痛や短気を起こして、退屈な様子を表に出すようになっていた。自室にこもったまま、夕食の席につかないこともしばしばあった。

若きヴィクトリア女王（フランツ・クサーヴァー・ヴィンターハルター画）

JULLIEN'S CELEBRATED POLKAS
Nº 9.

THE QUEEN & PRINCE ALBERT'S POLKA,
AS PERFORMED FOR THE FIRST TIME BEFORE
HER MOST GRACIOUS MAJESTY,
& HIS ROYAL HIGHNESS PRINCE ALBERT,
ON THE OCCASION OF THEIR VISIT TO
HIS GRACE THE DUKE OF BUCKINGHAM,
AT STOWE &C. &C. &C.

ENT. STA. HALL.

第四章　女王の結婚

王位継承は過去の話となり、混乱はあったものの女王の戴冠式が成功したいま、残る問題は一つだけとなった。結婚である。

かつて、メルバーンとの会話の中で、ヴィクトリアは君主としての役割が人生のすべてだと言って、結婚の可能性をかたくなに否定したことがある。しかし、この一年間に起こった出来事により、彼女の人生は未熟で無垢な王女から、強大な国すなわちこの地球上でもっとも大きな帝国の君主という存在へと変化していた。このとき、ヴィクトリア女王はまだ二〇歳になったばかりだった。

一八三九年当時、妹のケント公妃と兄のザクセン＝コーブルク家のエルンスト公爵の支持も得ていたレオポルド一世は、計画を断念してはいなかった。彼らはヴィクトリアをそっとしておいてくれなかったのだ。イギリス側の親戚もあきらめていない。これ以上ドイツ人との結婚はさせるまいと、ヴィクトリア女王のいとこにあたるケンブリッジ公爵など、適齢期の男性をいろいろ紹介してくるのだが、ふさわしい相手を探すのは難しかった。彼女は世界でもっとも権力のある人物のひとりであり、かつ女性なのだ。妻に対して従属的な立場に甘んじようという男性はなかなかいない。

前ページ：ポルカを踊る女王夫妻。ヴィクトリア女王とアルバート王子に敬意を表して。版画周りから常に結婚話をされるせいか、女王という立場であるがゆえの孤独を感じ始めたせいかわからないが、ヴィクトリアはついに折れて、いとこのアルバート王子ともう一度会うことに同意する。ふたりはすでにレオポルド叔父が将来について画策しているのを知っていた。当然ながら、女王はこの計画についてメルバーン卿と話し合うものの、彼にはこの同盟が適切かどうかわからなかった。まさに、この問題は同盟と考えられていたのだ。メルバーンはドイツ語を話すアルバートが叔母にあたるケント公妃とコンロイの側について、ヴィクトリアの立場が弱くなるのを心配していた。

ロシアとの問題もあった。ロシア皇帝ニコライ一世は絶えず領土を拡大しようとしており、最近ではアフガニスタンに侵攻していた。そのため、ロシアとの関係はこの当時、差し迫った課題であった。ロシア皇帝はコーブルク公国を嫌っていたので、メルバーンはイギリスをヨーロッパの小競り合いに巻き込みたくなかった。イギリスにドイツの影響が大きくなるのを懸念して、議会がこの縁談に反対する可能性もある。また、父親的な保護者としての立場と、自分の悲惨な結婚生活の経験から、ヴィクトリアが結婚するのにはまだ早すぎるのではないかとメルバーンには心配だった。いずれにしても急ぐ必要はなかったので、ヴィクトリアが乗り気ではなく、まだ結婚しないと言ったときには、彼は喜んだ。しかし、その喜びは長く続かない。数週間後、女王が結婚問題を解決するために、いとこのアルバート王子を招待したことで、メルバーンは女王から自分への関心が奪われつつあると思い、寂しさと嫉妬に似た感情を抱いた。

スキャンダルと危機

アルバート王子がやって来る前に、王室で二つの事件が起こる。この状況の中で、政府が君主との関係を変えようとする断固とした姿勢が明らかになり、女王が真に強いかどうかが試され、国民と議会との和解を迫られることになった。女王の蜜月期間は終わったのだ。

最初の事件は、始めの頃から女官として仕えていたレディ・フローラ・ヘースティングスのことだった。女王はトーリー党員の娘で、信心深く、控えめな女官をサー・ジョン・コンロイ側のスパイだと思い込んで、ずっと信用してこなかった。一八三九年の春、レディ・フローラの腹が目立つほどふくらんできて、痛みを訴え始めた。ゴシップがすぐに広がり、女王とメルバーンも噂話に興じる。レディ・フローラが否定したにもかかわらず、この敬虔な未婚の女性が妊娠し、相手はケント公妃との関係が長年ささやかれてきたサー・ジョン・コンロイだとまことしやかに噂された。サー・ジョンを心底嫌っていたために、ヴィクトリア女王の判断も曇ったのだろう。侍医のサー・ジェームズ・クラークがようやくレディ・フローラの診察を許され、妊娠の兆候はないと断言してからも、女王は彼女が妊娠していると信じ続けた。

王室内のゴシップが世間にも広がる。これはレディ・フローラの汚名をそそぎ、ホイッグ党びいきの女王と首相への意趣返しのために、ヘースティングス家が侍医の見解を公表したからだった。彼らは、この噂を流した張本人が女王と首相であると信じていた。大衆紙はこれに飛びついた。「ミセス・メルバーン」は苦境に立たされる。こうした中、女王にとってうれしい知らせが一つあった。

ウェリントン公爵からの圧力を受け、さらにはアイルランドで貴族の称号が授けられることになって、サー・ジョン・コンロイが六月に辞任したのだ。

レディ・フローラの腹部の脹れは引いたが、容体は依然として深刻で、七月に亡くなってしまう。解剖の結果、肝臓癌を患っていたことが判明した。国民は女官に対するひどい扱いに愕然とし、女王の評判はとても悪くなった。その一方で、コンロイが去ったことにより、母と娘のあいだにできた深い溝が埋まり始めた。すでにコンロイがケント公妃の財務管理者としての立場を悪用し、公妃に支払われるべきはずの何千ポンドもの金を流用しているのが発覚していた。ヴィクトリア女王はひどい嫌悪感を覚えた。

王室に深刻な危機をもたらした第二の事件は政府が相手だった。一八三七年の総選挙で過半数を失ったメルバーン卿のホイッグ党政権はかなり弱体化していた。成人男性の中でも限られた者だけから成り立っていた当時の有権者の大半が、ホイッグ党の選挙法改正案には賛成しておらず、アイルランドとカトリック教徒解放法に対する政府の態度に賛同していなかった。輝かしい成長の時代が終わり、景気後退が始まっていた。

首相と女王の親密な関係は、議席の過半数を失ったメルバーンの立場をいっそう悪くしていた。一八三九年までにヴィクトリア女王はますます、彼が去ってしまうのを恐れるようになっていた。ついには一八三九年五月、フローラ・ヘースティングス騒動の真っ最中に、メルバーン卿が辞任する。ヴィクトリア女王は親友を失ったと嘆く。新首相のサー・ロバート・ピールをトーリー党員であるのみならず、彼女の友達を無下に追い出したという理由から、嫌うようになる。

サー・ロバートと女王の第一回の会談は、互いに相手を嫌っていたため、そっけないものだった。サー・ロバート・ピールは新しいタイプのトーリー党員だった。古いトーリー党員のような地主階級ではなく、貿易と製造業が生み出した中流階級の出身だった。彼の父親は綿織物の製造で多額の富を築いていた。若手議員として、ピールは刑法を改正し、制服警官の部隊であるロンドン警視庁を組織する。警察官を「ピーラー」と呼ぶ俗称ができたのは、このためだ。ホイッグ党の改革を信用しないピールの姿は、右派のトーリー党員をたくさん惹きつけた。

当時のヴィクトリア女王は未熟で考えが甘かったため、イギリス王室はホイッグ党を支持するべきであり、自分はトーリー党を嫌っていると明言してしまった。指導者的立場の政治家であるウェリントン公爵が女王と首相の仲介役を買って出たが、女王から憲法にとらわれず、首相になってくれまいかと打診されたときには、彼もその幼稚な考え方に愕然としてしまう。公爵はもちろん断る。女王は動揺し、食欲もなくなり、物事がうまく進まなくなっていった。バロネス・レーゼンが救いの手を差し伸べ、孤独な女王を慰めた。

女王と首相の第二回の会談は、ピールが王室の人事について話し合おうとしたので、さらにひどい結果となった。女王はメルバーンと協議して、こうした事態に備えていた。これまでは、政治的な対立を避けるために、政権が変わるたびに王室人事も刷新されてきた。当時のヴィクトリア女王の王室は、人員はホイッグ党員とホイッグ党員を夫に持つ女性、ホイッグ党派の貴族から成り立っていた。当然のことながらピールはトーリー党員を参内させたかったが、怒った子ども同然だった女王は、これを拒絶する。彼女は王室に仕える女性たちが夫を通して、どれほどの影響を議会に与えるかを理解していなかったのだ。

この事件は、マスコミや国民に情報が流れるにつれて、女王の評価を落とすことになった。ヴィクトリアは君主としての適性を疑われる。女王の富を妬む労働者階級からだけでなく、上流階級の中からも不満が出た。アスコット競馬場においてさえも、馬車で乗り入れたときにやじが飛ばされる。

五月一〇日、なんとしても女王を窮地から救おうと、メルバーン卿が「寝室女官事件」について議会で演説する。このあと、今回の事件はそう呼ばれることになる。メルバーンは女王の窮

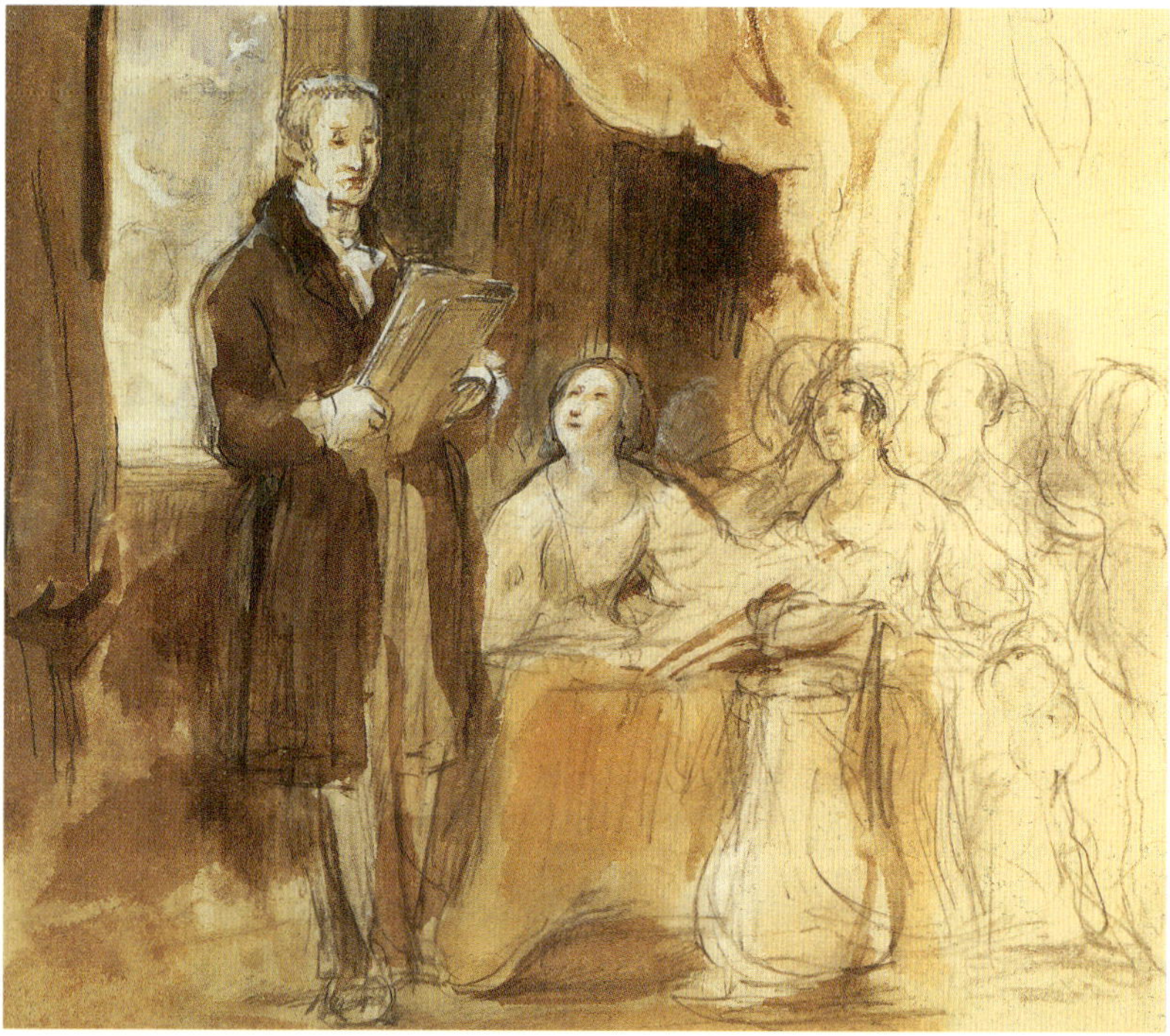

ヴィクトリア女王に読み聞かせるサー・ロバート・ピール首相(サー・デイヴィッド・ウィルキー画)

状について言葉を尽くして訴えたので、最終的にはピールを解任するのに充分な人数の議員を口説き落とすことができた。メルバーン卿は首相に返り咲き、女王は喜んだ。その夜、女王はロシア皇子アレクサンドルを迎え、バッキンガム宮殿で盛大な舞踏会を開いた。皇子はヴィクトリアの花婿候補として引き合わされたのだが、彼女は関心を持てなかった。寝室女官事件以来、政権が交代しても王室の人事が変わることはなかった。

すでに王室の生活にうんざりし、フローラ・ヘースティングス事件と寝室女官事件で心が傷ついた若き女王は、今日で言うところの精神的、肉体的ストレスに苦しめられるようになる。体重が増え、身長が低いために体を動かすのがおっくうになると、ビールの量を減らしたり、食事を抜いたりしてダイエットを試みた。洋服のサイズが大きくなり、太っているのが余計に恐ろしくなる。髪の色は気に入らず、入浴と歯磨きをできる限り先延ばしにして、頭痛と吐き気がすると訴えた。

女王が鬱病かもしれないという知らせに王室はおののいた。なんといっても彼女は精神を病んでいたジョージ三世の孫だった。女王にもその兆候が表れるか否かを見極める必要がある。ヴィクトリアは治世のあいだ中ずっと、少しでも気分が落ち込むと、祖父と比べられた。今日ではジョージ三世はヘモグロビンの異常が原因のポルフィリン症だったと考えられている。気分がすぐれないときには、女王は気晴らしに乗馬をした。特に愛馬コーモスが好きで、偉大な画家ランドシアが乗馬姿の女王を描いたときにも、この馬に乗っていた。ポートランドプレースを抜けてハムステッドヒースへ、または、南部のリッチモンドパークやウィンブルドンコモンをゆっくりと馬で駆けるときには、女王はすばらしく自由な気分を味わった。

次ページ:軍隊を視察するヴィクトリア女王とウェリントン公爵(サー・エドウィン・ランドシア画)

ザクセン＝コーブルク家のアルバート王子

夏までには、結婚問題と向き合って、答えを出す必要があるのは明白だった。ヴィクトリアのイギリス側の親戚たちは、王室にこれ以上ドイツの影響がもたらされるのを嫌がり、ザクセン＝コーブルク家のいとこが来るのを認めようとはしなかった。彼らはこの訪問が議会の怒りを買い、国民のあいだで懸念が広がるのを予期していた。ヴィクトリア自身、よくわからなかったので、いとこのアルバート王子との関係を深めるのには慎重だった。この段階では、彼に対して将来の夫というよりも友達としての感情しか抱いていない。レオポルド叔父に一行の来訪をできるだけ先延ばしにしてもらっていたが、ついに女王は彼らが一八三九年秋にイギリスを訪ねることに同意する。

幼少の頃に母親が出ていって以来、ザクセン＝コーブルク家のふたりの王子エルンストとアルバートは、男性しかいない環境で養育された。彼らが育ったローゼナウ城は、小さなコーブルクの町の郊外にあり、チューリンゲン州の緑に囲まれた山の中に、まるでおとぎ話に出てくる城のように立っている。スタンリー・ワイントラウブはアルバート王子の伝記の中で、ローゼナウ城での子ども時代をグリム兄弟の書いた童話に、そして、写真におさめられたコーブルクをガリバー旅行記に登場する小人の国になぞらえている。ふたりの父親であるエルンスト公爵は女好きで、子どもたちの母親と離婚すると、彼らの面倒をほとんど見ずに、射撃や狩猟に興じていた。

一九世紀には離婚は珍しかった。しかし、離婚した場合には、別れの原因や子どもの希望に関係なく、親権は自動的に父親のものとなった。子どもの頃のアルバート王子はリトル・アルブレヒトと呼ばれており、母親ととても仲がよかった。容貌も性格も父親と兄には全然似ていないので、私生児でユダヤ人とのあいだの子だと揶揄されることもあった。アルバート王子は母親の愛をずっと信じており、両親の離婚によるトラウマからは立ち直れなかったものの、こうした経験をした子どもたちの多くと同じように、表面上は強がっていた。母親は一八三一年、三一歳のときにパリで亡くなった。家を出てからは子どもたちに会うことはなかった。驚くことに、エルンスト公爵は一八三二年に再婚したが、この結婚もうまくいかなかった。子どもたちにとって、祖母を訪ねるときだけが女性と触れ合うほぼ唯一の機会だった。ただし、過去のことはなんとでも言えるもので、成人したアルバート王子は幼少期の不幸を否定し、温かく楽しいものだったと回想している。

アルバート王子の生家ローゼナウ城からの眺め（ウィリアム・キャロー画）

　王子たちはイギリスのいとこに比べると、正規の体系的な教育を受けた。エルンスト公爵はシュトックマー男爵の友人で、非常に有能なクリストフ・フロルシュッツを雇って勉強を監督させた。彼らの第一言語はドイツ語であったが、フランス語、英語、ラテン語、さらには数学や科学も学ばせた。兄弟は外で遊ぶのが好きで、森や小川へ行ったり、地質学の勉強のために石を集めたりした。アルバートは体が小さく、病弱だった。しかし、三歳の頃から、父親似の兄をはるかにしのぐ知的能力を示していた。

彼らの叔父であるレオポルドは、ロンドンやブリュッセルで離れて暮らしていても、ふたりの養育に関心を持ち、父親のようにふるまっていた。シュトックマーがふたりの成長について定期的に報告をしていた。王子たちは一八三二年に人口一〇万のブリュッセルを訪れ、いままでに行ったことのないようなにぎやかな活気のある街を楽しんだ。エルンスト王子の将来は父親の跡継ぎと決まっていたが、アルバート王子の場合は問題だった。彼の旺盛な好奇心と知性では、小さな公爵領の狭い世界をつまらなく感じるだろう。とはいえ、福音ルーテル教会の敬虔な信者であるため、ローマカトリック教会の女性とは結婚できない。

一八三六年、親戚を訪ねてベルリン、ドレスデン、プラハ、ウィーンをまわったが、アルバートにはとても退屈な旅行だった。そこで、フロルシュユッツとシュトックマーは彼にボンの大学で勉強するべきだと助言した。この頃になると、彼もその夏に会った、いとこのヴィクトリア王女と結婚する可能性があることに気づいていた。シュトックマーとレオポルドは、ふたりの兄弟のうちではアルバートのほうが女王の夫にふさわしいと考えた。シュトックマーは特に、アルバート王子の知性が最大限に生かされるような結婚がいいと思っていた。

ヴィクトリアが結婚問題を先延ばしにしていたので、レオポルドはアルバートにいまは行動に出ず、ボンでの時間を有効に使うようにと励ました。彼は芸術、法律、政治、経済を学び、哲学やドイツ文学、古典文学も好きだった。博物館や美術館を訪れ、シュトックマーと一緒にイタリアをまわる旅に出ると、ヴェニスやミラノの芸術や建築に魅了された。これはイギリス王室の子息に施される教育とは大きく違っていた。彼がイギリスで大事業を成し遂げ、教養の高いヨーロッパの知識人として大成したのは、このボンとイタリアでの経験があってのことだった。

結婚の申し込み

ヴィクトリアがついに、一八三九年秋にザクセン＝コーブルク家のいとこたちの来訪に同意すると、レオポルドとシュトックマーは喜んだ。彼らの心配は、ヴィクトリアがエルンスト王子を気に入る可能性だった。大人になってからパリやベルリンのいかがわしい場所に出入りし始めた彼は、まったくふさわしい相手ではない。アルバートは母親似であったが、エルンストは父親に似ていた。アルバート王子はレオポルドの計画に不信感を抱いていた。いとこに関する報告に、いい印象を持っていなかったのだ。彼女は自然を好まず、メルバーン卿と不適切なほど親密な関係を築いており、王室の生活に嫌気がさしているという点が彼の懸念だった。今回の訪問で、アルバートはヴィクトリアが真剣なのかどうか、なんとしても知りたかった。必要以上にこの問題に関わって時間を無駄にしたくなかったのだ。

アルバートはひどい船酔いに悩まされながらイギリス海峡をわたり、一〇月一〇日に一行はウィンザー城に到着した。アルバートを一目見たとたん、ヴィクトリアは彼に夢中になり、結婚する気になった。アルバートはハンサムで、礼儀正しく、知的で、ユーモアがあり、兄とはまったく違っ

1838年にロンドンを訪れたアルバート王子を楽しませるヴィクトリア女王と、ピアノのそばでふたりを見守るケント公妃、サセックス公爵、愛犬ダッシュ（リトグラフ。F・イライアス作）

ている。二〇歳の女王にとって、生まれて初めて同年代の相手に友情を感じ、愛情をぶつけることができた。最初はその思いを胸に秘めていたが、アルバートにどう気持ちを伝えるべきかをメルバーン卿には相談していた。五日後、彼女はアルバート王子を部屋に呼んで、結婚してほしいと伝える。緊張が解けたことにほっとして、彼はドイツ語で結婚に同意すると、彼女とともにこれからの人生を過ごせるのがうれしいと伝えた。それ以来、ふたりは一緒にいるようになり、その情熱に気づかぬ者はいないほどだった。その夜、ヴィクトリアは夫となる相手に出会えた興奮と喜びを日記に綴った。

メルバーン卿は、当然のことながら、女王の決断に動揺し、不幸な結果になるのではないかと心配していた。シュトックマー男爵もまた、この結婚が適切かどうかに確信が持てなかった。アルバートはイギリスに住むために、すべてを犠牲にしなければならないのだ。さらに、頑固で権力を持つ女王が内向的な知識人と結婚することに不安を抱いていた。
いとこ同士のふたりはまだ若く、男女の関係には未熟だった。アルバートはエルンスト王子のような大人としての手ほどきを受けていない。まだ互いをよく知らず、育ちも違う。別々の文化で育った知らぬ者同士が見合い結婚をしようとしているのだ。アルバートは自分の将来の役割に大きな期待を寄せていた。彼のように能力が高く、教養のある若者にとって、コーブルク公国のような閉鎖的で、小さなおとぎ話の世界よりも、ロンドンでこの先の人生を過ごすほうが確実にいいことだった。しかし、心配もあった。彼はヴィクトリアのためにすべてをあきらめるのだから、その代償として専心的な愛を期待していた。ヴィクトリアの女王としての仕事への献身ぶりに気づいていなかったのだ。

女王はメルバーン卿とアルバートの外見や、彼の目にはヴィクトリアだけが映っていて、ほかの女性は見ていないことなどを話した。将来は浮気心も出てくるだろうとメルバーンがほのめかすと、女王は憤り、その言葉を撤回させる。レオポルド叔父の最初の妻であるシャーロット王女が出産時に亡くなったせいか、ヴィクトリアは妊娠と、それに伴う不調への恐れも打ち明けていた。

若き日のアルバート王子（サー・ジョン・ルーカス画）

アルバートは早い時期に、将来の妻が仕事に全力を傾けていると知ることになる。一八四〇年一月、彼はウィンザー城でゆっくりとハネムーンを楽しもうと女王に手紙を書いた。彼女からの返信は、自分は仕事を真剣にとらえているので、彼もこの状況に慣れる必要があるというものだった。

……わたくしの**最愛の**人であるあなたは、**お忘れ**なのですね。わたくしが**君主**であることを。仕事をむやみに止めたり、待たせたりはできないのです。議会も控えているし、ほぼ毎日、いろいろ起こります。その対応のために、わたくしが必要になるかもしれません。なので、わたくしがロンドンを離れるのは不可能に近いのです。そんなわけで、たった二、三日の不在でさえも長いほどです。気が休まるときは決してありません。もし、わたくしがその場にいなければ……

人生を変えた訪問を終え、アルバートがロンドンを離れたのは一八三九年一一月一四日だった。この先ずっと暮らすために戻ってきたのは一八四〇年二月の上旬である。彼はコーブルクではなく、大都会ロンドンでの生活をとても楽しみにしていた。ロンドンは刺激的かつ豊かで、巨大な帝国の中心であり、魅力的な人々にあふれている。活気があって洗練されており、ブリュッセルよりも大きくていい街なので、アルバート王子のような男性には理想的な場所だった。

女王は一一月二三日の枢密院会議で結婚の意思を伝え、婚礼は一八四〇年二月一〇日に執り行うと決められた。すぐに、この結婚に対して、今後イギリスが受けるであろう外国からの影響、アルバート王子の将来的な地位、年金、役割、称号などについての激しい議論が始まった。リンカーン出身の議員であるチャールズ・シブソープ大佐に率いられた国会議員たちが、イギリス議会によそ者が関与することに不信感を抱き、女王と外国人との結婚、そしてアルバート王子にイギリス貴族の称号を与えるのに反対した。シブソープ大佐は攻撃をずっと続け、この先、アルバート王子にとっての障害となる。

ヴィクトリア女王も貴族の称号では低すぎると考えていたので、この案には反対だった。アルバートを王配殿下として、王室内では彼女に次ぐ最上の地位を与えたかったのだ。今回は、ウェリントン公爵が子どものような聞きわけのなさを示す。彼は女王の提案を拒否し、アルバートの名前に「プロテスタント」とつけるとまで言い出した。ルーテル教会派のアルバート王子がローマカトリック教を支持するはずがないにもかかわらずだった。ヴィクトリア女王は長い時間をかけてアルバートを王配殿下にしようと戦い、ついに一八五三年に自らその称号を授けることに成功する。

アルバートの手当についても議論が起こる。多くの者が、レオポルドがシャーロット王女との結婚に際して年額五万ポンドを受け取っており、妻の死と再婚を経てベルギーへ移ったいまも受給し続けていると指摘した。またもやコーブルクの人間がやって来て、同じことをするのだという不信感が生じた。問題の重大さをすぐに理解したレオポルドは、この結婚話を壊さないように、年金の受け取りをすべて取りやめた。

一般の国民のあいだでも賛否両論の意見が交わされた。皆が自分の考えを持っていたが、それはゴシップにもとづいていたり、そもそもの前提が間違っていたりする意見も多かった。女王の結婚について、「フェア・プレイ」というペンネームで「イギリス国民への手紙」を書いた者がいる。筆者はこの手紙の中で、アルバートがローマカトリック教徒であるとか、家柄が女王に釣り合わないといった、彼の適性に対する間違った噂を一掃していた。ルーテル教会派のザクセン＝コーブルク家は誰よりもヨーロッパにおけるプロテスタント主義の普及に努め、その家系は一三世紀にまでさかのぼれると指摘する。議会とは違って、国民の意見は偏見に左右されるべきではないとし、女王の夫を受け入れるか否かは個人の裁量にまかせると締めくくられている。

……われわれは**王子**の家の**財産**と領地を女王と比較して**取るに足りない**と**嘲笑する**こともできるだろう。イギリス王室の並外れた富とドイツの小さな公国を比べ、意味のない虚栄心を満足させられるかもしれない。彼が外国人だという理由から、根も葉もない噂話に耳を傾けたり、言いふらした

遠景に城の建物を望むウィンザー城の庭園の一角で、ラマを見ているヴィクトリアとアルバート（1845年、グーレイ・スティール画）

りもできよう。その噂というのは、もし彼がイギリス人であったなら、一瞬たりとも信じられないような内容だ。あるいは……われわれが心すべきなのは、これはわれらが君主の決断で、彼の運命はいまやイギリスにあることだ……戻る場所はなく、幸せを求める先もほかにはないのだから、彼を受け入れようではないか。それならばいっそ、温かい厚意を持って迎えたらどうだろう。彼がそのすばらしい力を発揮できるように、公平な機会を与え、彼がわれわれを失望させない限りは、思いやりを持って接しよう……女王の配偶者は国民から迎え入れられるべきなのだ。より忠実で、公正、寛大、そして大国にふさわしいふるまいは、どちらだろう。わたしはこの選択をあなたがたに、わが同胞に、ゆだねることにする。

最終的には、シブソープ大佐の反対にもかかわらず、議会はアルバート王子に結婚後から毎年三万ポンドの年金を支給することに同意した。これは女王の希望額よりも二万ポンド少なかったので、議会が外国人であることを理由に、彼女の愛するアルバートを軽んじているのだと憤った。生涯を通

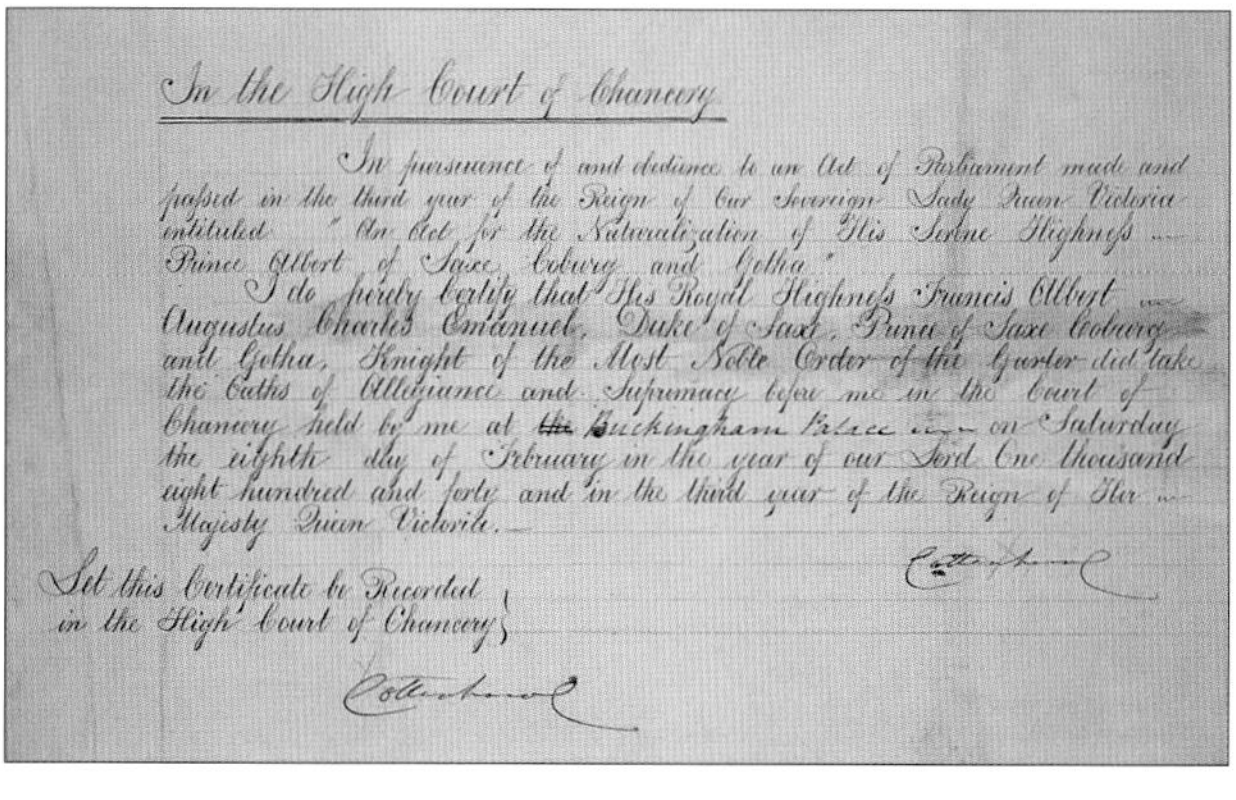
In the High Court of Chancery

In pursuance of and obedience to an Act of Parliament made and passed in the third year of the Reign of Our Sovereign Lady Queen Victoria entituled "An Act for the Naturalization of His Serene Highness Prince Albert of Saxe Coburg and Gotha"

I do hereby certify that His Royal Highness Francis Albert Augustus Charles Emanuel, Duke of Saxe, Prince of Saxe Coburg and Gotha, Knight of the Most Noble Order of the Garter did take the Oaths of Allegiance and Supremacy before me in the Court of Chancery held by me at the Buckingham Palace on Saturday the eighth day of February in the year of our Lord One thousand eight hundred and forty and in the third year of the Reign of Her Majesty Queen Victoria.

Cottenham

Let this Certificate be Recorded in the High Court of Chancery

Cottenham

アルバートの帰化証明書

じてずっと、ヴィクトリア女王は人種差別や外国人への不信感をほのめかされると本能的に嫌悪感を持った。これは時代に先んじる考え方で、アルバート王子との結婚は、その最初の一例にすぎなかった。

アルバート王子の新天地

メルバーンは依然としてヴィクトリアを世間の荒波から守ろうとしていた。イギリスはヴィクトリアが育ち、彼女と王室がいまなお生きているジョージ王朝時代の貴族的な社会から、先進工業国へと急速に変わりつつあった。一八二〇年代から一八三〇年代にかけて、ロンドンの人口は二〇パーセント増加した。マンチェスター、シェフィールド、リーズ、バーミンガムといった地域は特定の産業や貿易の中心地となり、農村部から人々が新しい工場での職を求めて流入したので、急激な変化と成長を遂げる。大規模な住宅開発が行われ、下水道設備の不足や、多くの人々が隣り合って暮らすことで引き起こされる疾患が問題となった。

一八二五年に初めてストックトンからダーリントンまでの路線ができて以来、鉄道網が短期間のうちに拡大した。一八三〇年にはリヴァプールからマンチェスターへの路線が開通した。一八三八年までには主要路線が初めてロンドンと大規模工業地帯のバーミンガムを結ぶ。ユーストン駅が開設され、グレートウェスタン鉄道はパディントンからメイデンヘッドまで延びていた。鉄道は蒸気エンジンや客車の製造、線路の敷設、機関車の運転手といった雇用を大規模に創出しただけでなく、石炭、錫、輸入した綿花、小麦などの輸送に利用され、国が工業化を成功させるためには欠かせなかった。当時の鉄道の利用はまだ限られていたが、レスター出身で禁酒を支持しているトーマス・クックによって、すぐに大勢の人々を運ぶ手段となる。

新しく出現した中流階級がさらなる富を享受する一方で、労働者たちはむさくるしいスラムで生活していた。ジョン・ブライトとリチャード・コブデンは一八三九年にマンチェスターで反穀物法同盟を結成し、穀物法を廃止しようとした。これは国産のトウモロコシと小麦の値段を人為的に高く設定する法律だった。一八三四年にトルパドルの殉教者がオーストラリアに送られたことが、皮肉にも農業労働者の労働組合を結成する契機となる。この動きは止まらず、工場や鉱山、鉄道、造船所などの厳しい環境で働き、労働者の健康や安全にはほとんど関心を払わない悪徳経営者に搾取されている男女や子どもを守る運動へと発展する。一八四四年にはロッチデー

セントパンクラス駅。ロンドンの主要鉄道駅の一つ

ルで労働者たちの集団が、物価を抑えるために協同組合の第一号店を開く。こうして労働運動の下地が作られていった。

一八〇〇年の合同法の施行以来、アイルランドとの関係は難しくなっていた。イギリス議会はアイルランドも含めて一つになっていたが、カトリック教徒が大半を占めるアイルランドはプロテスタントの支配に屈するのを拒んでいた。英国国教会がイギリスの国教だったので、それ以外の信者は国会議員になれなかった。ユダヤ人の銀行家であるライオネル・ロスチャイルドは一八四七年にロンドンの金融の中心地区《シティー》から議員に選ばれたときにこの問題を世間に訴えたが、下院には入れてもらえなかった。一八五八年の法改正まで待ってようやく、議席が与えられる。

海外では、領土や植民地が拡大するのに伴って、大英帝国の維持と防衛が大きな負担だった。アジアでは一八四〇年に東インド会社が中国と第一次アヘン戦争を起こし、一八四二年にイギリスは香港を割譲された。アデンとニュージーランドが帝国に加えられ、アッパーカナダとロワーカナダが一つの行政区となる。犯罪者のニューサウスウェールズへの流刑が廃止された。ロシアのアフガニスタンへの干渉により、インドの国境が脅かされる。軍隊の駐留が必要となり、一八三九年八月にイギリス軍がカブールに侵攻して第一次アフガン戦争が始まる。

産業革命が最高潮に達する中、イギリスとその国民への影響を書く大勢の作家が誕生し、新しい形の文学が発展する。一八三九年、トーマス・カーライルは機械化の影響によって新たな形の苦役が生まれたと警告する。ミセス・ファニー・トロロープはマンチェスターの工場で働く少年たちを描いた『工場で働く少年マイケル・アームストロング』を発表する。エリザベス・ギャスケルや

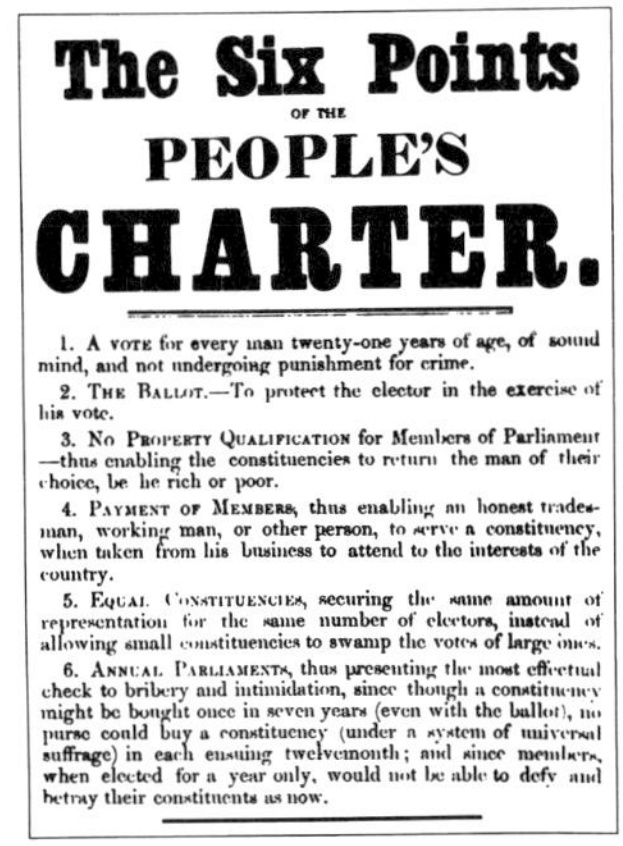

The Six Points
OF THE
PEOPLE'S
CHARTER.

1. A VOTE for every man twenty-one years of age, of sound mind, and not undergoing punishment for crime.

2. THE BALLOT.—To protect the elector in the exercise of his vote.

3. NO PROPERTY QUALIFICATION for Members of Parliament —thus enabling the constituencies to return the man of their choice, be he rich or poor.

4. PAYMENT OF MEMBERS, thus enabling an honest tradesman, working man, or other person, to serve a constituency, when taken from his business to attend to the interests of the country.

5. EQUAL CONSTITUENCIES, securing the same amount of representation for the same number of electors, instead of allowing small constituencies to swamp the votes of large ones.

6. ANNUAL PARLIAMENTS, thus presenting the most effectual check to bribery and intimidation, since though a constituency might be bought once in seven years (even with the ballot), no purse could buy a constituency (under a system of universal suffrage) in each ensuing twelvemonth; and since members, when elected for a year only, would not be able to defy and betray their constituents as now.

チャーティスト運動の目的を説明する文書

若い政治家のベンジャミン・ディズレーリといった、さまざまな経歴の作家が「イギリスの状況」について筆を執った。こうした状況においてもなお、君主の特権に甘んじ、女王は相変わらず狭量で、そして王室でのスキャンダルが続いたことから、共和主義者が君主制の廃止を訴え、マンチェスターやニューポート、ロンドンでチャーティスト運動のデモ行進を行っていた。

今日の目まぐるしく変化する国家を率いる女王として、その役割と地位に対して求められる責任感の大きさにようやく気づき始めたヴィクトリアは、アルバートの年金がわずか三万ポンドであっても受け入れるしかなかった。アルバートの侍従の人事を含め、問題はほかにもある。彼はホイッグ党員とトーリー党員の割合を半々にしたかったが、自分には発言権がないことにすぐに気づいた。メルバーン卿は、このドイツ育ちの王子がイギリスの自由主義の意味をどこまで理解できるかといぶかった。ようやく帰化法案が可決すると、彼は晴れてイギリス人となり、女王と結婚して、「殿下」と呼ばれるようになる準備が整った。アルバートはコーブルクで楽しく過ごしていた頃のように、すぐに自分の将来について思いめぐらすようになる。ヴィクトリアは常に、献身的に彼を支えている姿勢を示していた。

結婚

コーブルク公国の人々は、自国の王子とイギリス女王との結婚に歓喜した。アルバートがコーブルクを離れるにあたり、盛大な宴や送別会を何度も催して、その喜びを伝えた。一八四〇年一月二八日、父と兄、そしてイギリス王室からの従者とともにアルバートは馬車で出発した。雪の降る朝だった。アルバートはそのひどい寒さを、イギリス議会の彼に対する冷たい感情と重ね合わせていたかもしれない。ヨーロッパのほかの国々からイギリスへ移住する多くの者たちと同じく、将来には不安がつきまとっていた。一行はドイツ北部の平原を抜けて、ケルンでライン川をわたり、アー

襟と袖口にホニトンレースをあしらったクリーム色のシルクのウェディングドレスと、造花のオレンジの花をつけた頭飾り

ヘンからブリュッセルに入る。ブリュッセルではレオポルド叔父のところに滞在した。それからオステンドまで行き、そこからは汽車でカレーに向かう。カレーからはフェリーでドーバー海峡をわたったのだが、旅行が苦手なアルバートはまたしても船酔いに苦しんだ。ようやく彼らがロンドンに到着したのは二月六日で、結婚式のわずか四日前だった。

過去四カ月間の話し合いも含め、婚礼の準備はまだ続いていた。客を招き、簡単な式を行う予定だった。戴冠式のように豪華で、いかにも女王といった雰囲気ではなく、花嫁にふさわしい清楚なドレスが準備された。ヴィクトリア女王は何よりも、自分に対して従属しているような気持ちを夫には感じてほしくなかったのだ。

女王がドレスについてメルバーン卿に相談すると、これまで着ていたようなパリ製ではなく、苦境に陥っているイギリスの業者からあつらえてはどうかと勧められた。官立デザイン学校のラファエロ前派の画家ウィリアム・ダイスがエレガントでありつつも控えめなドレスをデザインした。製作はおそらくミセス・ベタンズだ。生地は優しいクリーム色のシルクで、ロンドン東部のスピタルフィールズでサミュエル・コートールドのようなユグノー教徒の職人が織ったのだろう。幅広の襟と袖はデヴォン州で作られたホニトンレースがあしらわれた。当時ではブリュッセルレースが流行っていたので、ホニトンレースの業界は低迷していたのだ。その生涯を通して、ヴィクトリア女王はホニトンレース業界を支援し続けることになる。

伝統を破り、女王はティアラや小冠をつけるのも、金糸や銀糸で織られた生地を使うのも嫌がった。その代わりに、造花のオレンジの花をちりばめた頭飾りと、同じ花を散らした長い裾をつけた。

派手さはなく、シンプルであったが、手の込んだデザインの高価なウェディングドレスだった。結婚式の前日にアルバート王子は花嫁となるヴィクトリアに、ダイヤモンドで縁取った大きなサファイヤのブローチを贈る。女王は翌日、ウェディングドレスにこのブローチをつけた。その後もヴィクトリアはこのブローチを愛用していたが、アルバートの死後はつけなくなってしまった。このほかにはトルコ産のダイヤモンドのネックレスとイヤリングをしていた。アルバート王子はイギリスの陸軍元帥の制服に、ヴィクトリア女王から授与されたガーター勲章という姿だった。

一八四〇年二月一〇日の朝はどんよりとして雨模様だったが、ヴィクトリア女王とアルバート王子の弾む心に水を差しはしなかった。朝食後、女王は髪を整え、ウェディングドレスを着た。母親とサザーランド公妃に付き添われ、馬車でバッキンガム宮殿から王室礼拝堂のあるセントジェームズ宮殿へ向かった。ここでふたりは結婚の誓いを交わす。女王はアルバートに指輪をはめられたとき、とても喜んだ。登録簿に署名すると、ふたりはバッキンガム宮殿へ戻り、女王はシンプルな白いシルクのドレスに、アルバートはジャケットに着替え、披露宴を楽しんだ。洋服はふたりの共通の関心事で、ふたりで何を着るかを考えたり、相手の服をほめたりしてい

結婚式でのヴィクトリア女王とアルバート王子（F・W・トッパム画、S・ブラッドショーによる印刷）

た。女王は大振りで派手な、飾りの多いデザインを選んだが、アルバートはシンプルで上品な、仕立てのいいズボンとジャケットが好みだった。

四時になると、ふたりは宮殿からウィンザー城へ向かう。ふたりを祝う人々が沿道に集まっていたので、到着するまでに普段よりも時間がかかった。ウィンザーでアルバートはバロネス・レーゼンの部屋があまりにも近いことに驚いた。女王が着替えをする部屋の反対隣なのだ。女王は、結婚初夜は天にも昇るようで、ほとんど眠らず、愛に包まれていたと記している。

翌朝、朝食の席で、若い妻は夫の魅力的な容姿に心を奪われる。彼は黒いベルベットのジャケットを着て、首元には何もつけていなかったので、襟元から普段よりも胸が見えていたのだ。ハンサムな顔立ちと青い目に加え、装いまですばらしい夫を女王はいつもに増してほめたたえた。ふたりは城内を散歩してから、机を並べて一緒に執務に取りかかろうとした。しかし、互いへの愛情を抑えることはできなかった。生まれて初めて、ヴィクトリアとアルバートは想像もしていなかったような愛と幸せを手にしたのだ。ふたりは激しい情熱にあふれた関係を築いていた。

結婚の幸せの真っ只中で、妻は時間をとり、父のような存在のふたりであるメルバーン卿とレオポルド叔父に手紙を書いた。レオポルドには次のように知らせている。

……**本当に**、世界中でわたくし**よりも**、または**同じくらい**幸せな人がいるとは考えられません。彼は天使のような人で、その優しさと愛情には心を動かされます。いとしい目と輝くような顔を見ているだけで、彼をますます好きになってしまうのです。彼を幸せにすることがわたくしの喜びです。わたくしの幸せ以外の話も書きましょう。昨日の披露宴は、これまで経験した中でもっとも満足し、盛り上がるものでした……昨夜は、ぐったりと疲れてしまいましたが、今日はまた元気になり、幸せです。

結婚当初

結婚して最初の一週間は愛情と情熱に包まれて過ぎた。ヴィクトリアとアルバートが互いに愛し合っているのは誰の目にも明らかだった。舞踏会では、縦横に踊るふたりは注目の的になる。バッキンガム宮殿やウィンザー城の庭を散策するときには、アルバート王子は妻に自然のすばらしさを教えた。乗馬をすると、ヴィクトリアが雄馬に乗るアルバートは非常にハンサムだとほめる。夜になると歌ったり、楽器を演奏したりした。さらには宗教についても話し合うと、女王はこれまで信仰してきた英国国教会よりもルーテル派のプロテスタントを好ましく思うようになる。

女王は妊娠と出産を恐れていた。医療従事者のあいだでは避妊について研究が始まっていたが、地位の高い人々が口にする話ではなかった。シャーロット王女が亡くなってしまったように、当時、子どもを産むことは大きな危険を伴った。社会の階層とは無関係に、多くの女性が出産で、あるいは出産が原因の合併症で命を落としていた。結婚式から六週間後の三月中旬、女王は気分が悪くなり始める。妊娠だった。いつものように、またもや問題が持ち上がる。今回は、王位継承者が皆無なのが原因で、摂政がいないことだった。摂政法案が議会を通過し、跡継ぎとなる子どもが成人する前に女王が亡くなった場合には、アルバート王子が子どもの摂政になることが承認される。

　毎朝、メルバーン卿の勧めにより、女王が政府関係の書類に目を通すときにはアルバート王子も隣に座った。必要な場合には署名が滲まないように吸い取り紙を当てることまでした。アルバートはユーモアのセンスに欠け、厳格で内向的だったので、メルバーンのような冗談好きで、年長の政治家と友情を結ぶタイプではなかった。しかし、彼の性格はヴィクトリアの夫としては最適だとメルバーンは考えた。経験豊かなメルバーンは、アルバート王子がいずれ、イギリス国民に対して、妻とは別の、そしてある点においては妻をはるかにしのぐような多大な影響を与えるだろうと正確に予測していた。彼は女王に、アルバート王子が関心を示す書類はなんでも自由に見せるようにと助言した。だが、アルバートに見解や意見があっても、女王は自分の意思決定に彼の意見を反映することは許さなかった。

　ふたりの性格の違いが露わになり始めた。ヴィクトリアはのんびりとした性格で、フローラ・ヘースティングス

ヴィクトリアの絵。女王からアルバートへの贈物（1841年、鉛筆と水彩、サー・ウィリアム・チャールズ・ロス画）

事件にも懲りず、噂話が好きで、歌ったり、軽い音楽を聴いたりするのが楽しみだった。アルバートは反対に、堅苦しく、自己抑制がきいていた。ほどなくして、彼は知的な刺激を渇望するようになる。女王は自分自身を形式張っていないと考えていたが、王室の数々の決まり事は融通がきかず、アルバートは特にバッキンガム宮殿での生活に息苦しさを感じ始めていた。

アルバート王子には何もすることがないという事実が明白になると、怒りっぽい妻と抑圧された夫はドイツ語なまりの英語で口論をするようになった。彼には役割がなく、退屈が続くと気分が落ち込むようになる。夫のために、女王は取り決めを見直し、できるだけウィンザー城で過ごせるように王室を移した。アルバートが高い格式を重んじるバッキンガム宮殿よりも、ウィンザー城のほうがましだと思っていたからだ。

女王の生活にアルバートが加わったことで、彼女の周りの人々のあいだに不安が生じた。女王はいまだにバロネス・レーゼンを忠実な相談相手と考えていたものの、夫の存在により、それも難しくなる。バロネス・レーゼンとアルバートは折り合いが悪かった。シュトックマーはメルバーンにレーゼンを追い出すのを手伝ってくれと頼むが、彼女は女王と自分に対してもっとも従順で忠実であると言ってメルバーンは断る。とはいえ、アルバートの存在感が増すにつれて、レーゼンの立場はだんだんと弱くなり、一八四二年に王室を辞してドイツへ帰国する。

議会との緊張関係がゆるんでくると、アルバートは議会開会式に招待され、女王の隣に座ることになった。六月一〇日に暗殺者に狙われ、命を落としかけると、女王の人気が驚くほど高まり始める。その後も暗殺未遂は何度もあり、それまでの国王殺害という言葉ではなく、女王殺害という言

次ページ:女王殺害未遂。コンスティテューションヒルを通りがかったヴィクトリア女王とアルバート王子に発砲するエドワード・オックスフォード

いまわしが生まれた。

ピストルを二丁手にした一八歳のエドワード・オックスフォードが、コンスティテューションヒルで女王夫妻に向けて発砲した。周りに居合わせた人々は犯人を殺すべきだと求めたが、暗殺の恐怖にもかかわらず、驚くことに女王はそのまま落ち着いた様子で行ってしまった。オックスフォードは二七年間にわたって精神病院に収容されたあと、国外への移住が許される。

ヴィクトリア女王は夫との幸せな時間が妨げられるとして、妊娠を楽しいとは思わなかった。小柄だったので、体への負担も大きい。出産についてはアルバート王子と話し合うだけで、執務は普段のとおりに続けていた。妊娠のせいで気分が悪いとは決して口にしなかった。アルバート王子はできる限り妻を支えた。女王は妊娠の後期になると、国政や、さらには来るべき分娩といった個人的な問題まで、アルバートの助言を頼りにするようになる。当時の慣習に比べると、ふたりは出産について極めて率直に話し合っていた。

第五章　ヴィクトリアとアルバートの最初の一〇年間

一八四〇年一一月二一日、両親の結婚から一〇カ月後に第一王女が生まれた。第一子の誕生は、無邪気な子どもから女王、妻、そしていまや母へという、ケント公爵家の王女ヴィクトリアの三年半にわたる変容を完結させた。一年半前には国民が目にしていた新女王は未熟な若い女性だったが、現在では小さな赤ん坊をあやす優しい母親の姿だ。

第一王女はヴィクトリア・アデレード・メアリー・ルイーズと名付けられた。この長女を含めて、ヴィクトリア女王とアルバート王子は二〇年にわたる結婚生活の中で九人の子どもをもうけた。最初の七人の子どもたちはヴィクトリア女王即位後の一〇年間にあたる一八四〇年から一八五〇年のあいだに生まれた。王室のイメージは、ヴィクトリアの時代とそれ以前の享楽的な世代とでは対照的だった。一八四〇年代、ヴィクトリア女王は国民に対して安心感を与え、君主として節度ある姿勢を示してきた。大英帝国はすでに世界で権勢をふるい、新しい植民地や領土が毎年のように増える。産業革命が進み、急速な社会変革と技術革新がもたらされる。大英帝国の可能性は無限のようだった。

前ページ:赤ん坊の第一王女ヴィクトリア・アデレード・メアリー・ルイーズを抱くヴィクトリア女王

新婚のヴィクトリアの生活は、孤独な少女時代とは大きく変わった。生まれて初めて、夫のアルバート王子という、同世代の仲間ができた。若い母親という生活が始まる一方、さらに幅広い、重要な役割も果たさねばならず、ヴィクトリアは大きな義務感に縛られているように感じる。この非常に困難な時代において、もはや君主が政府をつかさどるのではなく、その役目は議会が担うという、女王としての自分の立場をヴィクトリアはすぐに理解した。君主と議会という二つの存在がうまく共存するには、まだ解決すべき問題があった。ヴィクトリアとアルバートふたりの意見と政府が進みたいと望む方向が違うために、何度も衝突が起こる。

二〇年間の結婚生活の中で、ヴィクトリア女王は自分らしい君主の姿を、自信を持って確立することができた。これはアルバート王子の支えがあってこそだった。彼は夫であるだけでなく、かつてのメルバーンのような、もっとも親密で、信頼のおける相談相手だった。度重なる妊娠で君主としての役割がおろそかにならないように、ヴィクトリアは懸命の努力をして、引見や晩餐会、行事への臨席などをできる限り続けた。しかし、やむを得ず、できない場合もあった。

緊張

一八四〇年代に妊娠が続いたことで、ヴィクトリアは次第に疲れ果ててしまう。アルバート王子がヴィクトリアの代理として多くの行事に出席したが、彼は正式な称号もなく、女王の補助的な立場でしかない。結婚の数カ月前に議会の反対によって阻止されていたが、ヴィクトリア女王はなんとしても夫の役割を見つけ、称号を与えたいという思いをあきらめていなかった。アルバートも裏方として代理を務めるだけの状態には満足できない。影響力のある役目を担いたいという彼の希望は、ヴィクトリアに当初は拒否されていた。すぐにふたりのあいだがぎくしゃくするようになる。この縁組は適当ではないとシュトックマー男爵が心配していたことが、現実になったようだ。

アルバート王子は王室での生活や、正規の教育を受けておらず、知的とはいえない妻に退屈してきた。ふたりは頻繁に口論するようになり、大げんかをすることもあった。女王がトランプ遊びや歌、軽い読み物で満足する一方、アルバート王子はそれの繰り返しには耐えられず、もっと刺激的な人々との出会いが必要だった。教養があり、博学で積極的な若い男性にとって、現状は物足りなく感じられる。アルバート王子の個人秘書であるジョージ・アンソンも役割のないことに失望していた。アンソンは一八四一年一月にメルバーン卿の発言について覚書を残していた。メルバーンの考え方が、王子たちとは根本的に違っているのが見て取れる。

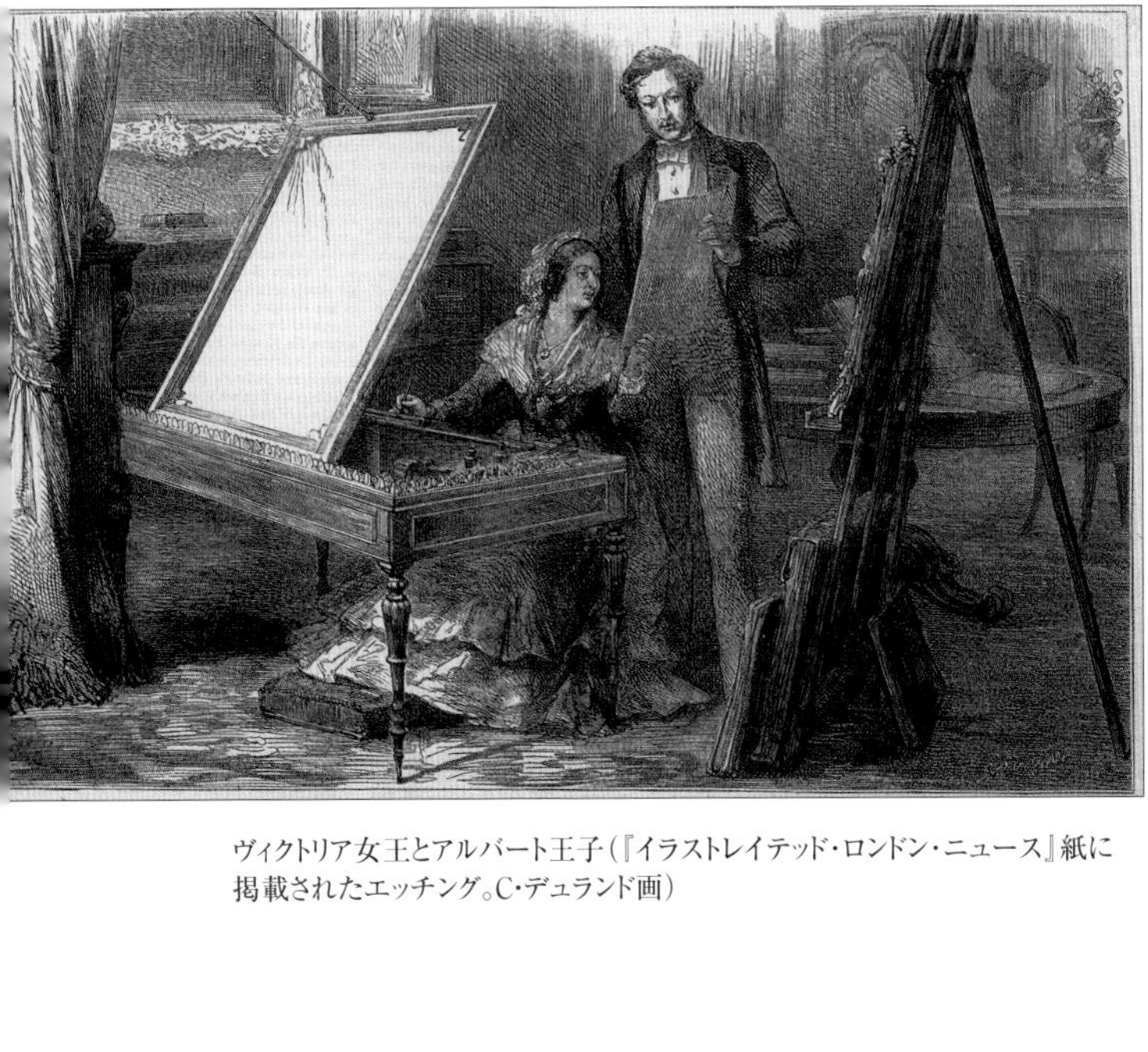

ヴィクトリア女王とアルバート王子(『イラストレイテッド・ロンドン・ニュース』紙に掲載されたエッチング。C・デュランド画)

メルバーン卿は言った。「王子は毎晩同じようにチェスをするのに**飽きている**。文学や科学に造詣の深い人々を王室に招き、交友を広げたい……しかし、女王はそういった者たちに関心がない。自分は正規の教育を受けていないので、彼らとの会話についていけないと感じているからだ。女王は会話に加われないで黙ってるのは嫌いだし、気取らず、率直な性格なので、知らないことを知っている振りなどできない……女王は王子がほかの女性に対してまったく無関心であるのには満足している……彼女は、夫がわたしを相手に長く話し込むときでさえ、嫉妬を感じてしまうのだ」

徐々に、メルバーン卿の応援と、妊娠中の妻を助ける必要性から、アルバート王子は国政について意見するのを許され、書類の送達箱が彼の机にも置かれるようになった。彼はボンの大学で政治学を学んでいたので、政治的な偏見にとらわれない判断ができた。これは、いまでは下降の一途をたどっているメルバーン率いるホイッグ党にはありがたいことだった。

一八四一年の総選挙ではメルバーンが敗北し、サー・ロバート・ピール率いるトーリー党が二度目の勝利をおさめる。メルバーン卿は女王にとっても過去の人となり、連絡はとっているが、以前ほどの親密な関係ではなくなっていた。一八四二年に患った脳梗塞から完全には回復できず、一八四八年にメルバーン卿は亡くなる。この頃までに、彼の役割はアルバート王子に取って代わられていた。与えてもらった助言や指導を忘れてしまったかのように、ヴィクトリア女王は自分がメルバーンと近しかったことを不思議に感じていた。いまではアルバートが女王の補佐役として、ピールと緊密に協力を始める。

今度はバロネス・レーゼンの存在について、ヴィクトリアとアルバートが対立する。アルバート王子とレーゼンは折り合いが悪く、お互いに、相手とヴィクトリアの関係に不満を持っていた。シュトックマーがこの件に口を出し、もしレーゼンが辞めないのであれば自分が辞任するとアルバートに迫る。レーゼンは常にヴィクトリアのそばにいたので、女王に子どもが生まれたら養育を手助けするつもりだったのだろう。しかし、子どもたちの世話係にはレディ・リトルトンが選ばれる。

アルバート王子はさらに、王室の運営についても細かい見直しを断行する。いままでは一度も行われたことがなかった。彼はすぐに、長いあいだ、決して改良や変更がなされなかった悪習をたくさん見つけ出した。必要がない場合でも食料を注文し、支払いをしていた。契約書を交わさずに取り決めをし、そして、女王の豪華な晩餐会の際には、必要以上に贅沢な歓待をするために浪費していた。アルバートは不当にも、長年のうちに役割が大きくなりすぎていたレーゼンにこの責任を押し付ける。こうして、彼女の存在はもう必要ないと決められた。最終的にはアルバート王子、シュトックマー、そしてジョージ・アンソンの説得により、ヴィクトリア女王も彼女の解雇を承諾する。一八四一年、イギリス王室での二一年間にわたる奉職を終え、レーゼンはイギリスを離れてハノーヴァーへ帰国する。

女王とレーゼンは別れを惜しむ機会がなかった。これは、最後までヴィクトリアを気遣っていた彼女が、女王を動揺させたくなかったからだ。レーゼンはある夜、姿を消してドイツへ帰った。翌日、ヴィクトリア女王はこのような終わりでよかったのかと思い悩んだ。女王がまだ若く、自分のやり方を確立する必要性に駆られていたために、メルバーンとレーゼンのふたりから離れなければならなかった。ヴィクトリアが自分の責務への心構えをするためにも、こうなる必要があった。長年にわたるレーゼンの導きがなければ、ヴィクトリア女王はもっと違う君主となっていただろう。彼女はヴィクトリアが女王となる準備をする上で、重要な役割を果たしたのだ。「偉大な君主として成長する女王が誕生した。これはレーゼンの手柄と言えるものだろう」とエリザベス・ロングフォードは指摘する。

レーゼンは毎年八〇〇ポンドの年金を受け取り、イギリス王室での思い出の品に囲まれながら、八六歳まで生きた。ヴィクトリアとのやり取りは続いており、彼女がドイツを訪れるときにはレーゼンにも会った。レーゼンが去ると、ヴィクトリアは自信をさらに深め、アルバート王子を含めて多くの者たちが王室の生活が改善されたと感じた。

レーゼンの帰国から二カ月後、首相が代わり、エジプトとトルコで騒乱が起こり、アルバートが王室と妻の生活の改善を行う。ヴィクトリア女王は一八四一年一一月九日、アルバート・エドワード皇太子を出産し、次代への王位継承がたしかなものとなる。男子の誕生から一二日後に第一王女は満一歳の誕生日を迎えた。ヴィクトリアはいまではふたりの幼い子どもの母親であった。

緊張や衝突、ひどい喧嘩があるにもかかわらず、ヴィクトリアとアルバートの関係は情熱的だった。子どももさらに生まれ、ふたりはだんだんと互いの存在を受け入れるようになる。アルバート王子は愛の証として、妻にたくさんの宝石を贈る。宝石を買い求めるのではなく、まだコーブルクで暮らしていた一八三九年からしていたように、頭飾り《サークレット》やイヤリング、ブローチなどを自分でデザインした。これは一八四六年のヴィクトリアの誕生日まで続けられる。金の葉や白い磁器製の花、緑の七宝焼きのオレンジなどをあしらったエレガントでモダンな作品は、伝統的な王室の宝石とは違うものだった。一八四三年二月一〇日の三回目の結婚記念日に、アルバートはエリザベス朝のハート形の上に淡水パールでできたシンプルな王冠をつけた金のブローチを贈る。ヴィクトリア女王は夫からの愛と贈物をとても喜んだ。

ピール首相

一八四一年の総選挙後、サー・ロバート・ピールは彼にとっては二度目となるトーリー党内閣を組閣し、ウェリントン公爵を無任所大臣に、一八四三年にウィリアム・グラッドストンを商務大臣に任命する。五三歳のサー・ロバート・ピールは、寝室女官事件のときには嫌われ、不信感を持たれていたが、今度はヴィクトリア女王から多大な尊敬を受けるようになる。

サー・ロバート・ピールは改革派のトーリー党員で、綿織物で財を成した中流階級の出身であり、ハロー校とオックスフォード大学で教育を受けた。首相になるまでに、議会での経験を長く積んでいた。自由貿易の支持者で、意見が対立していた穀物法の廃止を決定したために、保守的な考えを持つトーリー党員の反感を買った。労働者階級の栄養不良が明らかになり、アイルランドでジャガイモが不作になると、これはさらに差し迫った問題となる。

自由貿易の経済的原則――事業や取引の抑制を目的とする人為的な関税を課さず、国際貿易を行う――に則するのは極めて難しい。しかし、ヴィクトリア女王の治世においては、自由貿易が思いがけずうまくいっていた。これは何よりも、広大で強力な大英帝国の中で開かれた貿易と投資の市場が、自由貿易によって成功していたことに起因する。反対に、穀物法と、それに関連する改正法案は、貧しい人々を犠牲にして地主階級の富を保護するための作為的な措置だと見なされた。

最初に穀物法が議会で可決されたのは一八一五年だった。当時のイギリスでは人口が急激に増え始め、国民に供給する国産小麦の量が不充分で、穀物を輸入する必要があった。国産小麦の値段が二五キログラムあたり四ポンドになるまで、外国産の輸入を禁じる法律を定めた。その後、一連の法改正で関税が変動したが、穀物法は人為的にすべての穀物の値段をつり上げ、パンやそのほかの小麦製品の価格も影響を受けた。ジョン・ブライトとリチャード・コブデンの主導により一八三九

『ヴァニティフェア』誌に掲載されたサー・ロバート・ピールの風刺画

年にランカシャーで反穀物法同盟が結成されると、すぐに支持されて国中に広がった。一八四〇年代なかばの綿織物産業の衰退や、人為的に高く設定された小麦の値段とそれに伴う苦境を目の当たりにしていたピールは、穀物法とそのすべての改正法を廃止する決意をしていた。

ヴィクトリア女王はピールを大変気に入るようになる。彼は愛するアルバートが心から友と慕う数少ないひとりだったので、そのために好意を持ったのは間違いない。また、この頃、即位して日の浅かったヴィクトリアが、難しい外交問題や政治ついて方策を探るのをピールは助けた。アルバート王子は彼の政治手法を好み、一方のピールはヴィクトリア女王が君主として成果をあげるにはアルバートの存在が欠かせないと考えていたので、彼が女王の代理を務めるのを好ましく思っていた。ピールはアルバートよりも二〇歳以上年上だったが、ふたりは仲がよかった。同じような教育を受け、人生観も似ていた。ヴィクトリアにとって、アルバート王子の助けは必要不可欠だった。彼は途切れなく届けられる書類に目を通し、分析して彼女と話し合った。こうしてふたりはチームとなったものの、アルバートは意思決定に対してもっと大きな影響力を持つことを望んだ。

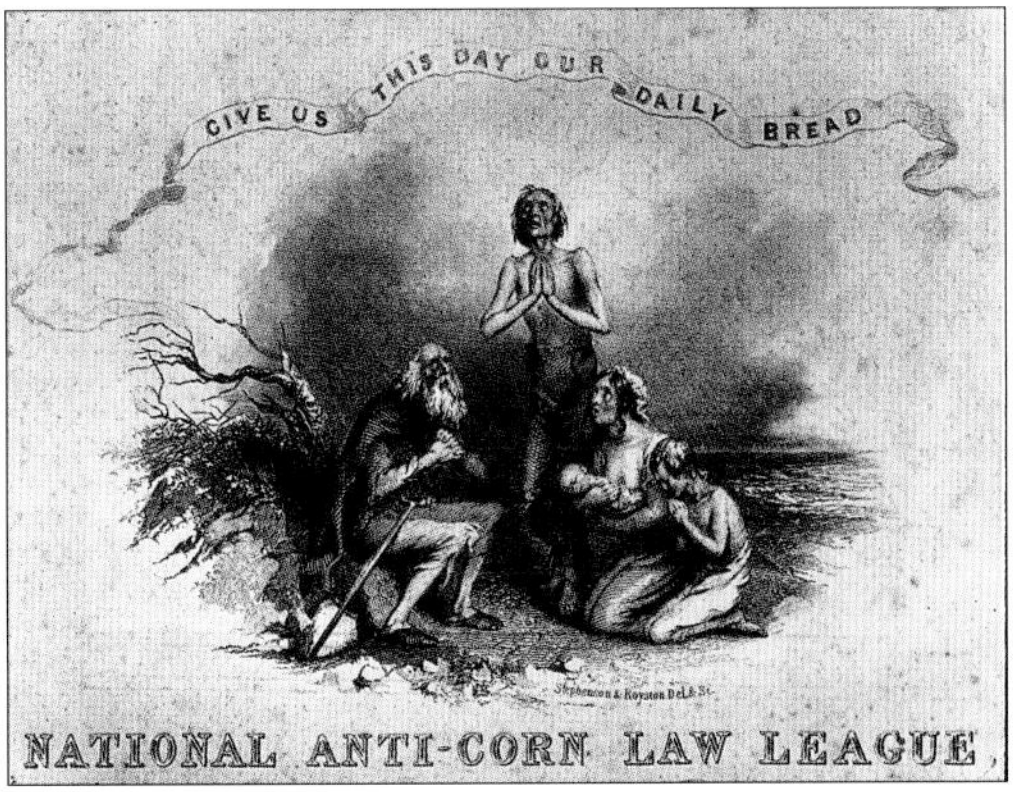

全国反穀物法同盟の会員証

女王の教育

結婚当初にアルバート王子が抱いていた不満の一つは、彼の目から見て、妻が充分な教育を受けていなかったことに間違いない。知的な刺激を与えてくれるフロルシュッツに感化されたり、ボンの大学で学んだりした幅広い経験は、ケンジントン宮殿の中で女王がレーゼンから受けていた教育とはまったく異なる。アルバートから見て、ヴィクトリアは聡明で、頭の回転が速く、理解力があるにもかかわらず、知的な訓練が足りなかった。彼が妻の教育を買って出ると、彼女はしぶしぶ同意を示した。メルバーンも気づいていたのだが、ヴィクトリアは物事を深く考えるのが苦手だった。「真面目な」議論を展開することができず、軽薄な方向に話題にそらせてしまうので、周りの人々を苛立たせていた。

アルバートの申し出は時期的にもちょうどよかった。すぐにヴィクトリアは芸術や文学に精通し、好きな音楽やオペラについての造詣を深める。彼女とアルバートは一緒に楽器の演奏を楽しんだ。作曲家のフェリックス・メンデルスゾーンが一八四二年にロンドンに来ると、ヴィクトリア女王は彼をバッキンガム宮殿へ招待する。メンデルスゾーンはベルリン出身のロマン派の作曲家である。彼はスコットランドに滞在したことがあり、この地に魅了されていたので、バッキンガム宮殿では女王に『スコットランド交響曲』を捧げた。メンデルスゾーンはこの訪問を心から楽しんだ様子で、アルバートのオルガン演奏について述べている。この演奏では、ヴィクトリア女王が楽譜をアレンジし、歌を合わせた。

次ページ:1842年のバッキンガム宮殿訪問に際し、ヴィクトリア女王とアルバート王子のためにピアノを弾くフェリックス・メンデルスゾーンほどなくして、ヴィクトリア女王を取り巻く人々は、王室での会話の質が向上していることに気づく。女王は芸術や海軍の活動、世界の出来事について、自信を持って自分の意見を口にするようになっていた。コヴェントガーデンのロイヤル・オペラハウスへ定期的に行き、新しい作品を鑑賞するようになる。女王夫妻は熱心な演劇愛好家で、子どもたちはよく衣装を着て写真を撮られたり、絵に描かれたりしていた。ふたりは新たに広がりを見せていた演劇業界の後援者になり、一八四八年一二月にはウィンザー城で一回目の王室御前上演を開催する。演目は『ヴェニスの商人』で、俳優は偉大な悲劇役者エドマンド・キーンの息子であるチャールズ・キーンだった。

ヴィクトリアが女王になったばかりの頃には、劇場はまだ中・上流階級だけが足を運ぶところだった。一八四三年の劇場法の施行によって劇場内で飲食物の販売が可能になると、大衆演劇場が次々にできた。これはヴィクトリア朝時代の労働者階級の娯楽施設

として、人気となる。ここから、劇場でのミュージカルコメディーが洗練され、歌や踊り、風刺劇、喜劇が盛り込まれた二〇世紀のバラエティーショーへと発展するのである。

女王の夫

イギリス国民はアルバート王子を簡単には受け入れなかった。彼は気難しい外国人で、傲慢だと受け取られることもあったが、これは人前で英語を話すのに引け目を感じていたのが原因だった。アルバートにロンドン名誉市民権が与えられたときのような、王子のために開かれる晩餐会では、しばしばヴィクトリア側の親類たちに冷たくされた。特にクラレンス家の人々の態度がひどかった。アルバート王子が初めて受け入れられたのは、一八四〇年の夏だった。反奴隷制協会の会長に任命されたのだ。大英帝国内では奴隷制が一八三三年に廃止されており、その補償として二〇〇〇万ポンドが所有者に支払われた。しかし、ほかの国々や政権ではまだ大規模に奴隷売買が行われていた。一九世紀末には、レオポルド叔父の息子が中央アフリカのコンゴ川一帯を植民地化して、奴隷貿易に携わる。

サー・ロバート・ピールはアルバートの能力を認めていたので、彼を王立芸術委員会の会長にした。この委員会の仕事の一つは、一八三四年に焼失した国会議事堂の再建の実現性を調べることだった。新しい建物はイタリアンクラシックの影響を受けたヴィクトリアンゴシック様式で、チャールズ・バリーとオーガスタス・ウェルビー・ノースモア・ピュージンふたりの設計を組み合わせていた。アルバート王子はすぐに、委員会にとって、有益で見識ある貢献をする人物だと認められるようになる。

彼が役職を務めた中に、一九世紀には一般的にソサエティ・オブ・アーツとして知られていた王立技芸協会がある。ソサエティは一八四三年にアルバートを会長に任命する。ここではたくさんの才気煥発な起業家に歓迎され、アルバートはずっと欲しかった刺激的な仲間を見つける。彼はソサエティに、新しい産業の成功には不可欠な、芸術と工芸を大量生産と商業に融合させるという重要な役割を担わせたことで、高い評価を得る。アルバートがともに仕事をした人々の中には、一八四三年に初めてクリスマスカードの作成を依頼したヘンリー・コール、ストーク・オン・トレントにある製陶会社の経営者ハーバート・ミントン、新しいスタイルの建築家トーマス・キュービット、機関車を

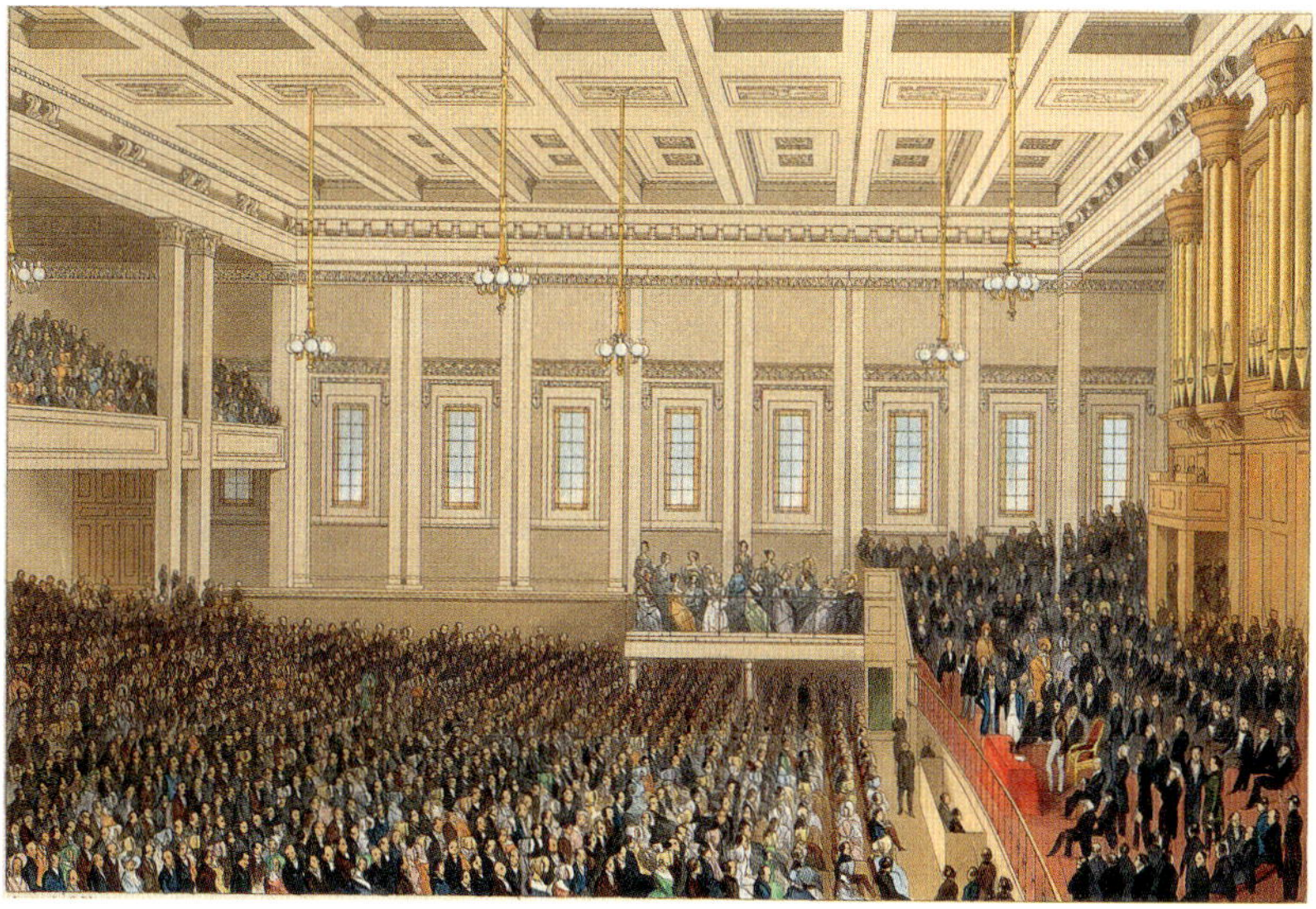

反奴隷制協会の集会で演説するアルバート王子

議会開会式に到着する女王（D・ロバーツ画）

設計したジョージ・スティーブンソンやエンジニアのイザムバード・ブルネルがいた。アルバート王子の応援で、彼らとソサエティ・オブ・アーツは一八四八年に万国博覧会の計画を始めることができた。アルバートはこの才能にあふれる新しくできた仲間の協力を個人的にあおぎ、ワイト島のオズボーン・ハウスやスコットランドのバルモラル城を設計して建築した。

だんだんと、アルバートはこれまでの教育とヨーロッパ的な視点を活用しながら妻とともに働くという、自分にぴったりの唯一無二の役割を見出すようになる。しかし、亡くなる数年前まで、王配殿下という称号は与えられなかった。彼は仕事に確固たる意志で取り組んでおり、サー・ロバート・ピー

サー・ヘンリー・コールがJ・ホースリーに作成を依頼したカラーのクリスマスカード（1846年）

ルのように、今日では「仕事中毒」と呼ばれる状態だった。その極度に真剣な仕事ぶりから、体を壊すこともあった。彼はヴィクトリア朝の起業家を象徴するような存在で、機械が人々の生活にもたらす変化と可能性に魅了され、さらには、デザイン、製造、商業の分野が新たに発展することの重要性も高く評価していた。

脅威

結婚から一〇年を過ぎる頃、ヴィクトリアとアルバート、そして人数が増え続ける子どもたちは、理想的な家族としてとらえられるようになり、たくさんの肖像画や、発明されたばかりの写真技術で女王一家の生活が記録された。身近な存在として、新たに出現した裕福な中流階級の手本と見なされるようになる。ヴィンターハルター、フォン・アンゲリ、ランドシアといった画家たちが、家族の大きな肖像を何枚も描いた。

ヴィクトリア女王とアルバート王子は質素に生活したいと思っていた。王室の基準からすればたしかにそうだったが、その富と地位から、彼らの生活はイギリス国民の大多数のものとは大きく異なっていた。共和主義者が唱えるチャーティスト運動への支持の高まりは、ヴィクトリア女王にとって終わりのない問題だった。オズボーン・ハウスやバルモラル城へ行って何週間も連続で過ごすときや、王室費からさらに支払いを要求するときはなおさらである。君主の必要性や、その費用について、議会で質問が提出されたり、人々が疑問を呈したりしていた。

さらに大きな脅威が女王の地位と家族に迫ってくる。共和主義者によるものではなく、それは暗殺者の銃弾だった。一八四二年には女王殺害が二度も企てられる。五月に女王夫

上:北部の工業地帯を描いた『夕食時のウィガンの街』(1874年、エア・クロウ画)
次ページ:社会のさまざまな様相を表現する『蜂の巣に模したイギリス』

妻の乗る馬車がバッキンガム宮殿とトラファルガー広場を結ぶ通りのザ・マルを走っているとき、アルバート王子は小柄な男がピストルを向けているのを目にした。男は気づかれると、足早に人混みの中に消え、捕まらなかった。これ以降、ふたりが馬車で外出するときには、念のために騎乗した侍従が馬車に付き添うようになる。この方法は功を奏した。翌日、同じ男が現れて発砲すると、今度は取り押さえられて捕まった。この男はジョン・フランシスという名前で、当初は死刑を宣告されたが、ピストルに弾が込められていなかったので、刑の執行を猶予された。数日後、新たな襲撃があった。今度はジョン・ビーンという体に障害を持つ男で、銃には紙とたばこが装填されていた。ヴィクトリア女王はこの男を哀れんだ。女王殺害の試みは、女王の治世中、ずっと続いた。

社会の変化

王室の生活は、社会の大半の人々が経験しているものとは大きく違う。産業革命がもたらす富によって生み出された新しい中流階級は、いまでは社会に定着しており、彼らは工場の経営者や起業家だけでなく、重要性が増しつつある専門職を担っていた。弁護士、会計士、銀行家、建築家、教師、聖職者、医者として仕事に従事する者の数がだんだんと増え、王立英国建築家協会といった、各職業を代表する専門機関が設立されるようになる。

しかし、大多数の国民には、彼らの権利を代弁してくれるような影響力を持つ機関はなきに等しい。汚いところに住み、危険なひどい環境で働き続けていた。金持ちを助けるのではなく、弱い人々を守るための社会改革や議会での法案の提出が始まった。一八四二年、王立委員会が鉱山業について勧告を行う。これに引き続き、監督官を任命し、女性と一〇歳未満の子どもは地下での作業を禁止する法案が通過した。労働時間を削減し、労働環境を改善するための工場法がたくさん可決される。一八四二年の工場法は、ランカシャーやヨークシャーに多くある繊維工場の環境に関するもので、女性と一三歳から一八歳の若者を、一二時間を超えて働かせることを禁じ、一三歳未満の子どもの労働時間を九時間から六時間半に削減する。この法案では一日三時間の教育という概念にも触れる一方、子どもの就労年齢が九歳から八歳に引き下げられた。一八五〇年の工場法では、女性と子どもの就労時間は朝の六時から夕方六時のあいだのみで、一時間の食事と休息の時間をもうけることが定められる。一八五三年には児童労働を規制するために、新たな法案が提出された。

次ページ:機械工、機関工、整備工、鍛冶工、雛形製作者の合同組合の仕事を表した寓意画

BE UNITED
AND
INDUSTRIOUS
AMALGAMATED SOCIETY OF ENGINEERS, MACHINISTS, MILLWRIGHTS, SMITHS, AND PATTERN MAKERS.
This is to Certify that was admitted a Member of the
Branch on the day of 18
In witness whereof we have subscribed our names and affixed the Society's Seal.
PRESIDENT
SECRETARY

コレラ、腸チフス、結核といった致死的疾患が特定の地域に広がっていた。病気が発生すると、しばしば流行にまで拡大した。これは下水設備の不足や、過密な住環境に、病気の性質や感染症の伝染についての知識不足が重なっていることが原因だった。一八四〇年に都市衛生に関する特別小委員会によってスラムの存在が指摘され、一八四二年にはエドウィン・チャドウィックが労働貧民の衛生状態に関する重要な研究を発表する。これにより、都市部における劣悪で壊滅的な下水と衛生の設備が明らかにされた。この影響は大きく、イギリス国内の公衆衛生だけでなく、一三年後のクリミア半島の戦場でも衛生が重要視されるようになる。さらに、しばしば悪臭に悩まされ、感染症のリスクが高かったバッキンガム宮殿とウィンザー城の衛生について、ヴィクトリア女王が見直しを命じる機会にもなった。

一八四八年から数多くの公衆衛生法案が可決される。これにより、地方自治体に強制的に下水設備と公衆衛生を改善させ、初の保健当局者の選任、精神科病院の環境の見直し、堕落した救貧院に適用させやすい制度の構築が行われた。同時に、国民に免疫を与える方法を医者が研究する。もっとも重要な発見は、チャドウィックがバクテリアの存在と、バクテリアが病気の蔓延や感染において果たす役割を理解したことだ。

医療を提供し、増加する都市部の人々を治療するために、病院の建設が大規模に進められた。ロンドンには昔からセントバーソロミュー病院、ガイ病院、セントトーマス病院があり、奉仕団体や慈善団体の寄付で成り立っていたが、新しい病院では資金を調達するのは地方自治体であった。一八二八年に王室施療病院とユニヴァーシティカレッジ病院、一八三二年にシェフィールド王立診療所、一八四七年に女性専門サマリタンフリー病院、一八五五年に事故専門ポプラー病院が設立され、国全体にさらに多くの病院が作られる。貧民救助法が可決し、一八四四年の法案では婚外子の母親が子どもの父親に養育費を請求する権利が認められた。穀物法のためにパンの値段が高騰し、労働者階級の大半が栄養不良で飢えていた。食事にはパンや穀物よりも安価なジャガイモが代用され、残った食費で紅茶やベーコンのくずといった「贅沢品」を買う。栄養不良から、失明や神経系の病気、骨の軟化につながる可能性のある、壊血病やくる病が引き起こされた。

労働者階級の女性たちにとって、生活はとても厳しいものだった。働いて収入を得るのみならず、家事全般をこなすことを求められた。避妊に関する知識がなく、栄養不良や不健康から体が弱り、多くの女性が出産時に死亡した。直接的な原因は合併症や、金銭的な余裕がなく医者や助産師にか

アッカーマン社から出版された『ロンドンの縮図』に描かれている、セントジェームズ地方行政区の救貧院(T・ローランドソン、A・ピュージン画)

かれないことだった。出産で命を落とす恐怖はすべての女性が感じていた。ヴィクトリア女王も例外ではない。彼女は妊娠の可能性、不便さや痛み、そして夫婦生活が阻害されることをひどく恐れていた。

貧困層、特に少女への教育はなきに等しかったので、社会でもっとも貧しい子どもたちに無償で教育を施そうと、シャフツベリー卿が一八四四年に最初の「貧民学校」を設立する。これはすべての人々に教育が必要であるという認識の表れであった。

王室の人々も社会的変化に影響を受けなかったわけではない。ヴィクトリア女王がバッキンガム宮殿とウィンザー城の下水設備の点検を命じると、設備の下には巨大な汚水層が口を開けているのが見つかり、新しい下水道が整備された。アルバートがヴィクトリアの強い反対を押し切って、ウィンザー城にガス灯を設置する。ヴィクトリアは生涯、ろうそくの揺らめく明かりのほうが好きだった。

一八四二年、一家は古いロイヤルヨットのジョージ三世号でスコットランドに向かう。これは王室が発注した最後の帆船だった。船旅には三日を要し、二隻の外輪船が付き添わなければならなかった。船舶の設計と建造が進んでいるのを目にした女王とアルバートは蒸気機関を備えた新しいヨット、ヴィクトリア&アルバート号を発注する。エンジンの性能が向上し、家族も増えたことから、一八五五年にはさらに大きなヴィクトリア&アルバート二号を購入した。

鉄道網の発達は極めて重要で、一家はオズボーン・ハウスやバルモラル城へはるかに短い時間で行けるようになる。ヴィクトリア女王が初めて汽車に乗ったのは一八四二年だった。ミスター・ブ

ロンドンのフリート街の地下に下水道を建設する様子

ルネルに伴われたスラウからパディントンまでの三五分間の旅を女王はとても喜ぶ。アルバートに頼んで、「今度は、もっとゆっくりと走るように」と車掌に伝えさせるほどだった。ヴィクトリアの治世中に汽車での旅が可能になったことで、先代の国王たちの誰よりも多く、女王は遠く離れた地方を訪問し、国民と触れ合うことができた。

救済

　ヴィクトリア女王は苦しんでいる人々に心を寄せた。夫の失業や事故死が原因で、ひどい鬱病に苦しんだり、自殺したりする主婦を心配して、励ましの手紙やお悔やみ、さらには残された近親者に見舞金を送った。大英帝国内の遠隔地から届く報告書を読むと、女王は危険な地域で苦しんだり、命を落としたりした人々を深く悲しみ、とりわけ、彼らの母親の窮状を思いやった。ヴィクトリアはパークハースト刑務所の様子にも愕然とする。ヴィクトリアは遠く離れていても、臣民を気遣い、人の気持ちに共感でき、思いやりにあふれる女王だった。

　しかし、ヴィクトリアは共感を覚えるあまり、悪気はないものの、常軌を逸した行動をとることがあった。一八四〇年代なかば、綿織物産業はひどい苦境に陥っていた。需要は落ち込み、定評のあるイギリス企業も外国との厳しい競争にさらされた。綿織物製造業者の息子であるサー・ロバート・ピールは現状を充分すぎるほど理解しており、この問題について女王夫妻と話し合う。ヴィクトリアとアルバートはイギリスの労働者たち、特に、長い不況に苦しんでいるロンドン東部のスピタルフィールズの織工を助けようと思い立った。演劇好きで、歴史ドラマの公演を開催したがっていたふたりは、今回の救済策として、プランタジネット朝がテーマの盛大な舞踏会を主催することに決める。参加者はエドワード三世とフィリッパ王妃のように、イギリス製の綿織物で作った衣装を着て集まるのだ。

　これを聞いた首相はあぜんとする。数カ月前、夫妻に対して、もっと質素な生活をするほうが国民の支持を得られると進言したばかりだった。彼はふたりの特権を見せつけるのはまったく不適切だと言って、豪華な舞踏会の開催を思いとどまるように忠告する。ピールは正しかった。マスコミは、大衆が飢えているさなかに開催された舞踏会の規模の大きさと、ヴィクトリア女王のドレスの豪華さにあきれ果てた。綿織物業者の窮状は改善されなかった。

アイルランドの政治と飢饉

アイルランドでは、人々が長いあいだイギリスからの支配に反対しており、ファーガス・オコナーの指導で再開した共和主義運動が支持を集めていた。農民の多くは、一七世紀に移住してきた裕福なプロテスタントが所有する土地に住んでいた。一八〇〇年の合同法によってアイルランドとイギリスの議会が統合されるとすぐに、問題が頻発する。当時、カトリック教徒は公職に就くことが許されなかった。新しい憲法で解放を実現しようとしたが、すぐに困難に陥った。ヴィクトリア女王はプロテスタントがとらわれている偏狭な考えを嫌悪し、信教の自由と、政治での積極的な役割を要求するカトリック教徒に賛同していた。

アイルランド人の生活は土地に根ざしており、主食はパンとジャガイモだった。天災に見舞われたのは一八四五年の春で、大雨によりジャガイモが収穫できなくなった。農民の多くは借地料が支払えず、裕福な地主から強制退去させられる。この悪循環が五年連続で続いた。最終的にはこのアイルランドのジャガイモ飢饉で一〇〇万人が餓死する。さらに一〇〇万人が国を離れ、アメリカで

風刺雑誌『パンチ』に掲載された『ヴィクトリアのアイルランド初訪問に対する批評』(1849年、ジョン・リーチ画)

最初の大規模なアイルランド移民の流入となる。イギリスへも何千人というアイルランド人が移住し、その多くはリヴァプールに落ち着いて、波止場や加工工場、鉄道で職を求めた。

　惨事が起こるのは避けようと、サー・ロバート・ピールは一八四六年に穀物法の廃案を成功させる。しかし、アイルランド強圧法案を通過させられず、辞任に追い込まれる。次期首相の座にはジョン・ラッセル卿が着いた。ヴィクトリアはピールの辞任を悲しんだが、メルバーンのときのように絶望的にはならなかった。いまでは首相の辞任は、新しい首相の就任だと考えるようになっていた。新首相は、ヴィクトリア女王と仲の悪いパーマストン卿を外相に任命する。

　ヴィクトリア女王の命がまた狙われた。事件は一八四九年、コンスティテューションヒルで起きる。これは通算四回目での暗殺未遂で、アイルランド人のウィリアム・ハミルトンが犯人だった。

この出来事にもかかわらず、ヴィクトリアとアルバートは何も問題はないと考えて、この年、アイルランドを訪問する。ふたりはカトリックとプロテスタント双方の代表団に迎えられて喜んだ。ヴィクトリア女王はアイルランドの人々が魅力的で美しいと感じるが、大衆の住環境が厳しいことに大変驚く。一八四九年八月六日、女王はダブリンからレオポルド叔父に宛てて、歓迎される様子を送っている。

おびただしい数の人々が集まっているにもかかわらず、**完璧**に近い秩序が**保たれて**いました。これまで目にした中でいちばん陽気な群衆で、信じられないくらいにぎやかに、興奮しているのです……昨日の午後、わたくしたちが馬車で出かけると、軽装二輪馬車や馬に乗ったり、叫びながら走ったりしている人々が追ってきました……今朝は……模範校を見学しました（こちらでは、カトリックの大司教とプロテスタントの大監督が迎えてくださいました）……ほかのどこよりも、みすぼらしい、哀れな人々が大勢います……女性は本当にきれいで……目の色と髪はとても美しい黒で、肌と歯は白いのです。

イギリスの外

大英帝国は巨万の富を生み出すが、常に領土を守り、良好な状態に維持し、可能な場所では拡大し続けなければならなかった。サー・ロバート・ピールが広めた自由貿易は、増えつつある資本主

広東の商館とマカオ港（広東人学校所蔵）

義者たちにとって必要だった。しかし、その根底にある緊張感が暴力という形で爆発することがあった。ヴィクトリアが女王となってから最初の一〇年のあいだに、多くの死者を出すまでに拡大した事件がインド、中国、北アフリカで起こる。これは、優位に立ちたい、またはライバルの帝国拡大の野望をつぶしたいというイギリスの欲望に端を発していた。ロシア皇帝とは、彼が領土の拡大を狙っていたために、ほぼいつも敵対する関係だった。この一〇年間、ヴィクトリア女王は豊かな大英帝国の維持と拡大を狙う政府に君臨してきた。かつては大英帝国の辺境の地を守りながらも、いまでは第一線を退いた人々や、けがを負った人々が帰国すると、女王はねぎらいの手紙を送った。

大きな問題は中国だった。一六〇〇年に東インド会社が設立され、オランダ人としのぎを削りながら、東南アジアでのスパイス貿易に従事する。一六二三年までには貿易活動の中心地をインドに変える。インドで東インド会社は繁栄し、強大になってここでの貿易を独占する。富を築くのには欠かせない貿易相手は中国だった。一八世紀中頃までに、東インド会社はインド亜大陸の各地において、行政機関の役割を果たすようになる。一七八四年にインド法が成立すると、イギリス政府に代わって、最大の植民地であるインドを支配し始めた。

この時代に東インド会社が強力だったのは、インド人から多大に搾取しただけでなく、イギリス人のあいだで、エキゾチックなアジアの国《エキゾチック・イースト》、インドへの関心を高めたからだった。植民化によるイギリス人のインド駐留がイギリス国内でデザインに与えた影響は大きかった。たとえば、あちらこちらにアジア風の意匠が凝らされた、ブライトンにあるジョージ四世のロイヤル・パヴィリオンや、カシミール地方で生まれたペイズリー模様、元々はインド建築のベランダ〔建築物の外壁から張り出した部分。庇があり廊下状になっている〕やベランダに囲まれたバンガロー〔平屋〕がイギリスの郊外の街でよく見かけられるのは、インド文化がイギリスに浸透している表れだろう。

一八三三年になる頃には、東インド会社は中国相手の貿易の独占権を失い、一八三九年に中国は広東の港のアヘンを押収して、すべての貿易を中断しようとした。一八四二年、東インド会社が指揮するイギリス軍は中国軍に圧勝し、香港がイギリスに割譲される。これは中国にとっては屈辱的であった。東インド会社は一八五七年のインド大反乱まで政府の役割を担っていた。

ヨーロッパにおける革命

一八四八年はヴィクトリア女王とヨーロッパにとって、極めて重大な年だった。いまや共和主義者の要求はヨーロッパ中に広がっていた。ヴィクトリア女王は三月一八日に六番目の子どもとなるルイーズ王女を出産し、その直後にフランスのブルボン朝最後の王ルイ・フィリップに亡命の受け入れを申し出る。彼は「ミスター・スミス」と偽って、家族とともにフランスから脱出しなければならなかった。この年さらに、ヴィクトリアはシュレースヴィヒ＝ホルシュタイン公国の統治をめぐって議会と対立する。イタリアとドイツについては、ヨーロッパの小さな独立国が同盟を結ぼうとするのを注意深く見守った。国内では、チャーティスト運動のデモ隊が女王の退位を求めていた。ヴィクトリアはイギリス、ベルギー、ロシアの三カ国が落ち着いていることに安堵する。年末にオズボーン・ハウスで静養する頃になると、すべてが終わり、自分たちが安全で、ヴィクトリアがいまなお君主でいられることに、女王とアルバートはふたりでほっとため息をついた。

一七八九年の革命以降、ドイツやイタリアのようないまだに小さな公国の集まりとは違い、一つのまとまった国であるにもかかわらず、フランスは不安定だった。フランス革命から共和国の成立までは、君主主義者と共和主義者が対立していたので、抗争と流血の惨事が絶えなかった。ナポレオン一世は民主主義を標榜していたが、権限を超えて、選挙を経ずに皇帝となり、他国の元首と同様に帝国の拡大に専心する。ヨーロッパで繰り広げられたナポレオン戦争は、一八一四年のナポレオンの敗北とエルバ島への追放で幕を閉じる。

次ページ：ルイ・フィリップ王を訪ねるヴィクトリア女王とアルバート王子（1845年、ヴィンターハルター画）

ルイ一八世が即位して王政復古する。しかし、短期間ではあるものの、ナポレオンが復位し、一八一五年にイギリスのウェリントン公爵率いる連合軍にワーテルローの戦いで完敗する。フランスではふたたび王政に戻り、シャルル一〇世の治世が一八三〇年の七月革命で退位に追い込まれるまで続く。その後継者はいとこのルイ・フィリップだった。国王ルイ・フィリップの娘であるルイーズ・マリーがレオポルド一世と結婚する。ヴィクトリア女王は彼女と初めてラムズゲートで会ったときに、その美しさと、洗練されたパリ風の装いに魅了される。

ルイ・フィリップは無能な国王であったが、ヴィクトリア女王は彼とその家族を守ろうとした。彼らは、血のつながりはなくとも親戚関係にあった。女王とアルバートは一八四三年九月にルイ・フィリップを訪

ねる。これはヘンリー八世以来、初めてのイギリス君主によるフランスへの公式訪問となった。ヴィクトリアはこの機会を公私二つの目的をかねるものと考えており、新調したヨットのヴィクトリア&アルバート号に乗って行った。彼女は日記に、ロシア皇帝《ツァーリ》は尊敬に値しないと考えるルイ・フィリップとヴィクトリアが親しくすることに激怒するだろう、と上機嫌で書いている。

一八四八年の革命で彼がフランスにいるのが難しい状況になると、ヴィクトリアはイギリスへの亡命を提案した。彼と家族がバッキンガム宮殿に到着したときの様子に、女王はあぜんとする。所有していたものをすべて失っていたのだ。かつてレオポルドが住んでいたクレアモントの居館で暮らすようになり、ルイ・フィリップは一八五〇年にここで亡くなる。

フランスでは不安な状態が続く中、選挙が行われ、ナポレオン・ボナパルトの甥にあたるルイ・ナポレオンが第三共和政の皇子大統領に選ばれる。ナポレオンと、彼がフランス皇帝に即位後の一八五三年に結婚したウジェニー皇后は、ヴィクトリア女王を頻繁に訪ねるようになる。

シュレースヴィヒ=ホルシュタイン公国の情勢をめぐり、ドイツには縁があって愛着を感じていたヴィクトリア女王とアルバート王子は政府と、特に外相のパーマストン卿と対立する。ドイツの小さな公国の多くは経済的苦境に陥っており、同盟や連携が難しくなる状況で、フリードリヒ二世統治下の強力なプロイセンが権勢をふるっていた。シュレースヴィヒとホルシュタインの二つの公国の統治が問題となった一八四八年、統一されたドイツの将来について話し合う機会がもたらされる。アルバート王子はドイツが文明の進んだ国家として統一されるのに賛成で、シュレースヴィヒとホルシュタインも加わることを望んでいた。

ヴィクトリアとアルバートはプロイセンの力を認識しており、個人的にもドイツに関心を抱いていた。ふたりの九歳になる娘、ヴィクトリア王女とプロイセンのフリードリヒ皇太子との結婚話が進行中だった。しかし、イギリス政府はパーマストンの助言によって、この二つのドイツ北部の公国はデンマークが支配を続けるべきだと信じていた。ヴィクトリアが外相よりも夫の考えを尊重すると主張したことで、この君主と政府の意見の対立はさらに激化する。

多くの点において、この頃までにヴィクトリアはアルバートの考えに従うようになる。彼女は夫の一言一句を尊重し、アルバートはより大きな影響力を持つようになっていた。一八四八年八月にヴィクトリアはレオポルド叔父に次のような手紙を書いている。

永遠に感謝し続けたいことの一つは、神がこの物騒な世界に遣わした人間の中で、わたくしの**愛するアルバート**が誰よりも**純粋で**完璧であるという事実です。わたくしは彼の存在なしには生きられません。また、彼の助け、守り、導き、そして癒しがなければ、わたく

皇帝ナポレオン三世とウジェニー皇后主催の晩餐会に出席するヴィクトリア女王とアルバート王子

しはこの難しい立場にいるがゆえの問題、腹立ち、いやなことに押しつぶされていたに違いありません。わたくしたちに結婚を勧めてくださった叔父さまに、心から感謝申し上げます。

ヴィクトリア女王が政府に立ち向かおうとしたことで、パーマストンは一時的に失脚する。彼が下院で女王に無礼な態度をとったため、彼女がくびにしようと思っていた矢先に辞任に追い込まれたのだ。

チャーティスト運動が拡大していた。ヴィクトリア女王は、多くの素朴な労働者が恥知らずで好戦的な指導者に強制的に参加させられていると信じてこの運動を嫌う。労働者からの搾取と厳しい労働環境がさらにひどくなっていたので、一八四〇年代を通して、運動は勢いを増していく。国のいたるところで集会が開かれ、一八四八年にはケニントンコモンで大規模集会が開催された。これには女王が保護し、プランタジネット朝がテーマの舞踏会のドレスを作らせたスピタルフィールズの職工も参加していた。

労働組合運動も始まる。一八四八年にマンチェスターに住むふたりのドイツ人が革新的な手引書を出す。そのひとりフリードリヒ・エンゲルスは、プロイセンの父親がマンチェスターで経営している綿織物工場の一つ、エルメン&エンゲルスで働かされていた。ドイツですでに革命家に会っていたエンゲルスは、昼間に働くかたわら、夜には本を書いていた。彼の著書『イギリスにおける労働者階級の状態』が一八四五年に出版される。もうひとりのドイツ人はカール・マルクスだった。彼は最終的にはイギリスに定住する。一八四七年に共産主義者同盟を結成し、翌一八四八年にはエ

ロンドンのケニントンコモンにて、最後に行われたチャーティスト運動の大規模集会、銀板写真（ダゲレオタイプの写真）。1848年4月10日

ンゲルスと一緒に『共産党宣言』を世に送り出す。

この一〇年は大きな変化の年だった。ヴィクトリア女王は明らかに、夫から多大な影響を受けながら、即位直後のこの時期に君主制を安定させる。しかし、君主の役割を定義するのは難しかった。ヴィクトリアは思いやりのある、よき君主であろうと懸命に努力したが、いつもその大義を成せたわけでなく、政治的な無知をさらけ出すことがあった。オズボーン・ハウスとバルモラル城は女王自身の蓄えから購入された。夫妻はそこで、送達箱の書類を処理し、大臣と連絡を取り合ってはいたものの、自分たちの立場を忘れたかのように、何週間にもわたって家族と一緒に過ごすことがあった。ケニントンコモンでの集会から数週間後、女王は買い物旅行に出かけてダイヤモンドとエメラルドのネックレスに一二〇〇ポンド支払う。この数カ月後にはブローチとイヤリングも購入する。

第六章　ロイヤル・ファミリー

一八四〇年一一月二一日に第一子が生まれ、ヴィクトリア女王の人生が「王室の母」という新しい段階に進む。当初は子どもが王位継承を円滑にする男子ではないことに失望したが、夫妻はすぐに、娘のヴィクトリア王女に対して愛情深い親になった。彼女はすぐにヴィッキーと呼ばれるようになる。

ヴィクトリア女王は、妊娠は「わたくしが唯一恐れること」と言い、これ以上子どもをもうけるのを快く思っていなかった。ヴィクトリアは子ども時代、シャーロット王女が出産時に亡くなったという悲しい出来事が忘れられなかったのだ。女王はシャーロットやほかの大勢の女性のように死ぬのを恐れているという噂があった。恐怖感があったにせよ、ヴィクトリアは妊娠中には気を強く持ち、生活に支障をきたさないようにした。しかし、妊娠後期にパーティーでダンスを踊ったり、長く立ち続けたりする姿ははた目には愚かに映った。

妊娠一八週目にコンスティテューションヒルでエドワード・オックスフォードという若者に暗殺されかけたときには、アルバート王子は母子の健康が損なわれるのではないかと心配した。あ

前ページ:ヴィクトリア女王とアルバート王子の写真(1854年、ロジャー・フェントン撮影)

の時代の、彼のような社会的立場の男性にしては珍しく、アルバートは妊娠中の妻をずっと献身的に支え、出産にも立ち会う。妊娠した女性君主がどうふるまうべきかという前例がなかったので、夫の助けにもかかわらず、ヴィクトリアの仕事量や負うべき責任が多く、大変だった。国政、国際関係、拡大する大英帝国、賓客、外国の代表団の歓迎、首相の交代、政府といったすべてを、妻と母親の役割よりも優先させなければならなかったからだ。

　ヴィクトリアが最初の妊娠をつつがなく乗り切れた一因は、彼女の若さと健康に加えて、当時の大多数のイギリス女性と違い、妊娠中に最良のマタニティケアを受けられたことも大きいだろう。王室の侍医であるサー・ジェームズ・クラークは、いまだにフローラ・ヘースティングス事件から立ち直れず、助産術は自分の得意とするところではないと言ったが、女王の出産に立ち会うのには同意する。

　産科医のチームが特別に編成される。選ばれたのは、セントバーソロミュー病院の医師で、助産学の大切さを認識していた産科医のドクター・ロコック、キングズカレッジ病院の産科学教授かつ、ウェストミンスター産科病院の医師であるドクター・ファーガソン、そして女王の産後付き添い看護師のミセス・リリーだった。この三人が、女王の九人の子どもたちすべての妊娠、出産をまかされた。

　妊娠中の衣服も問題となる。プライベートでは女王はゆったりとした簡単なドレスを着ていたが、きちんとドレスを着るときに

ヴィクトリア女王の産科医、サー・チャールズ・ロコック

はコルセットをつけ、妊娠が進むと、はずすようになった。ヴィクトリア女王は晩年、妊婦の服装について口うるさく、特に孫娘たちが妊娠中に体にぴったりとした、ふくらんだ腹部が露わになったドレスを着ているのを目にすると、苦言を呈した。

女王の子ども、すなわち、君主の跡継ぎが誕生するにあたり、王室の決まり事の見直しが行われた。従来は王位継承者の誕生に立ち会うために大勢の関係者が分娩室に入っていたが、女王はこの慣習を破り、ドアを開け放した控えの間で待機させた。カンタベリー大主教、ロンドン大主教、閣僚、そしてサー・ジェームズ・クラークが出産を待つように命じられる。専門医を揃えていても、出産の時期は自然の流れに従うよりほかない。予定日より二週間も早く、ヴィクトリアは夜中に陣痛で目を覚ました。隣でぐっすり眠っていたアルバートがあわてて起き、医師とミセス・リリーを呼んだ。女の赤ん坊が無事生まれると、サー・ジェームズ・クラークが開け放したドアから分娩室に入り、その子を抱いて、隣室で待っている要人たちにお披露目した。

ヴィクトリア女王は母乳で育てるという考えに嫌悪感を抱いていたので、乳母が雇われていた。早産だったので、急いで呼び出さなければならない。彼女はワイト島のカウズに住む医師の妻で、この務めに対して一〇〇〇ポンドの報酬と年額三〇〇ポンドの終身年金が支払われた。ドクター・ロコックは一〇〇〇ポンド、ドクター・ファーガソンには八〇〇ポンドを支払っている。ミセス・リリーはヴィクトリア女王と交友を深める。長い付き合いが始まり、ふたりが最後に会ったときには、看護師は八〇歳になっていた。

生まれた赤ん坊を世話するのは看護師にまかせられ、母親のもとへは一日に二度連れてこられた。

子どもが六週間になるまでに、入浴させるところをヴィクトリアが見たのは、二回だけだった。男の子が生まれなかった失望感はすぐに消え去り、一八四〇年一二月一五日には次のような手紙をレオポルド叔父に送っている。

わたくしはとても幸せです。以前のように歩くことができ、二二日にはウィンザーへ行くのが……楽しみで仕方ありません……叔父さまの姪の小さな娘は、すくすくと育っています。日を追うごとに健康になり、体力がついていっています。美しくなっているとも、付け加えさせてください。この子は最愛の父親にそっくりになるだろうと思います。

レオポルドは姪が無事に出産し、健康であることを喜んだ。シャーロット王女が出産で亡くなった悲しい結果とは大きく違っていた。彼は誇りに思い、「美しい、大家族に囲まれ、おまえは喜びに満ち、子どもを幸せにするようなママになることだろう……」という返事を送る。

第一子の出産は安産だったにもかかわらず、初産の母親の多くにとってそうであるように、ヴィクトリアには衝撃的な経験だった。ときを同じくして、孤独な子ども時代のかけがえのない友達だった愛犬のダッシュが死ぬ。産後の不安定な精神状態の中、ヴィクトリアの悲しみは大きかった。親友の死にふさわしく、女王が自ら段取りをして、ダッシュは大理石の記念碑の下に埋葬される。

ヴィクトリアの疲労と、アルバート王子の役割がまだ宙に浮いているのがおそらく原因で、ふたりのあいだには緊張感が漂っていた。バロネス・レーゼンの存在は役に立たず、女王に子どもが生まれたら自分が世話を頼まれるだろうという思いは叶えられなかった。レーゼンとアルバートはお互いを嫌っていたので、彼女の退任後に女王夫妻の関係が改善されたのは、驚く話ではない。

上流階級では乳母が雇われていたが、これは授乳による避妊の効果を得られないため、母親を度重なる妊娠から守れないという結果を招いた。こうした状況の中、ヴィクトリアとアルバートが間違いなく相手に対して情熱を抱いていたのも手伝って、ヴィクトリア王女の誕生からわずか四カ月後の一八四一年春、ヴィクトリア女王はまた懐妊した。

産後のうつ症状のためか、疲労と消耗、またはショックのせいであろうか、女王はこれほど早く妊娠してしまったのは心外で、この妊娠期間中ずっと不安にさいなまれていた。おなかの赤ん坊が未熟児かもしれないと恐れ、病気がちな娘の健康をとても心配した。

一八四一年一一月九日、長く苦しい陣痛の末、ヴィクトリアは元気のいい大きな男の子を産んだ。アルバート王子の知らせが間に合わなかったためか、カンタベリー大主教や代表団が控えの間にいなかった。この新生児は男子だったので、姉に代わって王位継承者となった。彼はアルバート・エドワード皇太子と名付けられ、家族からはいつもバーティと呼ばれるようになる。

ヴィクトリア女王による、三歳のヴィクトリア王女のスケッチ

結婚から二年も経ず、一年のあいだに続けてふたりの子どもを出産したのは、ヴィクトリア女王にとってひどい苦痛だった。女王もアルバートも大家族は望んでおらず、彼女が妊娠と出産をとても恐れていたのは周知の事実だった。この出産で疲労し、気持ちが落ち込んでから、もとの元気な状態に戻るまではかなりの時間を要した。

若い家族

その後の九年間に、ヴィクトリアが妊娠していない期間が一年半以上続くことはなかった。一八四〇年一一月から一八五〇年五月のあいだに、ヴィクトリアは七人の子どもを産んだ。すべて通常分娩で、子どもたち全員が元気に育ったが、これは一九世紀には非常に稀なことだった。ヴィクトリア女王の最初の七人の子どもは、次のように名付けられる。

ヴィクトリア王女殿下（ヴィッキー）、第一王女、一八四〇年一一月二一日生まれ
アルバート・エドワード王子殿下（バーティ）、皇太子、一八四一年一一月九日生まれ
アリス王女殿下、一八四三年四月二五日生まれ
アルフレート王子殿下、エディンバラ公爵（一八六六年）、ザクセン＝コーブルク＝ゴータ公爵（一八九三年）、一八四四年八月六日生まれ
ヘレナ王女殿下（レンヒェン）、一八四六年五月二五日生まれ
ルイーズ王女殿下、一八四八年三月一八日生まれ
アーサー王子殿下、コノートおよびストラスアーン公爵（一八七四年）、一八五〇年五月一日生まれ

この子どもたちはすべて、一九世紀後半以降の女性が当たり前のように使うようになる鎮痛剤などを使わずに生まれた。ヴィクトリア女王は一八五三年四月七日、八番目の子どもにあたるレオポルド王子殿下、すなわち後のオールバニー公爵（一八八一年）を産むときに、痛みを和らげるようにクロロフォルムを使用した。これは世間で大きな論争を巻き起こした。女王は女性が耐えているひどい痛みの問題について考えさせる一助となったのだ。ヴィクトリアとアルバートの末子、ベアトリス王女殿下は一八五七年四月一四日に生まれる。

健康な大家族に恵まれた幸せと安心感は、夫妻の孤独な子ども時代を忘れさせてくれた。ヴィクトリアは夫が一家の長であるのだから、彼の発言や行動を最優先させようと決める。ふたりで注意

前ページ：アルバート・エドワード皇太子の洗礼式（1842年）

ヴィクトリア女王と末子のベアトリス王女（1860年）

深く、適切な人材を選び、子ども部屋を用意し、子どもの教育を監督しながら、費用や細部まで何も見逃しがないようにした。一八九八年に書かれた『女王陛下の家来として』というヴィクトリア女王の生活を記録したすばらしい本に、子育てについてのくだりがある。

女王陛下のお子さまがたが誕生する。生まれたときから、その地位にふさわしく、**心身ともに**健康に育つように、**できることはすべて**配慮された。女王はお子さまへの深い愛情を捧げつつ、厳しい規律に則って育児室を整えられた。女王の古くからのご友人で、頼りにされている相談相手はこう話す。「王国の政府に仕えるよりも、育児室のほうが大変でございます」

育児室の責任者にはレディ・リトルトンが任命される。彼女はバロネス・レーゼンの後任で、最初は乳母、のちにはガヴァネスと呼ばれ、大勢の保育士たちを監督した。ヴィクトリア女王とアルバート王子は忙しく、外出も多かったので、子どもたちとあまり会えなかったが、彼らを深く愛していた。それはケント公妃も同じだった。サー・ジョン・コンロイが去ったあと、彼女は娘との関係を回復していた。いまではウィンザー城に近いフロッグモア・ハウスに暮らし、小さな孫たちの愛情深い祖母になっていた。ウィンザー城の居室が改装されたときに、ヴィクトリア女王は子どもの勉強部屋を居間の近くに作らせた。衛生設備にはまだ配慮が行き届いておらず、女王の寝室の上に新しいトイレが設置されたが、その排水は露出配管に流されていた。

ヴィクトリアとアルバートは子どもたちに立場を理解させようとしていた一方で、王室への好奇

次ページ:ヴィクトリア女王夫妻と五人の子どもたち

の目にさらされるのを避けながら、静かに育てたかった。ヴィクトリアは子どもの教育をアルバートに一任するのに異存はなかった。彼はシュトックマーとともに、ガヴァネスや家庭教師を選んだ。子どもが自分たちの運命を理解し、特に王位継承者として将来は君主となるバーティに自覚をうながすことは、夫婦ふたりで決めていた。子どもたちには、ある程度は自由に、そして、偏見を持たない人間に育ってほしかった。

ヴィクトリアとアルバートは非常に早い段階から、子どもたちの結婚準備を始め、ヨーロッパ中から相手を探していた。第一王女がまだ四歳のときに、プロイセン国王の息子と結婚させる仮の約束が交わされる。この準備は功を奏し、ルイーズ王女を除く全員がヨーロッパ各地の王家と婚姻関係を結ぶ。ルイーズ王女はイギリス貴族と結婚する。夫はのちにアーガイル公爵となるローン侯爵だった。

レディ・リトルトン（男爵未亡人サラ）

衝突

妊娠が途切れなく続いたことから、一八四〇年代終わりには、女王の様子についての憶測――妊娠しているのか、していないのか?――が絶えなかった。ヴィクトリアはこれをとても嫌がった。次第にアルバートの内向的な気質の影響を受け、外交的なヴィクトリアも個人的な問題を詮索されるのに憤慨するようになる。さらに、侍従の助けやアルバート王子の支え、自らの若さにもかかわらず、女王は妊娠への恐怖から結婚生活を充分に楽しめないと嘆く。女王の精神状態と、アルバートに満足のいく役割が与えられないのが原因で、夫婦のあいだにふたたび緊張が走る。

女王が気落ちして、疲れていることから、口論が絶えなくなる。ヴィクトリアの即位以来、王室の人々は国王ジョージ三世の精神疾患が遺伝していないかどうか、注意深く見守っていた。フロイト派心理学が知られる前の時代には、出産が原因の疲労感やうつへの理解はほぼ皆無で、ヴィクトリアが母親であるだけでなく、多忙な君主であることは、ほとんど考慮されなかった。

何年もこういった状態が続くと、本来は口論よりも平和を好む性格のアルバート王子は、妻の感情の爆発に対応する術を学んだ。初めの頃は使用人の前でドイツ語なまりの英語で大げんかをしていたが、妻に手紙を書くようになったのだ。彼が面と向かって怒らないのをいいことに、ヴィクトリアは折に触れて、後援者や会長という立場で晩餐会に列席しているアルバートを呼び戻した。一晩に三回も、すぐに帰るようにとの女王からの伝言を手にした使者がやって来て、そのすべてを無視するアルバートの姿は周りの人々を驚かせた。こうした衝突にもかかわらず、あるいは衝突するからなおさらなのか、ふたりの結婚生活は情熱的で、誠実なものだった。しかし当初、アルバートは深い孤独を感じていた。コーブルクを懐かしむために、彼は一八四二年、バッキンガム宮殿の敷地に、チューリンゲン州のログハウスを模して小さな木造の別棟を建てた。彼は芸術家にその内装を依頼する。

離ればなれ

一八四四年二月、アルバート王子の父であるエルンスト・ザクセン=コーブルク公爵が亡くなり、彼はコーブルクに戻った。ローゼナウ城へ帰るのは、結婚後初めてであった。ヴィクトリアとアルバートが結ばれてから離ればなれに過ごすことはこれまでなかったので、ふたりはひどく寂しがった。互いに感情を抑えられず、毎日手紙を書き、首を長くして会える日を待っていた。いまではバッキンガム宮殿とウィンザー城の両方で、夫妻は寝室を共有するだけでなく、執務机も隣に並べるほどであった。

エルンスト公爵の死により、王室でも喪に服さなければならなかった。いたるところに黒のクレープ地があふれ、アルバートとヴィクトリアが感じている悲しみを理解できない者には、やりすぎの感があった。公爵は愛情深い父親ではなかった。妻と離婚して、息子たちに母親がいなくなっても、大都市のいかがわしい場所で放蕩にふけっていた。アルバートがヴィクトリアと結婚したときには、その代償として金の支払いまで要求したのだ。

アルバート王子は父親と特に親しくもなく、ヴィクトリア女王にとっては伯父であるが、知らぬも同然であった。跡を継いで公爵となったアルバートの兄は弟と似ておらず、すでに父親のような人生を歩んでいた。にもかかわらず、アルバートもヴィクトリアもエルンスト公爵の死を嘆き悲しんだ。この様子は、ヴィクトリアが書いたレオポルド叔父への手紙と同様に、ヴィクトリア女王が将来、近親者を亡くしたときの反応を知る手掛かりとなるかもしれない。

アルバート王子の兄のザクセン=コーブルク公爵

神はわたくしたちをひどく**苦しめ**ます。とても**大切な**人を失い、打ちのめされ、**途方に暮れ**、祈るしかありません。子どもたちや家族に愛され……あのような方はもういないでしょう……わたくしたちを襲った悲しみはいずれ消えるでしょう。これまでは、本当の悲しみを知らなかったも同然です……あの人の悲しみはわたくしの悲しみです……彼を行かせたことで、わたくしが払った犠牲をおわかりになるでしょうか……わたくしは彼とは一晩たりとも離れたことがありません。離ればなれだと思うだけで、ひどく恐ろしい気持ちになります……

クロロフォルムと激しい怒り

一八五〇年にアルバートを産んでからは、次の妊娠まで三年ほどあいだが空いた。一八五三年四月に生まれたのは四男にあたるレオポルド王子だ。女王にとって彼の出産は意味のあるものだった。初めてクロロフォルムを使用したのだ。

女王は出産を七回も経験していたが、子どもを産む痛みは激しく、繰り返したくないと思っていた。一八四二年から医師は手術や抜歯の麻酔として、エーテルの吸入をさせていた。当時、分娩の痛みは、鎮痛薬など使わずに、女性が耐えるべきものだと考えられていた。一八四七年にエディンバラのドクター・ジェームズ・シンプソンが痛み止めにエーテルの使用を思いついたが、患者の喉への影響が心配された。ほかの医者たちが自分でクロロフォルムを吸う実験を行ってみると、喉を傷つけずに鎮痛効果を得られるとわかった。ドク

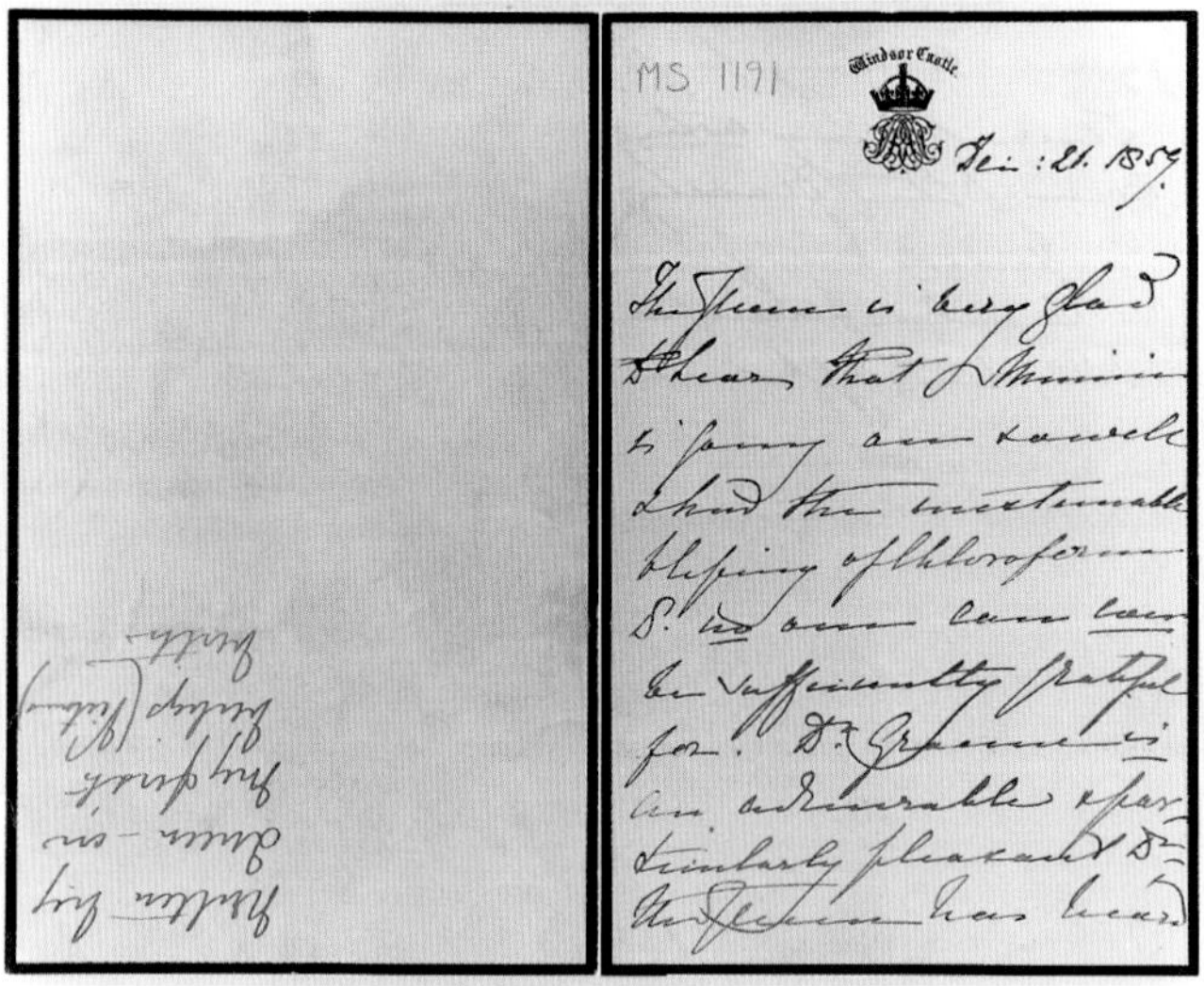
MS 1191
Windsor Castle
Dec: 21. 1859.

クロロフォルムの使用について書かれたヴィクトリア女王の書状（1859年12月21日）

ター・シンプソンが分娩する女性にクロロフォルムを使ったところ、痛みを減らす効果が認められた。

三年後の一八五三年、ヴィクトリア女王は八回目の出産にクロロフォルムを吸引することに決めた。世間に激しい抗議が起こり、宗教倫理学者は出産の痛みを経験することで女性はよりよい母親になるのだと主張した。医療関係者のあいだでも、長期にわたって論議が続く。創刊者のトーマス・ワクリーが常に医学的手技の安全性と向上をうたっている『ランセット』誌では、クロロフォルムの使用は死につながると論じた。実際には、ずっとあとになってから、肝臓に有害で、使うべきではないことが証明された。『ブリティッシュ・メディカル・ジャーナル』誌は対照的に、『ランセット』誌に異を唱え、痛みを軽減するものは支持した。

分娩の最後のほうで、少量の**クロロフォルム**をハンカチに染み込ませて妊婦に吸引させると、意識を失うことなく、「人類にとってもっとも苦しい試練」の痛みを適切に和らげることができた。

女王が無痛分娩を選択したことで、女性が被る痛みについて率直に議論されるようになる。女王は騒動に惑わされず、一八五七年四月一四日に最後の子どもベアトリス王女を出産するときにも、クロロフォルムを再度使用する。これは「女王の鎮痛薬」と呼ばれ、広く使われるようになる。女王がクロロフォルムを使ったことは広く知れわたり、チャールズ・ディケンズも一八五七年六月に出版された『有名な言葉《ハウスホールド・ワーズ》』に掲載された随筆『最高の権威《ベストオーソリティー》』の中で触れている。ヴィクトリアの伝記作家であるエリザベス・ロングフォードは、「ヴィクトリア女王の国民への最高の贈物は、女性が神から与えられた出産という役目において、痛みに耐えるのを拒否したことだ」と言う。エディンバラには、ドクター・シンプソンの偉業をたたえ、シンプソン記念産科別棟がまだ残っている。

血友病

レオポルド王子はずっと病気がちでひ弱な子どもだったので、両親はとても心配した。息子のぎこちなさに苛立ち、彼が何度も転ぶのを腹立たしく思い、叫び声をあげるのを癇癪持ちのせいだと考えていた。成長するにつれ、脚をねんざしたり、あざができやすかったり、ほかの子どもに比べてすぐに叫び出したりするようになる。四歳になる頃には、よく転んだり、両親に叱られたりするのに当惑するようになっていた。ふたりからは態度が悪いと言われ、叩いて罰せられることもある。関節が硬直して、歩けないこともあった。

両親や周りの者たちもレオポルドを心配していたが、初めは身体的な問題ではなく、素行が悪いのだと考えられた。彼が六歳になってようやく、恐ろしい血友病の可能性が指摘された。当時、血友病についてはドイツで研究が始まってまだ二〇年ほどで、よくわかっていなかった。これは染色体の変異による遺伝病で、血液が凝固せず、命を脅かすこともある。ヴィクトリアの一家には一八五三年に発現した。

最近の遺伝子研究により、血友病はx染色体の異常が原因であるとわかっている。これは性別を決める染色体で、染色体異常は男女ともに見られるが、発症するのは男性だけである。x染色体に異常がある女性からは五〇パーセントの確率で遺伝する。子どもが男児の場合には血友病となり、女児は保因者となる。研究では、ヴィクトリア女王の場合は、先祖に患者がいないことから、細胞の突然変異が原因と考えられている。一九世紀中頃にわかっていたのは、これが遺伝病であり、女性は発症せず、その息子に発症するということだけだった。レオポルド王子の伝記の中で著者のシャーロット・ジープヴァットは、ヴィクトリア女王は娘たちが結婚適齢期になっても、この衝撃的な事実に無関心であったが、アルバート王子は知らされていたかもしれないと記している。ヴィクトリアとアルバートの娘たちは、知らないうちに、血友病をヨーロッパの王室に広めてしまった。

ヴィクトリアとアルバートが息子の不調の原因を知り、今後の長い人生を考えたときの衝撃はとても大きいものだった。この病気が家族と次の世代におよぼす影響は深刻だった。一八六〇年以前は血友病の子どもの将来は悲観されていた。一〇歳まで生きられる可能性は五〇パーセントと言われ、成人できるのは、ほ

レオポルド王子の肖像（サー・エドウィン・ランドシア画）

ヴィクトリア女王のスケッチによる悲劇『アタリー』の一場面

んのわずかだと考えられていた。血液凝固因子製剤がまだないこの時代、血友病患者の治療は大変だった。出血は命取りなので、きつく止血しなければならない。しかし、もっと怖いのは、転んで内臓を傷めることで、これは命に関わる危険があった。

ヴィクトリア女王は息子の病気をなかなか受け入れられず、彼が転んだり、脚を引きずったりしていると叱った。彼は息子たちの中ではいちばん頭がよく、長男の皇太子よりもすぐれていたが、完璧ではない子どもへの失望は大きなものだった。冬の寒さが体に悪いとわかると、両親は彼を外国へやる。勉強を教え、体を強くするために運動をさせる家庭教師と一緒に、まだ子どもではあった彼も南フランスへ行くことになる。病気を抱えながら知的欲求を満たすのは難しかったが、彼は成人して結婚し、子どもをふたりもうけることができた。

ヴィクトリアとアルバートの子どもが血友病を発症したという事実がおよぼす影響は衝撃的で、その余波は何世代にもわたって続いた。九人の子どもたちの中で、レオポルド王子は患者で彼の娘とアリス王女、ベアトリス王女は保因者だった。アリス王女はヘッセン＝ダルムシュタット大公ルイ四世とのあいだに七人の子どもがおり、娘ふたりが保因者で、息子ひとりが患者だった。ふたりの娘のうち妹のアリックスはロシア皇帝ニコライ二世と結婚した。ふたりの息子のアレクシスは血友病が原因で体に障害を持っていた。四人の娘たちが保因者かどうかは、一九一八年のロシア革命で一家全員が射殺されたために不明である。

ベアトリス王女は血友病の息子ふたりと、保因者の娘ヴィクトリア・ユージェニーがいる。ヴィクトリア・ユージェニーはスペイン国王アルフォンソと結婚した。五人の息子のうちひとりは乳幼児のときに亡くなり、原因は血友病だと考えられている。アルフォンソとゴンサロは青年まで成長してから、血友病で亡くなっている。ヴィクトリア女王とアルバート王子の孫たちの中で、七人が血友病患者または保因者であった。

家庭生活

妊娠による苦痛と混乱にもかかわらず、大家族はヴィクトリアとアルバートに安心と喜びをもたらした。多様化しつつある中流階級の人々にとって、一家は真似たくなるような手本であった。印刷技術と写真術の発達や大衆紙の誕生で、王室のニュースが常に新聞や雑誌で報道されるようになる。ヴィクトリア一家は写真に撮られ、世間の目にさらされる初めての王族となる。国民に豊かな生活ぶりをのぞかれることで、ときには弊害もあった。ヴィクトリアとアルバートは家族や個人、さらには君主としての肖像画をその時代の有名な画家たちに数多く依頼して、部屋の壁に飾った。

一七年間の結婚生活で九人の子どもをもうけたことで、ヴィクトリアはヨーロッパの王家の女家長ともいえる存在となる。彼女の子ども、孫、そしてひ孫たちの結婚相手がヨーロッパ各地の王族だったからだ。イギリスの権力と影響力の拡大には流血の事態や紛争は伴わなかったが、血友病の恐怖に見舞われた。家族が増え続けると、その世話をする使用人の人数も多くなったので、一八四三年にはバッキンガム宮殿とウィンザー城が手狭になった。

議会は建物の増改築費用として、王室費の上積みを要求される。しかし、これは女王一家の人気に水を差す。この当時、イギリスでは多くの人々が綿織物工業の不況に苦しんでおり、アイルランドはジャガイモ飢饉に見舞われていたからだ。一八四六年になってようやく、議会はヴィクトリア女王に二万ポンドの増額を認め、バッキンガム宮殿が改築される。宮殿には育児室、勉強部屋が新たに必要で、エドウィン・チャドウィックの公衆衛生についての報告書にもとづいて下水設備の改修工事が必要だった。

女王の居室は、彼女がものをたくさんため込む性格だったので、心地よいが、ごちゃごちゃしていた。女王がたくさんの絵や写真、彫刻、装飾品に囲まれて座っているところを描いた絵が何枚もある。晩年、女王は所有物の目録を作成する。さらに、たくさんのひだ飾りやプリーツが施された女性らしいドレスをデザインし、プライベートではフリルのついた薄い生地の部屋着を身につけていた。彼女のボンネット帽子好きは有名で、さまざまな色の帽子を時と場所に応じてかぶっていた。

次ページ：子どもと一緒にウィンザー城の東回廊を歩くヴィクトリア女王（1848年、J・ナッシュ画）

ヴィクトリアが太り、ドレスのひだ飾りが増えたために、アルバートがより洗練され、背が伸びたように見えることがよくあった。

女王とアルバート王子は、相手のために注文した絵や写真を結婚記念日、誕生日、クリスマスなどに贈り合い、子どもたちも両親にプレゼントを用意した。特別な誕生日には舞踏会が開かれ、贈物を並べるテーブルが準備された。クリスマスカードは一八四三年にアルバートの友人でソサエティ・オブ・アーツのヘンリー・コールが初めて友人に作成を依頼している。クリスマスツリーに飾りつけをするのは、ドイツでは行われていたものの、当時のイギリスではまだ珍しかった。一八四〇年代中盤、アルバート王子が針葉樹をろ

うそくや小物で飾りつけたツリーを紹介すると、イギリスではすぐに人気の新しい流行になった。

一家のクリスマスディナーにはローストしたシチメンチョウ、ガチョウ、ビーフが供された。一八六〇年頃には、子どもや孫も一緒にクリスマスを祝うとなると、厨房の使用人は大量の料理を作るので大忙しだった。女王の家族だけでなく、王室で働く者の分もまかなうからだ。五〇羽のシチメンチョウと一六〇キログラムの牛肉のかたまりを大型の串に刺して直火でローストする。クリスマスだけに食べる「ウィンザー風ミンスパイ」の中身には、小粒の干ブドウ三七キログラム、オレンジピールとレモンピール二七キログラム、ブランデー二四本が使用された。

代表的なクリスマスディナーのメニューは、一八四〇年代にイギリスに流入してきたフランス人シェフたちの影響が色濃い。たとえば、イギリス風ローストターキーだ。これはシチメンチョウに下味をつけた子牛肉を詰め、表面にベーコンを張りつけ、バターを塗った紙に包んで串焼きにする。これに煮込んだ栗やポークソーセージと、カブ、芽キャベツ、トマトなどの野菜を付け合わせてソースを添えた料理である。ほかにはガチョウの煮込みなどもある。詰め物をしたガチョウを、パセリ、タマネギ、セロリ、ニンジン、シェリー酒と一緒に大量のバターを使い、まる

クリスマスツリーの周りに集う女王一家(1848年、『イラストレイテッド・ロンドン・ニュース』紙クリスマス増刊号掲載)

で煮るようにフライパンで焼いたものだ。デザートはドイツ風のカスタードソースをかけたプラムプディングだ。

ウィンザー城とバッキンガム宮殿の厨房は、大家族と使用人の食事や公式晩餐会の準備ができるように巨大である。女王陛下の使用人のひとりがウィンザー城の厨房について記述している。

厨房に入ってまず目を奪われるのは、大量のぴかぴかの銅鍋だ。さまざまな形で、どれもたらいのように大きい。壁にかけられた鍋は、ロンドンの靄を通して差し込む日の光に照らされ、まるで何百万個もの太陽のように輝きを放っている。

次に驚くのは、「盛り付けをするために」皿を並べておくテーブルだ。郊外に立ち並ぶ平均的な家の庭よりも、ずっと大きい……白い帽子とエプロンをつけた男性シェフの一団が忙しく立ち働くのに充分なゆとりがある。さらに、肉を切る台が六つあり、どれも大型のダイニングテーブルのような大きさだ。

大きな火がたかれ、巨大な牛肉のかたまりがクリスマスディナーのためにローストされ、女王のためには家禽や野生の鳥獣の肉も焼かれる。厨房の真ん中には大きなスチール製のテーブルがある。その脚は空洞で、蒸気を流し込んでテーブルを温められるので、上に並べられた大量の料理が冷めない仕組みになっている。後年、ガスコンロが導入されると、シェフがメインディッシュを作り、そのあいだにパン類のシェフが別の厨房で作業し、「野菜室《グリーンルーム》」で野菜の処理をして、さらに別の厨房で菓子専門シェフがデザートを作るようになる。その作業はまるで大規模な軍事作戦のようで、人々が忙しく行きかい、金属がぶつかる音が響き、熱気と蒸気が立ち上って美味しそうな匂いが立ち込める。ヴィクトリア女王の治世のあいだに、塩蔵、缶詰、冷蔵といった食料の保存技術が発達し、大英帝国のいたるところから女王と家族、そしてイギリスに食材が届けられるようになる。

こうして自分のために作られた料理を小柄な女王は楽しみつつも、しばしば、ふくらむ一方の体形に取り乱し、ダイエットを試みる。デザートやビールの量を減らすのだが、ダイエットは大抵失敗に終わる。

家族のための新しい家

家から遠く離れて楽しく過ごすというのは、大旅行や別荘へ招かれる機会のある上流階級を除いては、鉄道網とトーマス・クックの団体旅行ができるまで、なじみのないことだった。何世紀にもわたり、君主が「行幸」するときには、大邸宅や城から別の場所へ侍従と王室全体も一緒に移動し、数カ月滞在した。こうすることで、君主が国民と会ういい機会になった。

一八四二年、ヴィクトリア女王とアルバート王子はスコットランド訪問を決める。鉄道が通っているのは限られた区間だけだったので、あとは古いヨットのロイヤルヨットのジョージ三世号で、二隻の外輪船に付き添われながら三日間かけて行った。女王夫妻が到着すると、イギリス南部から北部までやって来る君主はこれまでほぼ皆無だったため、スコットランドの人々は喜んだ。ヴィクトリア女王は伯父のジョージ四世を除いて、スチュアート王家以来、スコットランドで過ごす初めての君主だった。

女王夫妻が滞在したのはハイランドで、ふたりはすぐにこの地をとても気に入った。ヴィクトリアは自由で開放的な雰囲気と新鮮な空気、景色の色合いに魅せられ、アルバート王子は田舎の風景を見て、愛するチューリンゲン州のモミの木が茂る、岩場の多い大地を懐かしんでいた。今回は短い旅だったが、その後の訪問で、ヴィクトリアとアルバートは特に、あわただしいロンドンと違い、スコットランドの人々の温かく、気取らない様子を好きになる。イングランドへ帰ると、チャーティスト運動のさなかにロンドンから離れていた夫妻に対して、大衆が不満を露わにしていた。

それにもめげず、夫妻は翌年、ワイト島へ出かけた。ここはヴィクトリア女王が一八三〇年代に母親と訪れたことがあり、海で遊んだり、細い路地を散歩したりして、島のくつろいだ雰囲気を満喫した思い出があった。このとき、ヴィクトリアとアルバートはオズボーン・ハウスという名前の、いまにも倒れそうな屋敷が立つ地所を購入した。

スコットランドはアルバートにドイツを、そしてワイト島は地中海を思い出させた。夫妻は家族のために、この二つの地に、それぞれチューリンゲン州とイタリアを再現した。ワイト島はロンドンとウィンザーから比較的近いので、ここではバッキンガム宮殿とウィンザー城の堅苦しい緊張感から逃れ、プライバシーを保ちながらくつろいで、子どもたちと一緒に「普通の」家庭生活を送ることができた。しかし、まず初めに自分たちで資金を確保する必要があった。政府はバッキンガム宮殿の改修工事費は面倒を見たが、二つの別荘という個人的な贅沢への支払いは認めなかった。

オズボーン・ハウス

オズボーン・ハウスの地所はレディ・イザベラ・ブラックフォードの所有で、一八四四年二月に三万ポンドで売りに出されていた。ヴィクトリアは妊娠中だったので、話し合いと下見を交渉が上手なアルバートにまかせた。現存の屋敷は女王一家には小さすぎた。寝室が一六室では、家族と侍従、客人をまかないきれない。増築するか、取り壊して、もっと大きいものを建てるしかない。いまではロンドンの第一線で活躍する設計者や建築家と交流のあるアルバートは、なんとしても自分で建設したかった。すでに、カウズ湾とその先のソレント海峡を見下ろす大邸宅の構想が浮かんでいた。この海は彼にとってのナポリ湾だった。イタリアへ大旅行をした経験を持つ設計者と顧客は、直線的なデザインや柱廊、柱、アーチ、中庭などを取り入れることで、ヴィクトリア朝様式の建築に影響を与えた。

この頃、ヴィクトリア女王は資産のいくつかを処分しようと決める。彼女はジョージ四世が建てた、ブライトンのロイヤル・パヴィリオンが嫌いだった。一八三七年に訪れた際に、オリエンタル様式の建物と内装が贅沢でけばけばしく、自分の趣味に合わないと感じていた。このパヴィリオンのおかげでブライトンは海辺のリゾート地として発展したのだが、いまでは周りに建物が建ちすぎて、ここからは海が見えない。ヴィクトリア女王はパヴィリオンを閉鎖して調度品を売り、その収益でオズボーン・ハウスの約二五万坪の地所を購入することにした。一八五〇年に女王がパヴィリオンの取り壊しを提案すると、ブライトンの住民は反対し、街が六万ポンドで購入することになっ

次ページ:ワイト島の海を走るヨット

た。こうして、オズボーン・ハウスは国民の税金からではなく、女王自身の資金で購入された。

オズボーン・ハウスの地所の買取交渉は進んでいたが、レディ・イザベラと合意した購入額を一度に支払うのではなく、最初の一年は一〇〇〇ポンドで賃借し、それから残りの二万八〇〇〇ポンドを支払って買い取ることになった。一八四四年一〇月までに、すべてが整い、暮らせるようになる。ヴィクトリアはこの新しく、くつろいだ家を大変気に入り、レオポルド叔父に「とても居心地のいい小さな住まいで、場所も建物も快適です。人目につかず、美しい景色を楽しめます」と絶賛した。

とはいいつつも、手狭で、厨房の広さも充分ではなかった。パンを焼くシェフは近所のイーストカウズにあるパン屋のオーブンを借りなければならない。その後、数カ月にわたって改装や増築の案が練られたが、結局は、いまの建物を壊して建て直すほうが安いという結論に達する。ヴィクトリアとアルバートは周辺の土地を買い足して、農園も作ったほうが経済的だと考える。最終的に夫

妻はワイト島に約二〇〇〇万坪の土地を所有することになった。

設立されたばかりの王立英国建築家協会は、女王とアルバート王子がオズボーン・ハウスを建てるにあたってトーマス・キュービットしか建築家を雇わないのが不満だった。キュービットはヴィクトリア朝の起業家で、ロンドン中心部やブライトンで洗練された住宅地の大規模開発を担う。建物だけでなく、区画全体の通りや公園も整備したうえで家を売り出すという手法を生み出した。ほかにも、建設工程で必要な資材や人材を、すべて自分で調達するのも彼が始めたことだ。

キュービットがロンドンでウェストミンスター公爵が所有していた土地に開発したベルグレーヴィア、ピムリコー、クラパムや、ブライトンのケンプタウンに立つ白い化粧漆喰の贅沢で大規模なテラスハウスは、いまなお洗練された、人気の不動産である。オズボーン・ハウスの仕事を頼まれる頃には、キュービットはその知識、丁寧さ、広い視野で建築に取り組む能力が

W・H・ホーマンがデザインした、オズボーン・ハウスの室内の壁

認められ、尊敬を集めていた。アルバート王子の地中海風の別荘を建てるという希望も珍しいものではなかった。一九世紀中頃には、イタリアンクラシックは急速に人気の建築様式になりつつあった。キュービットの成功にあやかる不動産業者が迅速に開発を進めた郊外に、この様式を真似た上流階級の人々の邸宅がたくさんできていた。

オズボーン・ハウスの地所では、王室で働く人々が住めるように田舎家を改修し、邸宅の設計も早急に進められた。邸宅には大広間や居室、子ども部屋、厨房、そして暖房と下水設備などが必要だった。一八四五年六月二三日にヴィクトリア女王が新しい建物の定礎式を行い、建設が本格的に始まる。キュービットが工程を監督した。レンガは現地で焼かれ、木工品や金属加工品はロンドンで作り、ワイト島に運ばれた。邸宅は中庭を囲むように建てられる。パヴィリオンと呼ばれる本館は三階建てで、窓が大きく、屋根の上の旗竿は湾を見下ろしている。パヴィリオンからは大回廊が居住部分へと続く。

イタリア建築様式にならおうと、低層の平らな屋根の建物に、シンプルなアーチ型の窓のある、ヴェネツィア様式のような塔がついていた。イタリアでは直射日光と熱気を避けるために家の窓は小さいのが普通だが、ヨーロッパ北部にあって寒いオズボーン・ハウスでは、最大限に光を取り入れ、海と周辺の景色を楽しめるように、窓が大きかった。少しでもイタリア風に近づけるために、レンガ造りの建物に砂色のセメントを塗ってバス石のような風合いを出した。正面玄関のホールにはポートランド石を使用した。キュービットは耐火性の建物にしようと決めていたので、幅木を木材は使わずにセメントで仕上げ、金属とレンガ造りの基礎の上に床板を置いた。このように大きな建

オズボーン・ハウスでの女王一家(1850年)

物は暖炉では暖めきれないので、セントラルヒーティングが採用される。一階の床下に湯を流すパイプが設置され、送気管から熱い空気を送り、部屋を暖めた。

広い玄関と上階へ続く踊り場にしつらえられた、優雅で堂々とした階段をヴィクトリアはとても喜んだ。レオポルド叔父がイギリスにいたときに住んでいたクレアモントの居館の大きな階段がとても好きだったと、彼女は何度も話していたのだ。アルバートはキュービットにその階段を寸分たがわず再現するように頼み、一八四六年にパヴィリオンに設置された。

五人目の子ども、ヘレナを妊娠中のヴィクトリアは、すべてに満足していた。周りから、早く訪ねて泊まってみたいと言われていたので、完成が待ち遠しかった。ノリス城に暮らすアデレード皇太后のように、近くに住む人々からも訪問をほのめかされていた。泊り客を招くハウスパーティーが早くも計画される。客人を迎えるためにも、女王は華麗な室内装飾にするつもりであった。

建設が進むにつれ、室内装飾家も入り、壁が塗り始められる。大回廊の設計はアルバート王子だったが、ドイツのドレスデンからルートヴィヒ・グラナーが呼ばれ、イタリアンルネサンス様式の装飾が施された。薄い青と橙色に塗られ、コーニスに沿った赤、濃い青と金色のシンプルな幾何学模様が高さと軽やかさを感じさせる。これは完成まで一〇年以上かかった。大回廊の入り口では、マシュー・ディグビー・ワイアットが考案してミントン社が製造したタイルがはめ込まれている。その真ん中にデザインされた、こんにちはという意味のラテン語「サルウェー」という言葉が客を迎えてくれる。回廊に沿ってアーチ型の壁龕が作られた。ここは後年、ヴィクトリアやアルバート、子どもたちの像がたくさん飾られるようになる。枢密院会議を行い、公式訪問の謁見もここで行う必要があるので、パヴィリオンから大回廊でつながっている本館に会議室と謁見室も作られた。

パヴィリオンでは三つの部屋をつなげて、ビリヤードルーム、応接室、ダイニングルームにした。各部屋は大理石の柱、花模様の帯状装飾、彩色した縁取りなどで豪華に飾られる。応接室の大きな窓からは、アルバートが心に描く「ナポリ湾」が完成する。なだらかなスロープの先に湾が広がり、ソレント海峡の向こうには、当時はまだ小さい町だったポーツマスまで望むことができる。さらに、ここから、ヴィクトリアは湾を離れてスピットヘッドに錨を下ろす軍艦を見守ることもできた。

ふたりが購入したり、注文したりして集めたたくさんの絵が飾られた。一八四九年、ヴィクトリア女王の三〇歳の誕生日には、ヴィンターハルターが描いた家族の巨大な肖像画がダイニングルームの壁にかけられる。ダイニングテーブルは家族と客人が席に着くことができる大きさで、どっしりとしたサイドボードは料理を並べたり、給仕をしたりするのにも使うことができた。天気のいい日には、朝食を外のテラスでとり、ほかの食事はダイニングルームでとった。ビリヤードルームには、脚を大理石模様に塗り、帯状装飾を施した大きなテーブルがあり、その上にはランプが置かれていた。これは全部アルバート王子のデザインだった。この部屋は紳士たちがくつろぐ部屋として使われたが、ヴィクトリア女王がしばしば侍従たちとビリヤードに興じていた。

階上は子どもたちが養育係と一緒に使う部屋で、寝室や勉強部屋、子どもの食事を作る厨房などがある。子ども用の肘掛け椅子やテーブルが特別に注文されていた。ヴィクトリアには自分の衣装部屋と居間があり、この居間にはアルバートの執務机も置いてあった。アルバートにも個人の衣装部屋と書斎、さらには浴室がある。エドウィン・チャドウィックの衛生状態に関する報告書の発表後、アルバート王子は居室に水洗便器と水道設備の設置を検討していた。トイレはこれまでにも使われていたが、毎日、空にする必要があった。この手間を省くために、アルバートはキュービットに指示して、汚水を海へ流せるように排水管を引かせた。のちに、アルバート王子は肥溜めを作り、畑の肥料に使わせた。浴室のすべてには、白い大理石の柄に塗った、銅製の四角く深いバスタブが備えつけられている。アルバートの浴室にはシャワーとトイレもあった。ヴィクトリア女王の水洗便器は衣装部屋の中の大きな戸棚に隠されていた。ふたりの部屋にはすべて、子どもたちの絵や、赤ん坊の頃に石膏で型取りをした足型まであった。アルバートと一緒に使っている女王の寝室には大きなベッドとソファ、椅子、そしてたくさんの絵のコレクションがある。アルファベットのVとAを組み合わせた飾り文字が、各ドアの上部に彫ってあった。

一家がついに完成したパヴィリオンに行けたのは一八四六年九月だった。アルバート王子は厳格なドイツ流のやり方にならって、パヴィリオンをマルティン・ルターの祈りの言葉で清める。ウィンザー城やバッキンガム宮殿と比べると、すべてがとても新しく、皆はすっかり魅了されてしまう。一八五一年までには古い家の痕跡はすべてなくなり、新しい棟ができあがる。ヴィクトリア女王はオズボーン・ハウスを愛し、この先、五五年間のほとんどをここで過ごす。しかし、ほかの人々は、建物が醜く、その中は息が詰まり、狭苦しいと思っていた。

王室が居を構えたことで、ワイト島は流行の避暑地となり、別荘や家が郊外に建てられる。桂冠詩人のアルフレッド・テニスン卿はフレッシュウォーターベイのファリンフォードに家を購入し、写真家のジュリア・マーガレット・カメロンがその向かいに住んだ。テニスンの詩はヴィクト

オズボーン・ハウスに建てられた、子どもたちのスイス風コテージ

リア女王からも高く評価されており、彼はオズボーン・ハウスを定期的に訪れる。

　鉄道が海辺の街まで乗り入れるようになり、ヴィクトリア朝の人々のあいだでは、海水浴が身近になって、流行する。一八四七年にヴィクトリアは初めて海水浴に行く。このときには、水着姿を人前にさらさないように女王専用の移動更衣車が作られた。これに乗り込んで着替えると、車が海の中へ移動して、「泳ぐ」ことができる。実際には泳ぐというよりも、水遊びにすぎなかった。子どもたちは父親の指示で、海で泳ぎを覚える。

　年を経るごとにオズボーン・ハウスにも変化があった。エレベーターが設置され、新しい棟のダーバールームが一八九〇年に増築される。家族の荷物やがらくたがたくさん持ち込まれ、あふれそうになる。この地で、ヴィクトリアとアルバートは子どもたちのために、できることはなんでもやり、一八五〇年にスイス風コテージを建てた。

　本物のコテージよりもやや小さく、縦横が八×一五メートルの大きさだった。コーブルクで見られるコテージのように、丸太を使って建設される。女王とアルバートはこのコテージを学びの場としてほしかった。畑仕事や家事をして、普通の人々の生活を体験させたかったのだ。アルバート王子はいまなお熱心な自然主義者で、子どもたちに自然博物館を作らせたいと思いつく。コテー

アルフレッド・テニスン卿（ジュリア・マーガレット・カメロン撮影）

ジの一室にすぐに岩石の見本が展示される。ほかの子どもたちの岩石のコレクションとは違い、ここには大英帝国中から集められた見本が並べられた。このコテージには台所とダイニングルームもあり、山小屋風の家具に磁器のティーセットが備えられた。外には一八五〇年代に子どもたちが作った小型の要塞も立っていた。

バルモラル城

一八四五年の休暇に、アルバート王子は初めて妻をローゼナウ城へ連れて行く。彼女は夫が育った場所を見ることができた。これはスコットランドのバルモラル城に二つ目の別荘を計画するうえで、大切なことだった。コーブルクへ行く途中で立ち寄ったボンでは、ふたりはフランツ・リストが指揮するコンサートでジェニー・リンドが歌うという、貴重な音楽のもてなしを楽しんだ。

鉄道網が東と西の両海岸沿いを北に延びていたので、スコットランドの別荘という考えも実現可能になった。一八四八年、ヴィクトリアとアルバートはバルモラルという一五世紀に建てられた小さな荒廃した城を購入することに決める。バルモラル城は一八四五年に夫妻が二度目にスコットランドを訪問したときに滞在したブレアアソールに近い、ディー川沿いにある。一八五二年までには資金の目途もついた。オズボーン・ハウスと同じように、現在の建物を取り壊して新しいものを建てる計画がすぐに決まる。バルモラル城の約四五平方キロメートルの地所の中には森や丘が広がっていた。シカなどの動物がいるので、アルバートは好きな狩猟が楽しめ、さらには、多くの小作人たちが点在する小屋に住んでいた。

アルバート王子はスコットランドの建築家に城の建設を依頼する。城の前の持ち主だったサー・ロバート・ゴードンのために改築を手掛けたことのあるジョン・スミスを選んだが、彼はその直後に亡くなってしまう。そのため、息子でアバディーンの都市建築士かつ工事監理者であるウィリアム・スミスが父のあとを引き継ぐ。城には侍従、王室で働く者たちや、客人用の部屋と、大広間、女王一家の居室が必要だった。スミスはヨーロッパを旅した経験のある熟練した建築家だったので、オズボーン・ハウスでのキュービットのように、アルバートの構想を理解して実現させることができた。

谷沿いから山を見上げる景色を生かすために、城を建てるのにはもとの建物の近くが選ばれた。バルモラル城でアルバート王子が目指していたのは、ローゼナウ城のような景観であったことは間違いないだろう。彼がスケッチを描き、それをもとにウィリアム・スミスが建物の図面を引いた。バルモラル城の正面の胸壁、小塔、三角に尖った屋根、建材の白花崗岩は、ローゼナウ城とチューリンゲン州をしのんでいる。作業は一八五三年の春に始まり、礎石は同年九月に据えられた。

労働者とのあいだに問題が持ち上がる。彼らは現場近くの木造の小屋で寝泊まりしていて、火事を起こしてしまう。仕事が肉体的に厳しく、何度もストライキをする。火事のあと、ヴィクトリアとアルバートはすぐに失った所持品を補償し、新しい宿泊施設を建てさせた。バルモラル城ができあがってくると、ヴィクトリアはこれを「楽園」と呼び、すべてはアルバート王子の創作だと見なす。彼女にとって、彼の才能は無限だった。しかし、これだけのすばらしい作品を生み出すのは、ひとりでは不可能だ。ウィリアム・スミスだけでなく、すぐれた職人、石工、配管工、呼び鈴を取り付ける職人、バスタブを提供してくれたロンドンのキューービットなど、大勢の力のおかげなのだ。建設に使われた花崗岩はすべて地所の中でまかなわれ、屋根の薄板はストラスボギーの採石場から取り寄せた。破風に近い、窓の上のほうに紋章が取り付けられた。ヴィクトリアとアルバートのものだけでなく、ザクセン＝コーブルクとゴータ、そしてイングランドとスコットランドの紋章もあった。一八五五年に女王一家はここに住み始めることができたが、残った工事が終わるまでは、ほかの者たちは古い建物を使わなければならなかった。ヴィクトリア女王は到着した日のことを記している。

一八五五年**九月**七日。**七時**一五分過ぎに

専用の客車に乗るヴィクトリア女王一家（1848年頃）

わたくしたちは大好きな**バルモラル城**に到着した……新しい邸宅は美しく……わたくしたちが玄関ホールに入ると、幸運を呼ぶために、古い靴が家の中へなげこまれた。城内はとても素敵で、部屋は快適だ。家具、壁紙、すべてが完璧だ。

一年後にバルモラル城を再訪したときに、女王は「バルモラル城に到着してすぐに、塔が完成して、建設現場の小屋がなくなっていた！　すべての光景はとてもすばらしい」と言っている。

建物が完成すると、地所全体の整備が始まる。敷地の中を通っている公道をアルバート王子は迂回させることにした。いまでは近隣のバラスターで馬車を手配でき、人々が興味本位に自分たちを見に来るのが懸念されたのだ。一八三五年の道路法に従い、道路をディー川の南岸に移し、クラシーに橋を建設して、そこから敷地に入れるようにした。ローゼナウ城のようにポプラやバラが植えられ、時代遅れの農場の建物を現代的にしたり、酪農場を作ったりして、計画が進んでいった。

バルモラル城では、ヴィクトリアとアルバートはスコットランドにゆかりのあるものを大切にした。女王は『ミドロージャンの心臓』、『ラマムアの花嫁』、『ウェイヴァリー』といったサー・ウォルター・スコットの小説を楽しんだ。一九世紀初期の小説家で詩人のスコットは多作で、スコットランドの厳しさや無骨さ、美しさをその作品で余すところなく表現している。彼は、明らかに一八世紀のドイツ文学に感化されたと見られる作品を含む、とても面白い物語を書き、作家のブロンテ姉妹やジョージ・エリオットに影響を与えた。

川沿いに釣りや狩猟のための小屋や、猟の案内役用の小さな家が建てられる。夫妻はバグパイプ

次ページ:バルモラル城の景色(1880年)

が奏でられるのを楽しんだ。そして、もっとも凝っていたのは内装で、チューリンゲン州とスコットランド両方の要素が取り入れられた。いまではアイデアが次々と湧き出るアルバートは、一家のタータンチェックをデザインする。彼と息子たちがキルトを着るだけでなく、妻や娘たちにもタータンチェックのドレスを作った。さらには、バルモラル城の部屋の壁までも同じチェックで覆ったのだ。一家はよく、ヴィクトリアが「ハイランドスタイル」と呼ぶ、アルバートがロイヤルスチュアートのチェック柄の肩掛けをして、女王と娘たちは揃いのチェックのスカートをはくという格好でトレッキングに行った。

家族や友人、そして、しばしば、アルバート王子の経験豊かな狩猟の案内役であるジョン・ブラウンと一緒に、何日も泊りがけで自然の中で過ごす。散策したり、男性はシカや野生動物の猟に興じたりした。また、一行は馬車で川沿いや山のほうまで行って、小さな小屋で女性たちが九人の子どもの世話をしている小作人の家に顔を出したりした。ヴィクトリアは水彩画ピクニックに行くこともあった。こうした折にヴィクトリアは水彩画

を描いた。女王は水彩画が上手になり、たくさんの美しい風景を残す。彼女はここでの目新しい経験を「ハイランド日誌」として毎日書き記した。早い年には、九月に雪が降ることがあるにもかかわらず、どんなに厳しい気候でもヴィクトリアはそれを満喫した。

首相のジョン・ラッセル卿は、女王一家がスコットランドは人里離れて寂しすぎると感じ、すぐに飽きるだろうと踏んだが、それはすぐに見込み違いだと判明する。夫妻はスコットランドの長老派教会を気に入る。とりわけアルバートのほうは、マルティン・ルターの教えと近いように感じていたからだ。女王もこれを認め

タータンチェックのドレスを着るルイーズ王女（左）とヘレナ王女（1855年、バルモラル城にて、ロジャー・フェントン撮影）

ていた。ヴィクトリア女王は自分がスコットランド教会の長であると、誤って思い込んでいた。しかし、彼女の勘違いがようやく指摘されたのは、数年後のことだった。一家はバルモラル城でのくつろいだ生活を楽しんでいた。女王は出かけて、地元の人々と話したり、小作人の家を不意に訪ねたりもした。警護は最小限で、ヴィクトリアとアルバートは「普通の」生活と考える毎日を喜んでいた。

連なる丘の合間にあるオルト・ナ・ギュインサイクで、夫妻は狩猟の案内役の小屋が二つあるのを見つけた。これを屋根のついたわたり廊下でつなげ、一方を女王夫妻、もう一方を使用人の部屋にして、さらに世間から遠ざかりたいときに使用していた。一八五二年に女王がウェリントン公爵死去の知らせを受け、喪に服したのはこの場所だった。亡くなってからすでに二日後のことだった。

城の周辺には友人や親戚が暮らすようになり、ディーサイドと呼ばれるこのあたりは上流階級の行楽地となる。しかし、オズボーン・ハウスと同様に、用件があってここを訪ねる政府や王室関係者のあいだでは、荒涼として、しかも窮屈で、遠すぎると不評であった。ヴィクトリアとアルバートには、自分たちの理想の王国を作り上げたという達成感があった。

第七章　一九世紀中頃

君主になってから一〇年を過ぎると、ヴィクトリアも女王という役割に自信を持つようになっていた。アルバートも、特にこの時代に活躍した設計技師や実業家仲間のあいだで、広く認められるようになる。彼もこの仲間たちに貢献していた。子ども時代とはうって変わって、ふたりは幸せな大家族の中心で、子どもたちを溺愛していた。女王夫妻という地位にあることで、暗殺の標的にされたり、チャーティスト運動とその集会では退位を叫ばれたりしていたが、ヨーロッパの多くの王室が直面している政情不安や流血の惨事に比べれば、大したことではないと言えた。

即位から一三年経った一八五〇年、ヴィクトリア女王は七人の子どもの母親になっていた。一八五三年にレオポルド王子が、一八五七年にベアトリス王女が生まれ、一八五〇年代の終わりには、家族も落ち着きを見せる。しかし、上の子どもたちが成長して両親の注意が必要になっていたので、ヴィクトリアは夫との時間が少ないと不満を感じる。バーティの素行はすでに問題で、大きくなるにつれて両親を悩ませていた。とりわけ、息子の交友関係や勉強に無関心な態度に、父親のアルバートが苦悩していた。その反対に、第一王女は両親の自慢で、特にアルバートのお気に入り

前ページ：万国博覧会の開会式に臨むヴィクトリア女王とアルバート王子

だった。

アルバート王子にとって、この先の一〇年間は自分の能力を示し、長期的に見て、国家に最大の貢献をした時代だった。彼は常にたくさんの新しいプロジェクトに関わっていた。バルモラル城の建設やオズボーン・ハウスの仕上げだけでなく、ソサエティ・オブ・アーツを始めとする数々の委員会で、お飾りではなく、実際に仕事をして、影響力を持つ会長を務めていた。設計と建築、科学と自然、住宅問題と衛生に関心を抱いていたことで、アルバートは高く評価され、時代の先端を行く起業家、技師、設計者と交友を持った。そして、常々望んでいたように、国民一人ひとりの生活を改善するために専心していた。アルバートは懸命に働き続けるが、体調を崩すこともよくあった。虚弱な体質と、本来が生真面目で、細かいところまで気を遣いすぎるのが原因だった。しかし、ヴィクトリアには、彼が達成できないことは何もないように映っていた。

この時期は、ヴィクトリア朝以後の作家であるJ・B・プリーストリーが言うように、ヴィクトリア女王の「全盛期」であった。この一〇年でヴィクトリアは家族の、そして国の女性統治者としての地位を確立したのだ。彼女にとっては、アルバート王子との結婚生活においても、安心と自信を感じられる、いちばん幸せな時代だった。

イギリス国家と大英帝国

拡大する大英帝国と産業革命の進展により、一九世紀中頃にイギリスは世界の主導者となった。

この特筆すべき一八五〇年代の一〇年間に、ヴィクトリア朝の本質が形成される。鉄道網が国中に広がる。綿織物や毛織物の製造業、製鋼業、造船、石炭鉱山といった主要産業のおかげで、新たな技術革新を受け入れて発展させ、市場に参入しようと躍起になっている起業家にチャンスがもたらされる。写真術と電信の発達はニュースの伝え方を変え、マスコミと大衆紙の時代が来る。文学と芸術も新しい形を模索し、これまで無視され、あまり触れられてこなかった題材が取り上げられるようになる。

さらに、イギリスの人口が急激に増加し、恒久的な変化を遂げる。一八〇一年には都会に住んでいるのは人口の二二パーセントにすぎなかったが、一八五一年には五〇パーセントに増大する。アイルランドを含めたイギリスの総人口は二七三〇万人であった。次に示すのは一八五一年の国勢調査の結果である。

特権階級、准男爵、および地主　五万三〇〇〇
医師とそのほかの専門職　二万
貧困者、路上生活者、囚人および精神錯乱者　一九〇万
家事使用人　男性一三万四〇〇〇　女性九〇万五〇〇〇
綿織物工場の労働者　男性二五万五〇〇〇　女性二七万二〇〇〇
仕立屋（婦人帽子職人を含む）　男性四九四　女性三四万
炭坑作業員　男性二一万六〇〇〇　女性三〇〇〇

印刷業者　男性二万二〇〇〇　女性一〇六

一八五〇年代当初、ジョン・ラッセル卿がまだ首相だった。パーマストン卿が外相で、君主の意向から独立して、外交政策、特に対ドイツ政策を決定しようとしていたので、ヴィクトリア女王は最初から彼をひどく嫌っていた。そのため、一八四八年にシュレースヴィヒ＝ホルシュタイン公国の統治と、ドイツの国家としての統合が問題になったときに、パーマストン卿とイギリスは、女王とアルバート王子の意見に反対した。第一王女とプロイセン国王フリードリヒ二世の縁談が画策されていたので、夫妻は外相からの横槍が入るのを心配した。一八五〇年一二月三日、ヴィクトリアはドイツの状況と、それに対するパーマストン卿の行動を非難する手紙をレオポルド叔父に送る。

ドイツの状況は本当に心配です。**プロイセン王国**の**覇権**が望まれていると考えるのは間違いです。ラドヴィッツ将軍も言うように、ドイツにとって必要なのは、主導権を握ることです……もしも、この統合がおだやかに、そして決然として進まなければ、恐ろしい結果になります。君主制の転覆です。力があるのはプロイセンだけです……ドイツには強い力があるのですから、主導的立場になるべきです……残念なことに、パーマストン卿は、わたくしたちが外国の政権から嫌われて……本来ならとても大きい……影響力を……失うように画策しています……。この現状にわたくしは傷つき、苦しんでいます……

次ページ:ウェリントン公爵の霊柩車

パーマストンは結局、一年後に辞任する。女王への無礼な態度と、自分の活動を女王と内閣に報告しなかったのが原因だった。ヴィクトリア女王は心からほっとする。

一八五〇年代初め、ヴィクトリア女王はふたりの死を悼まなければならなかった。一八五〇年に思いがけなく、サー・ロバート・ピールが落馬事故で死亡する。一八五二年にはウェリントン公爵が亡くなる。ウェリントンは一八一五年のワーテルローの戦いで勝利した英雄だったので、国葬で送られた。当時の女性は葬儀には出席しなかったので、ヴィクトリア女王はバッキンガム宮殿の正面に新しく作られたバルコニーから葬列を見守った。

ベンジャミン・ディズレーリは、女王が即位した一八三七年に議員となり、トーリー党で急進的な青年イングランド派を率いて、下院では保守党のリーダーとなった。一八五二年の総選挙でジョン・ラッセル卿のホイッグ党政権は敗北したが、アバディーン卿のもとで保

守党のピール支持派議員と連立を組んだ。

鉄道革命

一八五二年にはイギリスに一万キロ以上にわたる鉄道網が敷かれていた。主要路線はロンドンを起点に南はイギリス海峡、東西両岸、そして北はスコットランドへ延びていた。イギリス西部では短い支線が走っていた。

市や町では駅舎の建設が必要で、その建築について激しい議論が交わされる。大きさは昔の大聖堂と同じにするのか、伝統的な建築様式なのかどうかなど、さまざまな意見が飛び交った。イタリアンルネサンス様式や、北ヨーロッパの伝統的ゴシック様式がいいと言う者もいた。野心的な鉄道事業者は全部を取り入れようとした。

ロンドンでは、一八三九年にフィリップ・ハードウィックが設計したユーストン駅は、正面にギリシャ様式のペディメントと円柱のあるパルテノン神殿を彷彿とさせるデザインだった。ニューカースルでは一八四六年から一八五五年にかけてジョン・ドブソンがイタリアンクラシック様式の駅を建設する。アーチと列柱、そして、ホームを覆う丸屋根という初めてのデザインだった。時代が下ると、ジョージ・ギルバート・スコットと技師のW・H・バーロウがセントパンクラス駅の設計に壮麗なヴィクトリアンゴシック様式を採用する。正面はホテルになっていて、一八六八年に完成した。窓は尖ったアーチ型のデザインで、小塔のついた赤レンガ造りの建物である。改札ホール

新しく開業したセントパンクラス駅とホテル

はチャペルのようで、線路とホームを覆う、鋼鉄とガラスでできた屋根は当時では最大級のものだった。

駅の建設がいろいろな意味で急がれていた。駅は物資の保管場所、プラットホーム、汽車のエンジンを動かす石炭の貯蔵場所、整備場、待避線を備えられるくらい大きくなければならない。鋼鉄とガラスを使う新たな手法で、大きな格納庫のような建物がホームと線路を覆うように建設される一方で、駅の前面に位置する乗客ターミナルについては、建築家のあいだでクラシックかゴシックかという様式についての論議が続いていた。

鋼鉄とガラスの構造物は、それだけで重要な要素だった。新しい素材と技術を使っていることが一目瞭然だからである。ウェストロンドンのパディントン駅ではブルネルが大胆に、ホームの上にまるで魚のヒレのような支柱を並べて屋根をかけた。彼は鋼鉄を繊細に組み合わせて、未来に残るランドマークを造ったのだ。

郊外では線路の敷設にローマ時代の水道橋の工法が採用される。連なったアーチ型の支柱に支えられた長い高架橋を架けて谷をわたり、目的地まで線路をつないだのだ。デヴォンとコーンウォールのあいだを流れる大きなテーマー川など、大小多くの川や運河、水路があったので、橋の構造も考えなければならなかった。

作家たちはすぐに鉄道の旅を、いまよりもましな、違った生き方のへ憧れや逃避行の象徴として取り入れた。『ヴィレット』の中でシャーロット・ブロンテはロンドンへ、さらにはブリュッセルまでの鉄道の旅になぞらえて、報われない愛に生きる道を選ぶヒロインを描いている。しかし、多くの若い女性にとって鉄道とは、家と貧しさから離れ、金持ちの家での召使という、魅力的には見えても苦しい仕事へと変わることを意味していた。

鉄道には、もちろん不都合もあった。すでに工場の排煙や、家庭で石炭を燃やして排出される煙によって汚れていた街が、さらに汚染されたのである。蒸気機関の燃料は石炭である。運転士の後ろに立つ男たちが加速させるために火に石炭をくべると、煙と蒸気、灰が煙突から大量に出て、重く、厚い靄になる。首都の空気汚染を規制するために、一八五三年に大都市圏を対象に煙突排煙規制法案が可決された。

鉄道で働くのは、きつく、汚く、危険だった。時速約五〇キロメートルで走る汽車は、まるで飛ぶような速さに感じられた。線路、エンジン、客車は危険になり得ることもあり、マイケル・フリーマンは技術の進歩がもたらす事故の到来と表現する。技術が進むにつれ、恐ろしい事故が増えていた。しかし、技術よりも乗客が事故を引き起こすほうが多いこともあった。いたずら者が客車の屋根に上ったり、客車から飛び降りたり、隣の客車へ飛び移ったりしたので、鍵をかけて乗客がむやみに出られないようにすることもあった。

こうした不都合よりも、利点のほうがはるかに上まわった。鉄道への投資はとても利益が高く、一八五〇年までに二〇〇以上の鉄道会社ができた。その中でも大規模な三社は、ロンドンノースウェスタン、ミッドランド、グレートウェスタンだった。投資家には新しい産業を率いている者が多く、自分の事業の発展を鉄道に頼っていた。鉄道が乗り入れることで新しい市場を開拓できるようになり、既存の事業を変化、拡大させることができた。たとえば、カーズはビスケットの製造会社としてすでに有名だったが、カーライルに鉄道が通るようになると、大英帝国全体への輸出が可能になった。

鉄道駅が建設されると、マンチェスターのミッドランドやロンドンのグレートイースタンといったホテルもでき、鉄道への投資家にさらなる利益をもたらした。鉄道各社での競争や合併が進むが、複数の鉄道会社が進出している地域も珍しくなかった。ある時期にはマンチェスターでは九社が競合していた。『パンチ』誌やいろいろな雑誌には乗客をだしにして肥え太る新しい資本家を笑う風刺画がたくさん掲載された。

資本家や起業家が鉄道や乗客関連の仕事で成功する例はたくさんあった。たとえば、ミスター・W・H・スミスは汽車に乗る人々が読み物を必要とすることに気づいた。教育を受けた人々は本を読んだり買ったりすることができたが、多くの貧しい人々は活字や、新しい、一般向きの、どこでも

新聞雑誌類販売業者ミスター・W・H・スミス

買える安い雑誌や新聞を読み始めたばかりだった。一八四八年にミスター・スミスはロンドンノースウェスタン鉄道のロンドンとバーミンガムのあいだの駅で本と新聞を売る許可を取得した。一〇年で彼はそれらの駅での販売を独占するようになり、ほかのたくさんの駅でも売り場を持つことになった。アントニー・トロロープの『アリントンの「小さな家」』という作品の中では、主人公のジョン・イームズがパディントン駅で「ミスター・スミスの新聞雑誌類売店の新聞の山の中で敵をひれふさせて、自分は三文小説のほうへ倒れ込んだ」というくだりを読むと、誰もがその光景と本の種類まで思い浮かべることができた。W・H・スミス社はヴィクトリア朝時代から二〇世紀にかけて成長する。

ヴィクトリア女王とアルバート王子は早い時期からこの新しい移動手段を利用していた。夫妻は一八四二年に初めて鉄道を体験する。プレゲトーンという蒸気機関車に女王夫妻専用の特別客車と六台の客車を連結した初の「お召し列車」で、イザムバード・キングダム・ブルネルに案内されながら、スラウ駅からパディントン駅まで乗車した。女王は鉄道をすぐに気に入り、その将来性を理解した。

実際に、鉄道網がスコットランドまで延びたことで、船で三日かけて移動するのに比べ、バルモラル城への移動が格段に便利になった。ヴィクトリア女王にちなんで名付けられた駅もいくつかある。一八四九年にマンチェスターのヴィクトリア駅が開業し、ロンドンではバッキンガム宮殿の裏の地域に女王の名前がつけられる。ロンドンのヴィクトリア駅からは、ブライトンや新しくできた南部沿岸の保養地へ向かう電車に乗ることができた。

トーマス・クックと団体旅行

鉄道網が発達したことで、汽車での遠出や旅行が可能になった。この先駆者となったのはトーマス・クックで、彼の革新的なアイデアは世界中に広まった。裕福な人々はすでに一八世紀に大旅行をしていたが、中流階級や労働

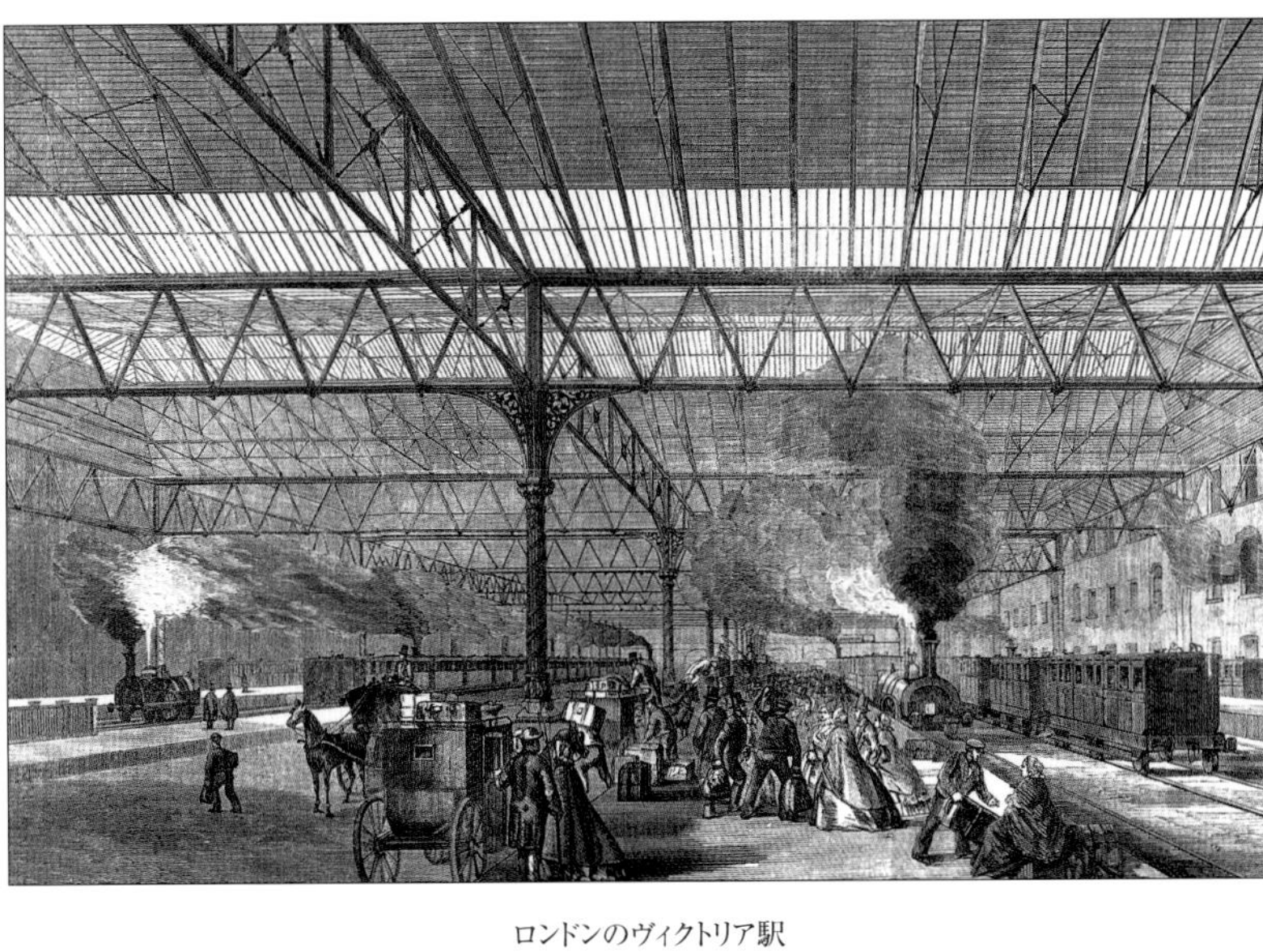

ロンドンのヴィクトリア駅

者階級の人々が自分たちの住む村や町を離れて旅する機会は皆無に等しかった。鉄道によってすべてが大きく変わる。女王が地方に別荘を持ついま、はるかに小さい規模ではあるが、これを真似する者も出てきた。一九世紀初頭、ジョージ四世のロイヤル・パヴィリオンの建設により、裕福な人々のあいだでブライトンが人気の街となった。いまでは新しくできた鉄道のおかげで、普通の人々がロンドンから南部の海岸へ行くことができる。これ以外の海辺の保養地も主要な工業都市と鉄道でつながった。ブラックプールへはランカシャーの労働者に便利なところで、イーストヨークシャーの海岸沿いにあるスカボローなどの保養地は、ウェストライディングの毛織物工業の労働者

海辺の保養地の一つ、スカボローの海岸遊歩道

たちに人気だった。多くの人々にとって、海岸でさわやかな空気を満喫するのは、新しく、驚くべき経験だった。

トーマス・クックは若い印刷工であり、平信徒ながらバプティスト派の伝道師でもあった。すべての社会悪はアルコールの過剰摂取によって引き起こされると信じ、禁酒運動に打ち込んでいた。

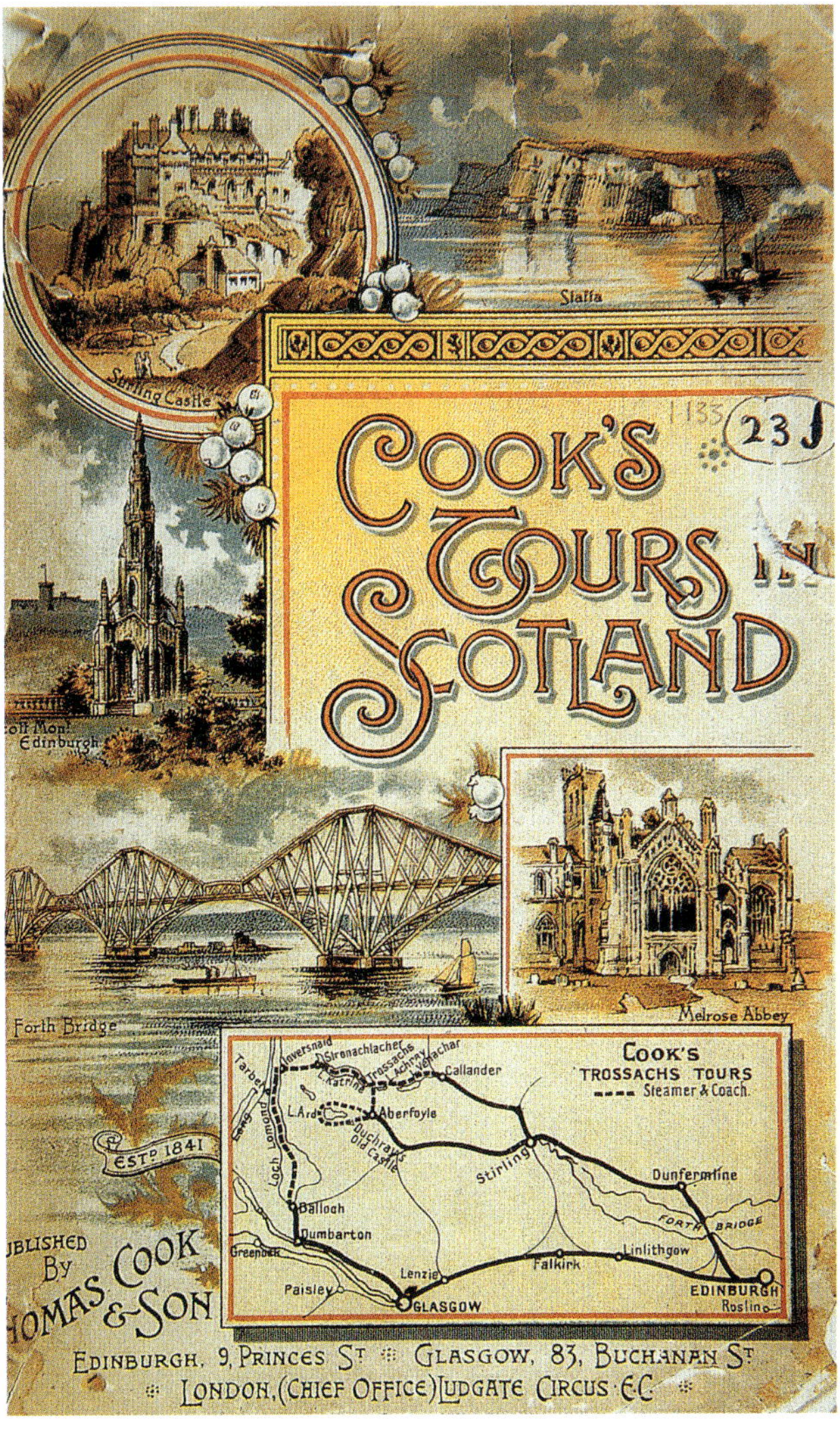

トーマス・クックの周遊旅行の広告

一八四一年に彼は汽車を借り切り、レスターから禁酒運動の大会が開かれているラフバラへ参加者の一団を連れて行った。彼はすぐに、人々がこの新しい経験を楽しんでいるのに気づく。この旅が大成功だったので、旅客輸送の可能性を信じ、彼はさらに多くの汽車を借りる。一八四五年、彼は人々をリヴァプールへ連れて行く。そこでは、汽船が何百人という、アイルランドからの出身者が大半を占める移民を乗せてアメリカへ発つのを見学し、北ウェールズの田園風景を楽しんだ。

クックのアイデアが大当たりしたのは、一八五一年にロンドンで開催された万国博覧会への鉄道旅行だった。料金の中には往復の運賃、ロンドンでの宿泊費と博覧会の入場料が含まれていた。これは初めての全費用込みの団体旅行で、一六万五〇〇〇人がミスター・クックと一緒にロンドンへ押しかけた。起業家の典型ともいえるクックは、さらに多くの計画に可能性を見出し、一八五五年にパリの万国博覧会へ旅行客を連れて行った。この旅行の企画段階で、イギリス海峡を横断するフェリーの運航会社から協力を得られなかった。そこで、ドーバーとカレーを往復するのではなく、ハリッジから北海を通ってアントワープへ行き、そこから汽車でブリュッセル、ケルン、ハイデルベルク、ストラスブールを経由してパリへ、そして、帰りはアントワープへ戻ってハリッジへ帰るという、長期の観光旅行を組み合わせた。クックと息子のジョン・メイソン・クックはこの旅に添乗し、客が旅行を楽しむ様子を目にして、この事業の将来性を確信した。

一八六三年にトーマス・クックはスイスへの団体旅行を計画する。五〇〇人が参加し、その年の一一月に一行はヨーロッパ大陸へわたり、アルプスを越えてイタリアへ入る。この周遊旅行で参加者は訪れた各地の観光を堪能することができた。期せずして、中流階級の人々にも大旅行が可能になったのだ。ミスター・クックは宿泊先の経営者と交渉して宿泊費をできるだけ抑え、一八六八年にはトラベラーズチェックの前身となる、ホテルのクーポン券を支払い手段として導入した。

ヨーロッパ旅行の成功を受けて、いまではレスターのグランビーストリートにあるオフィスを息子にまかせたクックは、アメリカ合衆国へのツアーを企画した。一八六九年、クック社がロンドンにオフィスを構えた四年後にスエズ運河が開通し、皇太子夫妻がエジプトを旅行する。エジプトへの関心が芽生えていたので、クックはナイル川のクルーズ旅行を計画する。このナイル旅行が好評を博したのをきっかけに、彼はカイロに大きなオフィスを開設する。イギリス政府もトーマス・クック&サン社の知識と実力を高く評価していた。一八八四年にゴードン将軍がハルトゥームで包囲されたときには、クック社がナイル川をさかのぼるイギリス軍の救援部隊の移動手段を手配した。

電信と出版業

海底ケーブルを通る電信術と電気信号の発達は、大英帝国内の情報伝達に革命を起こした。イギリス政府は辺境の植民地で起こる事態にも対応できるようになったのだ。一八三〇年代にロンドン大学キングズカレッジの実験物理学の教授であるチャールズ・ホイートストンと、ウィリアム・フォザーギル・クックが電気通信の実験をし、電信を発達させた。

彼らは一八三七年に、ユーストン駅からカムデンタウン駅のあいだの鉄道線路に沿ってケーブルを通し、音の送受信が可能であることをついに証明した。彼らが送信した音を送り先で聞くことができたのだ。電信技術が発達し、一八五一年にイギリス海峡の海底にケーブルが初めて敷設され、ロンドンからパリまで音が送信される。同じ年、ドイツ人のポール・ジュリアス・フォン・ロイター男爵がロンドンに最初の通信社を開設する。一八六五年にはケーブルがイギリスからインドまで、そして、一八六六年には大西洋を横断して敷設された。こうしたすべてが、一八七六年のアレクサンダー・グラハム・ベルらによる電話の発明へと集約し、最新の遠隔通信の時代が到来する。

電信は報道の手段だけでなく方法も変えた。もはや、政府は現状や将来の報告をして、それを自分たちの都合のいいように脚色することはできなくなった。一八五四年に戦争が勃発したクリミア半島のような現場を求めて、記者が世界中に出向き、まさに自分たちが目撃したものを簡潔かつ直接的な表現で正確に描写して、すぐに報告できるようになった。以前は、残虐行為や血みどろの戦いのニュースは何週間、または何カ月もかかって本国に伝えられ、しばしば偉大な英雄が祭り上げられた。電信の登場でこうしたすべてが変わる。戦争の本当の恐ろしさや悲惨さ、失敗や損害、軍司令官の愚行や、逆境の中での英雄的行為などが、数日以内にロンドンに報告され、政府機関を通さずに、新聞や雑誌という形で国民に直接届けられるようになったのだ。

労働者階級の大半はまだおおむね読み書きができなかったが、状況を改善するために読書や教育に関する政策が練られていた。一八五〇年に初の公立図書館が開館し、たくさんの大衆市場向けの新聞や雑誌が新たに創刊された。一八五〇年から一八六〇年までの一〇年間に、ハッダーズフィールド、ハル、ハリファックス、レスター、リヴァプール、シェフィールド、バーミンガム、ブリストルの街で地方紙が刊行される。これらの街の多くは工業地帯にあり、地元の労働者たちは情報を

マンチェスター公立図書館の開館式（1852年、『イラストレイテッド・ロンドン・ニュース』紙掲載）

渇望していた。

　上流階級向けの新聞『タイムズ』は一七八五年に創刊され、一八五〇年には購読者は三万四〇〇〇人に達していた。これよりも急進的な『マンチェスター・ガーディアン』紙が一八二一年に誕生する。読者層は中流階級の改革論者や政府に疑問を持つ人々だった。ヴィクトリア女王の治世のあいだずっと、『マンチェスター・ガーディアン』紙は歴代政府が支持してきた帝国主義に反対し、アイルランドの自治を支持して、ヨーロッパによるアフリカでの搾取に反対であると表明していた。一八五五年に誕生した『デイリー・テレグラフ』紙と『クーリエ』紙は保守的かつ伝統的な報道姿勢の新聞で、記者をクリミア半島とアメリカ合衆国に派遣していた。『タトラー』誌と『スペクテーター』誌はともに一七〇〇年代初頭に創刊された雑誌で、その随筆には定評があった。こうした新聞・雑誌のあとを追って一八四二年にできた新聞『イラストレイテッド・ロンドン・ニュース』は大衆向けであった。一八五〇年三月に一冊目が出版されたチャールズ・ディケンズ編集の『ハウスホールド・ワーズ』誌には、現代作家、随筆家、評者たちが意見を述べる場があった。ジョージ・クルックシャンクのような風刺作家は、『パンチ』誌に作品を発表していた。

　最初の頃、画像を掲載していたのは週刊新聞だった『イラストレイテッド・ロンドン・ニュース』紙で、木版とエッチングに始まり、新聞・雑誌の中では最初に写真を使用する。イギリスの社会生活に焦点を当てた新聞として、『イラストレイテッド・ロンドン・ニュース』紙は、ヴィクトリア女王とアルバート王子、そしてたくさんの子どもたちを理想の家族として、少なからず世間に紹介していただけでなく、一九世紀の生活、価値観や考え方を見事に記録して読者に伝えていた。

写真

一八五〇年代に花開いた一九世紀の革新の一つは、写真術である。電信と同じく、写真は人々の生活を激変させ、絵画、視覚芸術、報道記事の進む方向を変えた。ヴィクトリア女王とアルバート王子はこの新たな形の芸術に魅了され、すぐに新進の写真家と写真協会の後援者となった。

暗箱《カメラオブスクラ》は芸術家が実際の光景とそっくりの下絵を描くために一六世紀から使われてきた。一九世紀になってようやく、被写体を記録して保存する方法が確立される。この先駆者はフランス人のルイ・ジャック・ダゲールだった。彼は一八三九年、銅板にヨウ化銀の膜を形成して露光させ、水銀蒸気にさらしてから食塩水で定着させると、画像を焼き付けられることを発見した。この「ダゲレオタイプ」と呼ばれる写真はイギリスとフランスですぐに人気となって流行したが、この写真を焼き増しすることはできなかった。

イギリスではウィリアム・フォックス・タルボットが画像を記録する方法を模索していた。一八四一年、発明したカロタイプという技法で、新たに写真の複製を始める。塩化銀を塗布した紙をカメラオブスクラに入れて露光させ、ネガティブ像を紙に定着させる。酸を使ってこれを現像すると、ポジティブ像、すなわち、白黒写真ができるのである。フォックス・タルボットのカロタイプのすぐれた点は、同じネガから何枚も写真を複製できることだった。一八五一年には湿式コロジオン法を完成させて、技術を向上させた。当時のカメラは大きくてかさばったので、使うのはおもに、肖像写真家だけだった。彼らにとって、写真は新しい形の芸術の誕生だった。

ヴィクトリア女王とアルバート王子の初期の写真（ロジャー・フェントン撮影）

ヴィクトリア女王とアルバート王子はロジャー・フェントンといった写真家のモデルを喜んで務めた。フェントンはクリミア半島へ出向いた最初の戦場カメラマンの一人としても知られるようになる。

ヴィクトリアの治世は歴史上で初めて写真におさめられることになり、ヴィクトリアとアルバート、そして子どもたちの各年代のいろいろな写真が数多く撮られた。ヴィクトリアはウィンザー城やバルモラル城での生活や、孫、側近たちのアルバムを作る。こうした写真は、ホルバインが描いたヘンリー八世の王室を思い出させるかのような、一人ひとりの人物像を理解する手掛かりとなる。ヴィクトリアとアルバートの個人や、ふたりの肖像写真からは、当時の服装や室内装飾を細部まで見て取ることができる。相手の腕や肩に手を置いていたり、見つめ合ったりしている夫婦の写真もある。

アルバート王子の名刺写真

女王の肖像写真では、行事や記念式典の場合には君主らしい堂々とした様子で写っているが、くだけた雰囲気のときには、本や花を手にしていたり、編み物や糸紡ぎをしたり、ときには身のまわりの品で雑然とした部屋の中や庭にいたりすることもある。晩年にはヴィクトリア女王が孫と一緒に微笑んでいる写真もある。アルバート王子は明らかに、写真に撮られるのが好きだったようである。ひとりで写るときには見識の広い知識人にふさわしく、本や巻物を手にしたり、大きな地球儀の横に立ったりしていた。

子どもたちは、バルモラル城でハイキングに出発する前、芝居用の衣装を着ているところ、くつろいでいるときなど、個人や皆で撮った写真がいろいろある。第一王女とプロイセンの皇太子との結婚式のときには、公式写真も撮影された。ヴィクトリアとアルバートは名刺代わりの写真もたくさん撮影している。ロンドン、ウィンザー城、バルモラル城、オズボーン・ハウスでは地元の写真館が使われた。たとえば、エディンバラではジェームズ・ロスとジョン・トンプソンのところ、イートンではロバート・ヒルズとジョン・ヘンリー・ソーンダーズ、ワイト島のライドではヒューズ&マリンなどである。ヴィクトリアとアルバートが中流階級の人々のあいだで肖像写真の撮影を流行らせたのは間違いないと言えるだろう。

ヴィクトリア朝時代の女性

女王は末のふたりの子どもの分娩にクロロフォルムを使用したことで、出産時のひどい痛みに苦しむすべての女性の擁護者となり、痛みのない出産という可能性を現実にした。避妊の方法や、月経周期と妊娠の関係性について、この時代にはほとんど知られていなかったので、ヴィクトリア女王に九人も子どもがいたのは珍しい話ではなかった。女王よりも子沢山の女性は大勢いた。出産

次ページ:新設されたチェルトナムレディースカレッジの授業風景

時における感染症や大量出血のせいで、母親のみならず子どもを失う家族も多かった。病気や感染症は社会階層にかかわらず問題だったが、貧しい階層ではこれに栄養不良が重なって、乳幼児の死亡率が高かった。

女児への教育の機会はほぼ皆無で、女性参政権運動もまだ始まったばかりだった。一八四七年までにはロンドン大学で女性の入学が許されていた。一八五〇年にカムデンタウンにフランシス・バスがノースロンドンコリージットスクールを開校する。これは数多くある中流階級の娘たちの教育財団の最初の一つだった。このすぐあとに、チェルトナムレディースカレッジ、通学制学校組合が続く。貧しい家庭の女子教育はシャフツベリー卿のような社会改革論者や貧民学校に託された。

女子教育が容認されるようになったものの、女性はまだほとんどの専門職には就くことが許されず、「いい結婚」が最高の経歴だった。フローレンス・ナイチンゲールのように結婚しない女性もいた。ミス・ナイチンゲールは看護師になると決心して、クリミア半島での戦争の勃発を好機ととらえる。そこで数人の女性たちとともに、看護師の役割を一変させ、負傷した兵士の看護を根

底から変えた。一八六〇年にセントトーマス病院で看護学校が開校したときには彼女の名前がつけられた。

女性の作家にとって「ミセス・ギャスケル」や「ミセス・クレーク」といった社会的地位が必要で、男性のような名前のほうが、本が世に出る可能性が高いという現状だった。未婚のブロンテ姉妹は、女性としては作品を発表できなかったので、カラー、アクトン、エリス・ベルというペンネームを使う。ジョージ・エリオットの本名はメアリー・アン・エヴァンズだった。ヴィクトリア女王は最高権力者の地位にあったにもかかわらず、女性は第一に妻と母であるべきだと信じ、女性参政権運動にはまったく関心がなかった。女王であるという現実は彼女の義務であり、必ずしも自ら選んだものではなかったが、彼女は多くの点においてその立場を満喫していた。挿絵に女王のスケッチが入った『ハイランド生活日誌からの数葉』が一八六八年に出版されると、この国でもっとも大切な妻であり母である女王の作品だと明言してはばからなかった。

中流階級の女性が「いい」結婚をしたあとは、主婦として秀でていなければならなかった。家事を手伝う者を雇ってはいたが、上流階級のように女中頭、料理人、執事、女中といった複数の人間を雇う経済的余裕はない。若い不安な主婦たちの多くは、実家からひとり離れ、広がりつつある郊外の新築の大きな家で、家庭を切り盛りし、夫や客人のためにディナーのメニューを算段

エリザベス・ギャスケル

する必要性に駆られ、うろたえながら孤独を感じていた。

社会でさらに上を目指すには、上流階級の料理を見習うことが不可欠だった。しかし、パリの混乱から逃げ出してきたフランス人シェフによって、従来とは異なる洗練された料理がイギリスにもたらされたことで、真似るのが難しくなっていた。

ある若い主婦が、中流階級の、こうした未熟な主婦の救済に現れた。一八五二年、サム・ビートンは、アメリカ人女性ハリエット・ビーチャー・ストウが書いた『アンクル・トムの小屋』の出版に成功して、富を築いた。これを元手に、彼は雑誌『英国夫人の家庭画報』の発行を始める。一八五六年に結婚してからは、妻のイザベラがこの雑誌の料理と家政の記事を書いた。一八五九年に『ビートン夫人の家政読本』を出版すると、彼女への評価はたしかなものになる。

この本には上流階級を見習ったメニュー、食事、レシピに関するアドバイスが載っており、出版以来、何度も版を重ねた。買い物、レシピの選択、メニューの組み立て方、テーブルクロスやシーツといったリネンの洗濯、テーブルセッティングと料理の給仕、使用人の面接と雇用、病気の子どもに与える薬など、暮らしのさまざまな事柄を網羅した本である。ビートン夫人は多くの若い主婦にとって救世主となった。『ビートン夫人の家政読本』があれば、彼女たちは安心感を得ることができたのだ。

イザベラ・ビートンはレシピを一から考案したのではないが、絵が上手で、昔からの、そしてイギリスにやって来たフランス人シェフが実践している間違いのない方法を紹介していた。残念ながら、家政についての多大な知識があっても、当時の女性のいちばんの死亡原因をどうすることもで

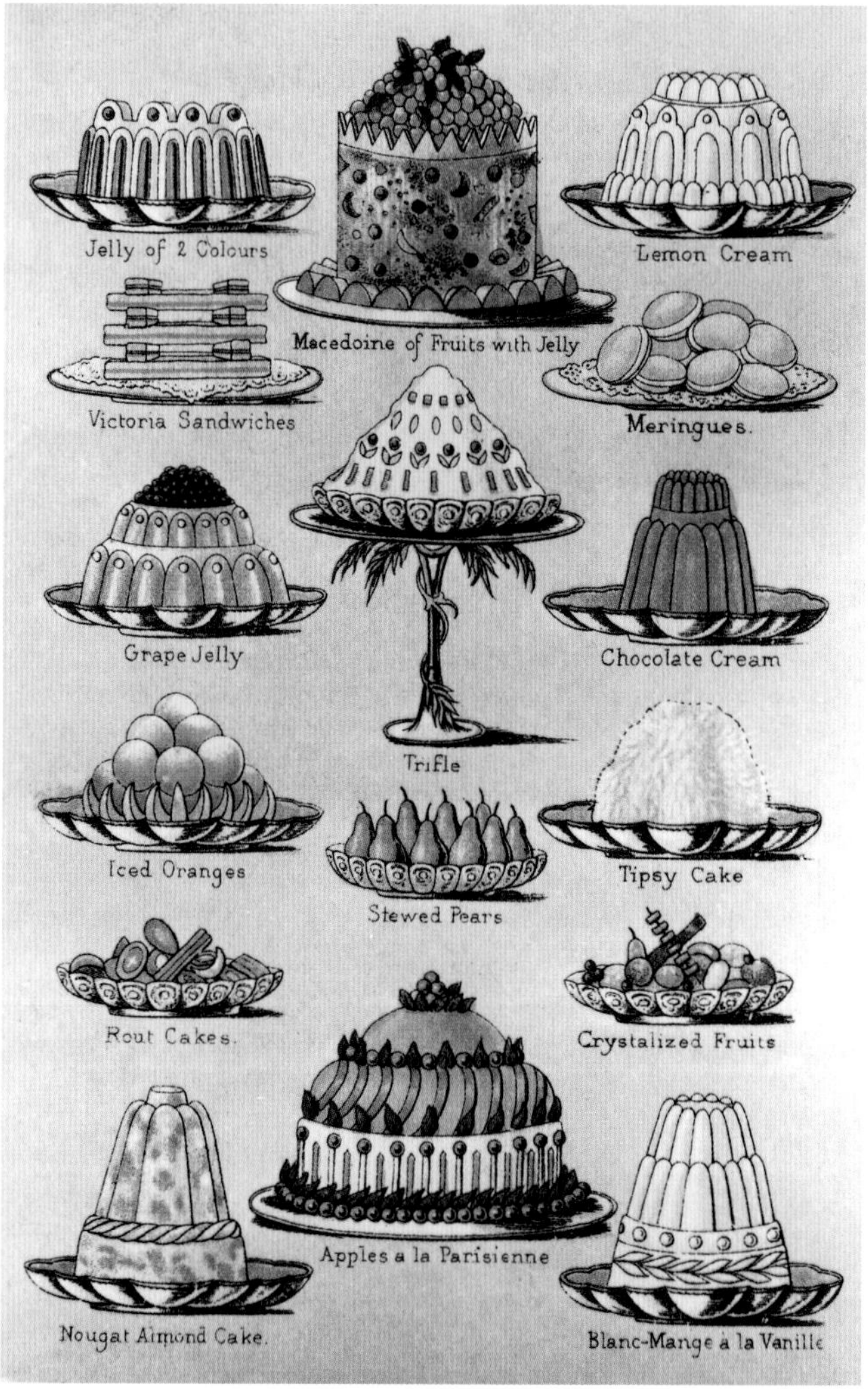

『ビートン婦人の家政読本』に掲載された華やかなデザート

きなかった。一八六五年にビートン夫人は二九歳の若さで、出産時の合併症が原因で命を落とす。

ヴィクトリア朝のイギリスでは、労働者階級の女性にとって、イザベラ・ビートンが克明に記したような生活は別世界の出来事だった。仕事を持っている場合には工場で、または裁縫師や洗濯女として長い時間働き、生活は非常に厳しかった。『ビートン夫人の家政読本』に出てくるような、材料をふんだんに使う料理とは無縁だった。多くの女性が栄養不良で、家庭ではジャガイモやトウモロコシに、時折ベーコンが少しという食生活であった。

文学と芸術

一九世紀は文体の転換期だった。作家や芸術家は自分たちを取り巻く革命の影響力と、作品を受け入れてくれる新しい市場の巨大さについてじっくりと考えていた。若い頃のベンジャミン・ディズレーリが最初に主題として用いた「イングランドの状況」は、この時代の人々の生活に関してのみならず、都市の拡大で田園地方へと開発が広がり、急速に様変わりする景観についても、研究や執筆の題材となり続けた。

マンチェスターではフリードリヒ・エンゲルスとカール・マルクスが労働者の革命を叫んで一八四八年に『共産党宣言』を出版する一方で、社会に対する意見を物語として表現する者たちがいた。一九世紀中期の小説家は、社会問題と正面から格闘する。その第一人者はチャールズ・ディケンズであった。彼は産業革命が個人の生活にもたらした影響を、とらえがたいところまで細かく観察して記録にとどめた。

ディケンズの創作の主題は常に、自らの貧しい子ども時代の経験と、実際に見聞きしたストライキ、貧困、搾取、拝金主義だった。特定の街を舞台に、誰しも見覚えのあるような人物を登場させる彼の小説は、すべて自分の経験から紡ぎ出されていた。『ハードタイムズ』はプレストンの工場、『骨董屋』はバーミンガム、『ドンビーと息子』はロンドンのカムデンタウンが舞台で、ディケンズが実際に出会った守銭奴をエベネーザ・スクルージとして『クリスマス・キャロル』の中で描いている。

ディケンズの作品の多くは当初、連載小説として週刊や月刊の雑誌に掲載された。一八五〇年には自らが編集する雑誌『ハウスホールド・ワーズ』を創刊する。ここには彼も随筆を発表しているが、同時代の多くのすぐれた作家や評論家にも考えを発表する場になった。

産業革命がもたらした変化の大きさを描いたもうひとりの作家は、ミセス・ギャスケルだ。一八五五年に出版された『北と南』は、ハーリー街に暮らす裕福な家族と、イングランド北部の工

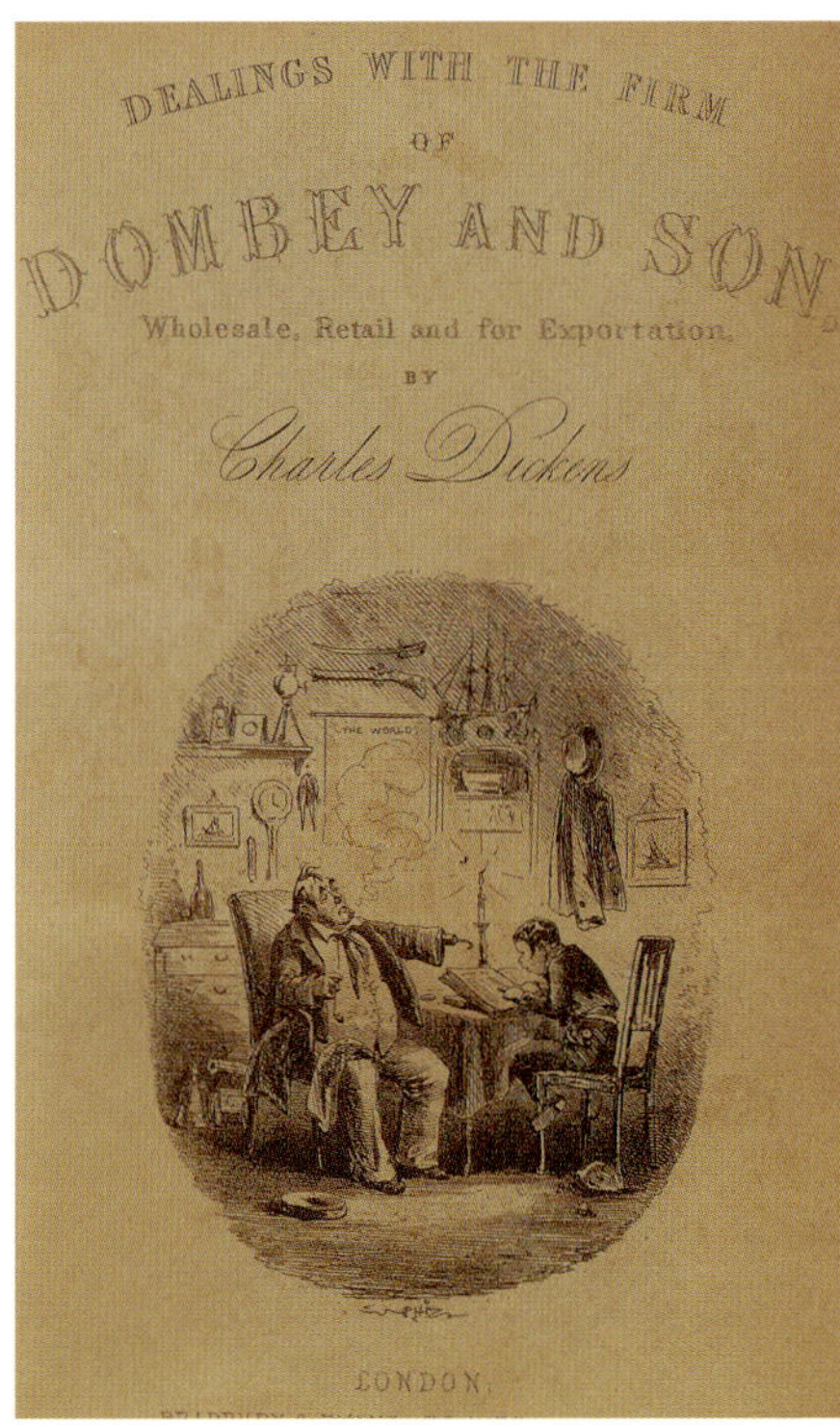

ディケンズ作『ドンビーと息子』の初版本の表紙

場で働く人々の人生を対比させた小説である。

ディケンズが工業化するイギリスを書いたのに対し、シャーロット、エミリー、アンのブロンテ姉妹はフロイトの登場以前の時代を舞台に、人間の内面世界を描いた。この非凡な姉妹はヨークシャー地方ハワース村の人里離れた荒野に暮らし、独自の文体と登場人物を作り上げた。母親を子ども時代に結核で亡くした彼女たちは、悲しみ、喪失感、孤独などの感情をよく理解していた。三人は自分たちの考えや、報われぬ恋、情熱、嘆き、喪失といった心の内をさらけ出して描写することを躊躇しなかった。

アン、エミリー、シャーロットのブロンテ姉妹。作者は唯一の男兄弟ブランウェル。彼自身の姿は、この肖像画から塗りつぶして消されている

ブロンテ姉妹の小説の舞台の多くは実在の場所で、学校、ガヴァネスとして仕えた家、ヨークシャーの厳しい荒れ地、そしてシャーロットが留学していたブリュッセルなど、自分たちになじみのあるところだった。兄弟のブランウェルはアルコールと薬物の中毒で、一八四八年に結核で亡くなった。一八四九年にはエミリーとアンが続き、シャーロットひとりが残される。やがて彼女はロンドンで有名人となり、『ハウスホールド・ワーズ』誌に寄稿し、万国博

覧会を見学したり、憧れの作家サッカレーと出会ったりする。ベルギーに住んでいたときにブリュッセルで馬車に乗ったヴィクトリア女王を目にし、女王の飾り気のないドレスについて好意的な感想を述べている。シャーロットはアーサー・ベル・ニコルズと結婚したあと、一八五五年に出産で命を落とす。ブロンテ姉妹とディケンズは文学界に先鞭をつけ、そのあとにジョージ・エリオット、トーマス・ハーディ、アーノルド・ベネットらが続く。彼らの時代には工業化はすでに落ち着いていた。

オックスフォード大学とケンブリッジ大学は違ったタイプの作家を輩出する。彼らは正統な教育を受け、より深遠な、芸術を理解する人々で、その経歴や境遇が示すように、裕福であった。こうした作家であるジョン・ラスキン、ウィリアム・サッカレー、ルイス・キャロル、マシュー・アーノルドらは互いに交流し、意見を交換していた。ラスキンは工業化がもたらした変化を非難し、機械と機械化による労働者搾取を嫌い、さらには古典主義への回帰を叫んだことで、非常にすぐれた作家かつ芸術批評家であると評された。

一八四八年に、ラファエロ前派として知られる芸術運動が始まる。これはラファエロ以前のイタリアのルネサンス初期の芸術にインスピレーションを得た、新しい様式の絵画を普及させる運動であった。エドワード・バーン＝ジョーンズ、ダンテ・ゲイブリエル・ロセッティらの画風を支持する人々はすぐに増えたが、ヴィクトリアとアルバートの後援は得られなかった。ラファエロ前派の影響はオックスフォードで広がる。ここではバーン＝ジョーンズ、ロセッティ、さらに、のちに自ら結成した社会主義運動を繰り広げるウィリアム・モリスらがユニオンビルの室内装飾を手掛けた。労働者階級の問題を題材にするのがラファエロ前派の作品の特徴で、一八五〇年代に描かれた

『シャロット姫』（ダンテ・ゲイブリエル・ロセッティ画）

フォード・マドックス・ブラウンのすばらしい絵画『労働』や『イギリスの見納め』などがある。

一九世紀中期のイギリスの詩はアルフレッド・テニスン卿の作品に代表される。彼はウィリアム・ワーズワースの跡を継いで、一八五〇年から一八九二年に亡くなるまで桂冠詩人だった。桂冠詩人は君主から王室の役職として任命され、年金を支給される。テニスンは女王の誕生日など、主要な出来事を記念して詩を詠んだ。たとえば、一八五二年には『ウェリントン公爵に捧げる「頌詩」』で彼の死を悼み、一八五四年にイギリスがクリミア戦争に巻き込まれたときには『軽騎兵突撃の詩』を作った。テニスン卿はヴィクトリア女王に気に入られ、ウィンザー城やオズボーン・ハウスを定期的に訪れていた。アルバート王子はワイト島のファリンフォードにあるテニスン邸を訪問したが、ヴィクトリアは一度も行かなかった。彼女は彼が参内してくるほうが好きだった。晩年、ヴィクトリアはテニスンの詩を、大好きな文学の形の一つであると高く評価する。

イギリス王室の美術品コレクション

イギリスの芸術の後援者は代々、君主が担っていた。ヘンリー八世以降、国王や女王は自分たちが選んだ作品を通して、国家の力や英雄的行為のみならず財力を誇示していた。ヴィクトリア女王の祖父や伯父たちも、トマス・ゲインズバラ、サー・ジョシュア・レノルズ、ジョージ・スタッブズなど、当代きっての芸術家に作品制作を依頼してきた。ヴィクトリア女王はイギリス王室コレクションの購入をアルバート王子に一任していた。

伝統を破り、彼はイギリス内外の同時代の芸術家の作品だけでなく、イタリアのルネサンス初期、フランドル美術、オランダ派などの作品も買い入れた。今日のイギリス王室コレクションにドゥッチョ、ベルナルド・ガッディ、ジェンティーレ・ダ・ファブリアーノらの作品が含まれているのは、アルバートの功績によるところが大きい。彼もヴィクトリアもラファエロ前派の作品を好きではなかった。さらに、アルバート王子はしばしばロイヤルアカデミーで講演し、興味深い討論を繰り広げていたので、ラファエロ前派によるアカデミーへの批判も快く思われなかった。

ヴィクトリア女王が即位してから宮廷画家に任命したサー・デイヴィッド・ウィルキーが一八四一年に亡くなる。女王と愛犬のダッシュをケンジントン宮殿で描いたサー・エドウィン・ランドシアが、非公式ではあるものの、長いあいだ女王や子どもたちをロンドンやハイランドで描いていた。女王はランドシアに魅了されていたので、絵のモデルになるのを喜び、アルコールが原因でしょっちゅう昏睡するのでさえ見逃してきた。しかし、一八四一年に正式な宮廷画家に指名

『ヴィクトリア女王のお気に入りの犬とオウム』（サー・エドウィン・ランドシア画）

されたのはフランツ・クサーヴァー・ヴィンターハルターだった。ミュンヘン出身のこの画家は、すぐにヨーロッパの王族を描く第一人者として頭角を現した。一八三四年にパリを訪れたときには、国王ルイ・フィリップの王室に滞在し、君主がナポレオン三世に代わっても居続けた。だが、彼の作品でもっとも有名なのは、自由な筆遣いで抒情的に描かれたヴィクトリア女王一家の絵である。

アルバートの芸術への愛好は住まいにもおよんだ。長年抱いていたフレスコ画への興味から、一八四二年にバッキンガム宮殿の庭に木造の別棟を建てたときに、一流の画家たちに依頼して、ヴァチカンの『ラファエロのカルトン』を模したフレスコ画を壁に描かせた。彼は芸術の後援をさらに拡大させる。万国博覧会の成功に続き、一八五七年にアルバート王子はマンチェスター美術名宝博覧会を主催する。これは美術関連の博覧会としては、過去最大の規模であった。アルバートは美術とデザインの両方への関心が高かったことから、デザイン学校の設立にも尽力した。

一九世紀のイギリスには、芸術を後援する人々がほかにも数多くいた。サー・ヘンリー・テートのような裕福なコレクターがたくさんいたのだ。彼はリヴァプールの砂糖精製業者として財を成し、それを元手にイギリスの芸術作品を収集した。一八九〇年代に、建物を確保して作品を展示するという条件で、彼はコレクションをイギリス政府に譲る。こうして、テムズ川岸のミルバンクにテートギャラリーができたのである。

一九世紀中期の宗教

アルバート王子がマルティン・ルターの教えを信奉することは、妻や家族からも理解されており、ヴィクトリア女王の王室は前の世代よりも宗教に関して保守的になった。一九世紀を通して、英国国教会の信徒が減り、メソジスト派、会衆派、バプティスト派教会といった非国教徒の信仰を持つ人が大幅に増える。全体的には宗教的な礼拝は減り、一八五一年の国勢調査によると、定期的に教会に通っている人々は五〇パーセントにすぎなかった。

対照的に、一九世紀には慈善団体が増えた。その多くは、労働者階級の苦痛を軽減しようとする中流階級の団体や、大英帝国の辺境の地まで赴いて、地元の文化への影響をかえりみずに現地の人々をキリスト教に改宗させる伝道協会によるものであった。一九世紀中頃に結成されたのは、イギリス長老派教会海外伝道委員会（一八四七年）、南米伝道協会（一八五二年）、インド現地人キリスト教教育協会（一八五八年）、大学による中米伝道協会（一八五九年）、中国内陸伝道協会（一八六五年）であった。

三〇〇年前の宗教改革で悪化した英国国教会とローマの関係が一八五〇年に改善した。ワイズマン枢機卿が初のローマカトリック教会のウェストミンスター大司教になり、国中でカトリックの司教が任命される。ユダヤ人が社会で受け入れられるようになり、銀行家のライオネル・ロスチャイルドがユダヤ人として最初の下院議員になった。ユダヤ教の礼拝堂シナゴーグがロンドン、リーズ、マンチェスターに建設される。

ヴィクトリアの治世で最大の宗教的危機が一八五〇年代終盤に訪れる。キリスト教の信仰により、地球上のすべての生命は神聖で、神の意志により存在するという教えが広まっていた。そこへ唐突に、チャールズ・ダーウィンの重要な作品『種の起源』が一八五九年に発表され、この信仰に事実上、異議を申し立てることになった。チャールズ・ダーウィンは有名な陶芸家ジョサイア・

非国教徒の説教師チャールズ・ハッドン・スポルジョン（『ザ・ホーネット』誌掲載）

ウェッジウッドの孫で、一八三〇年代に自然科学者としてビーグル号に乗って世界を旅した。そもそも不可知論者であったダーウィンは、この航海中に自然について新たな発見をして、進化における神の役割に疑問を持つようになった。作品が冒瀆的で違法だと見なされるのを懸念しつつも、ダーウィンは非公式にゆっくりと、生物の変異と進化は自然淘汰によって起こるという仮説を展開した。彼の本が一八五九年に出版されると、数カ月で完売し、再販が繰り返された。彼への非難の大半は、『創世記』を無視した理論を受け入れない教会だった。一八五〇年代末期には、存在に関する宗教的基盤でさえ、一種の改革を経験していたのである。

万国博覧会

アルバート王子の功績でもっとも国民に知られているのは、一八五一年の万国博覧会である。これは日常生活で機械を活用することに成功し、まさにイギリスが進歩を

『ポンソンビー瀬戸のビーグル号』(C・マーティンズ画)

鉄骨とガラスで建設された翼廊、楡の木とガラス製の噴水。万国博覧会場の全体を描いた絵の一枚（ディキンソン兄弟画）

遂げていることを示す特筆すべき機会であり、ヴィクトリア女王が公に夫を称賛できる見せ場でもあった。

一八四〇年代のロンドンでは、新しい産業が生み出す製品と、伝統工芸や職人の技とを組み合わせる可能性を展示するという、一九世紀初めにフランスの工場で確立された伝統を真似て、ソサエティ・オブ・アーツが小さな展覧会を開催していた。これは、ヘンリー・コールをはじめとするソサエティのメンバーがパリの展覧会を訪れ、感銘を受けたのがきっかけだった。彼らは、同様の展覧会を、もっと大きな規模で開くという可能性を探り始める。フランスも国際博覧会を計画していたが、国内の政情不安のために、この先数年は無理だろうと思われていた。

一八四八年、ソサエティ・オブ・アーツの役員たちが万国博覧会を開催し、世界をロンドンに呼び寄せようと決定するが、これには王室の後援が欠かせなかった。ヘンリー・コールはアルバート王子に打診するためにオズボーン・ハウスを訪ねる。アルバート王子は、世界規模の市場への第一歩となる万博の可能性を理解し、すぐに賛同した。アルバートはさらに、国際競争はイギリス産業の生産量、技術革新、収益にとって役立つものだとも繰り返した。王立委員会が設立され、資金の工面、会場の設計案の募集と選定、王室の所有地からの開催地選びを担った。アルバート王子の後援のおかげで、発案が具体化し、これは彼のイギリスに対する最大の貢献となる。

一八四八年から博覧会開催の一八五一年まで、開催委員会の打ち合せはバッキンガム宮殿、ウィンザー城、ストランド街近くのソサエティ・オブ・アーツなどで開かれた。こうした会合の一つで、アルバート王子は、博覧会の名称は「世界のすべての文明国家の工業博覧会」であるべきだと主張して、自らの手で議事録を変更した。受け入れる展示品を、「原材料」、「機械類と機械関連の発明品」、「機械製品」、「彫刻と造形芸術」の四つの分野に絞ったのはアルバートだった。寄付金集めの晩餐会がロンドン市長公邸で行われるときには、アルバートがスピーチをした。この頃には人前でも自信を持って英語を話せるようになっていた。

やがて、開催地が王室所有のハイドパークに決まった。この決定を受けて、ハイドパークの南側で、当時ブロンプトンと呼ばれていた地区の富裕層のあいだに困惑が広がる。彼らは自分たちの公園に大建造物が建てられるのに愕然とし、貧しい人々が病気を持ち込むのを恐れた。アルバート王子と反目しているシブソープ大佐のような人々も、このような大計画の正当性に疑問を呈し、どうせ失敗してアルバートが笑い物になるだけだと冷ややかだった。

先に出された建物の設計案をすべて却下して、選定委員会は最後のほうに提出された、デヴォンシャー公爵の庭師であるジョセフ・パクストンが設計したガラスと鋼鉄の未来的な建物を選んだ。当時は園芸が上流階級の趣味となり、大英帝国各地から届いた植物を育てるために建てたガラスと鋼鉄製の温室を管理するために庭師が雇われた。

パクストンはデヴォンシャー公爵の邸宅であるチャッツワースで、オオオニバスの葉に興味をそそられていた。イギリスに届けられた二つのうちの一つで、もう一つはキュー植物園にある。オオオニバスの葉はパクストンの六歳の娘を乗せても沈まないのだ。博覧会場の巨大なガラス屋根を支える強靭な鋼鉄の柱は、このオオオニバスの葉の構造からヒントを得て設計された。一七七九年にシュロップシャーを流れるセヴァーン川の峡谷に鉄橋がかけられて以来、建物の建設に鋼鉄が広く使われるようになる。さらに、窓の数によって課された窓税の廃止によって、ガラスもふんだんに使われるようになっていた。湾曲したガラスの一枚板の製造は、バーミンガムのチャンス・ブラザーズ社が技術を確立していた。

パクストンのすばらしい水晶宮はハイドパークに約二年で建設された。建物の全長は五六五メートルで、最大幅は一二五メートルである。一万三九三七の出展者が世界中から届けられた物品を展示した。初めての公衆トイレが設置され、使用料は一ペニー（一九七一年以降の新ペニーの約半分）だった。軽食のコーナーもあり、来場者はシュウェップスの炭酸飲料やフォートナム&メイソンのバスケット詰めの食べ物、カーライルで創業したカーズのビスケットなどを買うことができる。

ヴィクトリア女王は水晶宮に魅了され、これを手掛けた夫を誇りに思い、会場を何度も視察した。日記にはそのときの様子がいろいろと書かれている。「日差しがきらめく翼廊は、さながらおとぎの国だ」、さらには「建物は、その大きさのわりには明るく、優雅だ」という記述がある。実用性も主催者によって考え抜かれていた。床掃除は長いドレスを着た女性たちがしてくれることに気づく。引きずるような裾が床を掃いて、ほこりを床板の隙間に落としてくれるのだ。テラスやバルコニーの強度は、その上で兵隊を行進させて確認した。この様子はヴィクトリア女王も謁見している。別の機会には、展示品の到着を見た。この荷物はイーストエンドの埠頭から、馬車でロンドンの街を通り抜けてハイドパークへ運ばれてきた。女王はロシアからの積荷の到着が遅れているのを嬉々として指摘し、大英帝国の各地から届く大量の品物が開封されるのを誇らしく思いながら見ていた。実際にはイギリス国内と大英帝国、そしてインドからの展示が大半で、アメリカ合衆国の占める割合はわずか二パーセントだった。

一八五一年五月一日、ヴィクトリア女王とアルバート王子はバッキンガム宮殿から馬車で開会式典へ向かった。女王は以前に行った戴冠式のときのように心配だった。ピンクと銀色のドレスを着て、小さな王冠のついた帯状の頭飾りと、きらきらと輝くダイヤモンドのジュエリーをつけていた。ふたりがハイドパークに差しかかると、「雨がぱらついてきた……しかし、水晶宮のそばまで来ると、太陽が顔を出した。巨大な建物がきらめき、上部には参加国の国旗がはためいている」。群衆が歓声をあげ、ふたりが大きなクリスタルガラスの噴水とコールブルックデールから運ばれた鋼鉄製のゲートの横にしつらえられた演壇へ進むと、大きなオルガンの音と合唱隊の歌声が建物中に鳴り響いた。翼廊の天井は公園に生えていた背の高い楡の木を移植できるくらいに高かった。この日、ヴィクトリア女王は、アルバート王子、各国大使、国会議員、高官、開催委員会と王室委員会のメンバーなどに見守られながら、博覧会の開会を正式に宣言した。式典が終盤に差しかかると、開催を祝う声援がさらに大きくなり、ハンカチが振られた。

万国博覧会の成功は、予想をはるかに上まわるものだった。階級を問わず、国中から六〇〇万人が来場し、この想像を絶するようなガラスの建物の中で、新しく革新的な展示物を見学し、驚きと驚嘆の声をあげた。トーマス・クックの団体旅行に参加して、初めてロンドンを訪れる人々もいた。小説家のギュスターヴ・フローベールがフランスから、そして、四人の紳士がはるばる中国からやって来た。国民と同じように、ヴィクトリア女王も行かずにはいられず、子どもたちや家族と見学した。レオポルド叔父もベルギーから来て、バッキンガム宮殿は博覧会目当ての訪問客であふれかえっ

次ページ:ハイドパークに建設された万国博覧会会場の水晶宮

ていた。

ヴィクトリア女王は博覧会に行くたびに新しい発見を楽しんだ。女王は「目がくらむような……無数の美しいものに当惑し」、驚かされた。インドのタペストリーや錦織、エキゾチックな宝飾品、カップ、水煙管、剣、盾、鞍袋、書き物机などがたくさん展示された区画があった。こうした品々はこの博覧会のために東インド会社が持ち帰ったもので、最終的にはヴィクトリア&アルバート博物館の収集品の一部となった。東インド会社による展示品でもっとも驚嘆すべきは、コ・イ・ヌールダイヤモンドだった。一八六〇年まで世界でダイヤモンドが採掘されていたのはインドだけで、東インド会社が仕入れていた。巨大なコ・イ・ヌールはシーク戦争の終結時に東インド会社がラホールで入手し、万国博覧会に展示して、ヴィクトリア女王に献上した。

インドでは宝石のカッティング技術が発達しておらず、宝石をカットせずに金などの台にはめ込んでいた。博覧会で展示するためにコ・イ・ヌールはおおまかにカットされたが、皮肉なことに、重量が一八六カラットから一〇六カラットに減ってしまった。翌年、王室御用達の宝石商であるガラードが女王のために、この目もくらむばかりの、光り輝くダイヤモンドの周りを二〇〇〇個の小さいダイヤモンドで囲み、大きな花のようなデザインにしてティアラにつけた。その後、ティアラは作り変えられ、ダイヤモンドは一九三七年のジョージ六世の戴冠式のときに、エリザベス王妃がつける王冠にはめ込まれた。

バーミンガムの工具、棺桶の取っ手、宝飾品などの金属製品、カナダのカヌーとそり、オーストリアとドイツの優美な彫刻を施した家具、ドレスデンの繊細な磁器、イタリアの美しく装丁された本と彫刻、フランスのリボンとレース、スイスの刺繍と腕時計などが展示されていた。ヴィクトリア女王は最新の錠前についてミスター・チャッブと話し、デラルー社製の封筒折り機を操作する子どもたちを見て、精巧な職人技とたくさんの展示品のデザイン性に驚嘆した。アメリカ製の「ダブルピアノがあり……ふたりが両サイドに取り付けられた鍵盤を向かい合って弾くのは、おかしな様子だった」。女王はいろいろ買い求めた。その中にはストーク・オン・トレントにあるハーバート・ミントンの会社がデザイン、製造したティーセットもあった。ミントンはほかにも、ピュージンがデザインしたタイルを製造して、展示していた。

多くの国や企業が展示品を女王への贈物にした。現在ではヴィクトリア&アルバート博物館に堂々と飾られ、木の大聖堂として知られる作品はオーストリア皇帝フランツ・ヨーゼフからヴィクトリア女王に贈られた。この大きなサイドボードと本棚を組み合わせた作品はオーク材で、その当時では最高のオーストリアの職人が細部まで繊細な彫刻を施している。さらに、当初はこの本棚に、イタリアの製本業者の手による革装丁の本がぎっしりと並んでいた。製作はカール・ライスター&サン社というオーストリアの飾り棚製造会社である。贈られた直後はバッキンガム宮殿に置かれていたが、エディンバラのホリールードハウス宮殿に移された。最終的にはジョージ五世がこれに飽きて、エディンバラ大学の森林科学科に寄付して、そこから一九六七年にヴィクトリア&アルバート博物館へわたる。

工業デザインという新たな分野が誕生し始めていたが、多くの展示品はそれを理解しているとは言いがたかった。新しい手法で作られた最新の工業製品に伝統と職人技を組み合わせながら、大量生産を実現したと誇示していても、こうした製品の大半は装飾過剰で、実際の用途とはそぐわなかった。ヴィクトリア朝時代には、ジョセフ・パクストンやヘンリー・コールらほんの一握りの識者が、デザインのシンプルさが装飾と同じくらい大事なことを理解しているだけだった。ニコラウス・ペヴズナーが一九五二年に指摘したように、展示品のほとんどは、折衷主義を取り入れた派手なヴィクトリア朝風の装飾を施され、製品本来の目的がわからなくなっていた。機械には動植物が彫刻され、ピアノは飾り立てられてオルガンのように見えた。これには女王自身の趣味も影響していたかもしれない。ヴィクトリアはフリルや花がたくさんついたドレスや、過度に装飾品があふれる部屋が嫌いではなかった。

一八五一年一〇月一五日はヴィクトリア女王とアルバート王子にとっては悲しい日だった。万国博覧会の最終日だ。アルバートは閉会式にひとりで出席した。万国博覧会そのものは終わったが、その影響は以降何世代にもわたって続いた。一八五一年の万国博覧会の収益を管理するために設立された王立委員会はいまなお存続しており、イギリス連邦の博士課程修了後の研究者に奨学金を授与し、その中からは多くのノーベル賞受賞者が誕生している。

博覧会の閉会後、プレハブ式の水晶宮は解体されてロンドン南部のシデナムへ送られ、出資者のひとりが所有していた土地に再建された。この出資者はロンドンからサウスコーストをつなぐ鉄道の株主でもあり、ここに水晶宮駅が開設される。シデナムでは建物が増築され、敷地が造園されたので、恐竜の模型を展示した自然史のコーナーや、噴水と人工の川、ブランコなど、アルバートの新しいアイデアを実行に移すことができた。ここはヴィクトリア朝時代の家族が日帰りで楽しめる施設になり、アルバート王子の子どもたちも訪れた。水晶宮がシデナムへ移設されたことで、周辺に大邸宅や住宅が建てられ、新しく郊外住宅地区が広がった。

アルバート王子の構想は万国博覧会と水晶宮にはとどまらなかった。彼の死後、大学に博物館を備える大規模キャンパスがハイドパークの南側、エクシビションロードとクロムウェルロード、クイーンズゲートに囲まれた地域に実現する。科学博物館、自然史博物館、ヴィクトリア&アルバート博物館はどれも、アルバート王子が描いていた夢が形になったものである。

フローレンス・ナイチンゲールとクリミア戦争

一九世紀を通して、東ヨーロッパは凋落しつつあるオスマン帝国に振りまわされた。ロシア皇帝はトルコまで国境線を拡張する好機だと見る。イギリスは常にロシアの帝国主義と領土拡大を警戒していた。一八五三年、ついにロシアがドナウ川を越えて、この地に侵攻する。イギリスとフランスは同盟を結び、二万八〇〇〇人の兵士を送った。

すぐに戦闘は黒海北岸のクリミア半島に広がる。連合軍はセヴァストポリでロシア軍の野営地の北側に展開し、一八五四年九月にアリマ川の戦いで勝利をあげてセヴァストポリを包囲する。冬になり、インケルマンとバラクラーバで衝突が起こると、ラグラン卿がルーカン卿に兵を送ってロシア軍が装備を手に入れるのを阻止するよう命令する。テニスンの詩に詠われたように、軽騎兵が装備を整えたロシア軍に対して突撃命令を出された場所が、このバラクラーバだった。それに続く判

クリミア半島の戦地で病人や負傷者を看護するフローレンス・ナイチンゲール

断を誤った指令で、二〇〇名以上のイギリス軍兵士が命を落とす。連合軍にはさらに多くの犠牲者が出て、クリミアの厳しい冬に備えた装備がなかったために、何百人もの兵士が亡くなった。

ヴァルナ郊外のスクタリの野戦病院では、フローレンス・ナイチンゲールを含むイギリス人女性の一行が負傷者や亡くなりつつある患者の看護に来ていた。ミス・ナイチンゲールも、ともに働く同僚も、自分たちの看護にもかかわらず、なぜひどい傷が原因ではなく、病気がもとで患者が亡くなるのかわからなかった。彼女らは病院の環境が劣悪なことに気づいた。換気や暖房の設備がなく、患者はわらで作ったマットの上に寝かされ、衛生設備は皆無で病気が蔓延していた。

看護をする若い女性も、瀕死の兵士の世話をする中で犠牲になる。夜の初めに一〇人の患者を看護していた女性たちが、夜中には亡くなっていることもあった。物資が満足に届くことはめったになかった。イギリスからの船荷で担架の枠組みだけ届き、担架に張る布地は別便だったり、まだまだ先の目的地で下ろす予定の重い兵器の下で包帯の箱がつぶれていたりした。

のちに広く使用されることになる電信を軍隊が使うのは、この戦争が初めてだった。そのため、軍部よりも報道記者からの連絡のほうが迅速に本国へ送信され、イギリスはクリミア半島での惨状をこれまでにない速さで把握することになる。ヴィクトリア女王と政府は病死する兵士の人数に驚いた。新たに政府によって任命された衛生担当の軍医がスクタリに派遣され、医療機関は、死者を出すまでにいたった不潔で感染症の蔓延する病院の問題点を洗

スクタリの病院で病人や負傷者を看護するフローレンス・ナイチンゲール

新しく制定されたヴィクトリア十字勲章の解説書

い出した。フローレンス・ナイチンゲールと同僚も状況の改善に取り組み、救われた命もあった。この経験がきっかけとなり、病人の看護における衛生の重要性が認識されるようになった。ヴィクトリア女王はツァーリに対する勝利を望む一方で、犠牲者の続出に心を痛め、無力感を覚えていた。彼女にできたのは、遺族へ手紙を書いたり、負傷者が帰国したときに病院へ見舞ったりすることだった。

主戦場は黒海沿岸だったが、イギリスとロシアの海戦の舞台はバルト海沖で、イギリスはロシア海軍をフィンランド沖で破った。クリミア戦争は最終的には連合軍が勝利をおさめ、ロシアの領土拡大を阻止するという目標は達成されたが、陸軍士官の無能さと不手際によって戦況の悪化を招いた。

皮肉にも、このバルト海でロシアを破った功績をたたえるために、ヴィクトリア女王は一八五六年に初めてヴィクトリア十字勲章を制定する。これはイギリスでは最高の戦功章だった。アルバート王子の助言に従い、ほかの勲章とは異なり、戦功のみを考慮して、勇敢に戦った陸軍と英国海軍の兵士には誰でも、階級に関係なく授与された。英国軍艦ヘーダの助手だった二〇歳のアイルランド人は、火のついたロシア軍の起爆装置を甲板から海へ投げ捨てたという並外れた勇気をたたえられた。このおかげで軍艦と乗組員の全員が助かったのだ。ヴィクトリア十字勲章はすべて、イギリス軍がクリミア戦争で捕獲したロシア軍の青銅砲から作られた。十字の上に王冠があしらわれており、功績をあげた日付が刻まれ、赤いリボンにつけられている。

クリミア戦争が終わり、フローレンス・ナイチンゲールはイギリスへ帰国したが、おそらく戦地での経験のせいで、世捨て人のようになってしまった。しかし、彼女はバッキンガム宮殿でヴィクトリア女王と食事をしたときに、帰国してチャタム病院に入院している負傷兵を見舞うようにうながした。病院へ行っても助けにならないと思うかもしれないが、女王が来てくれたという事実が彼らには大きな励みになるのだと言って自信を持たせた。ヴィクトリア女王は一八五五年にチャタム病院を訪問した。女王は兵士の病気やけがだけでなく、彼らが狭苦しい環境で治療を受けていることにも驚き、心を痛めた。

クリミア戦争が激化するさなか、ヴィクトリアとアルバートはイギリスの同盟国であるフランスを、新しいヨットのヴィクトリア&アルバート号で公式訪問する。ヴィクトリアはフランスのものが好きで、フランス人デザイナーから購入したパリ風のドレスを特に気に入っていた。夫妻をもてなすナポレオン三世とウジェニーは、逆にヴィクトリア女王のたたずまいに魅了される。女王は王室に生を受けたので、ナポレオン夫妻がいままさに学ぼうとしている作法が、生まれながらにして身についていた。しかし、ヴィクトリアはパリで会ったプロイセンの政治家オットー・フォン・ビスマルク公には感心しなかった。さらに、ヴィクトリアはナポレオンがすでに兵器を集積し、艦隊を編成しているのも気に入らなかった。一八五七年にナポレオンとウジェニーがイギリスを訪れ、コヴェントガーデンでオペラを鑑賞して、オズボーン・ハウスに滞在した。

インド大反乱

一八五〇年代に大英帝国を襲った最大の危機はインドで起こる。一八五七年、インドでは混乱と流血の惨事に見舞われた。ベンガルのインド人兵士のグループが、イギリス人将校たちの傲慢さに対する不満を爆発させたのだ。大反乱のきっかけは、新しく採用されたライフルに獣脂を使うことを、イギリス人将校が求めたからだった。インド人兵士たちはこの獣脂がヒンドゥー教徒にとって神聖な牛の脂ではないかと疑い、イギリス人将校を撃ってしまう。それからインド人兵士の一団はデリーに向かい、東インド会社によって退位させられていたムガル帝国皇帝バハードゥル・シャーを復位させる。反乱勃発のニュースが広がり、兵士だけでなく民間人も立ち上がる。反乱はガンジス川に沿ったアグラ、カウンポール、ラクナウなどの街からインド中央部にまで飛び火して、大反乱となったのである。

ヴィクトリア女王は現地からの報告を読んで驚愕し、けが人や死者の数が実際には少ないことを祈った。しかし、最悪の事態であることが裏付けられると、この残虐行為の責任をパーマストン卿に負わせようとした。しかし、この大反乱は、イギリスの支配と、東インド会社による現地の人々への横暴な態度、貿易の独占に対する嫌悪と怒りが蔓延し始めているのが原因であることを、女王も政府も徐々に受け入れなければならなかった。ヴィクトリア女王は依然としてインドが大英帝国にとって重要な存在――「王冠に輝く宝石」――であると信じ、支配権をムガル帝国に返したくなかった。東インド会社が解散し、インドの支配がイギリス政府に移ったことで女王は安心したに違いない。ヴィクトリア女王は生涯を通して、インドと、インドに関わるすべてに魅了され続ける。

ヨーロッパ王室とのつながり

子どもたちのためにヨーロッパ王室からふさわしい相手を選ぶために、ヴィクトリアとアルバートは多くの時間を費やさなければならなかった。一八五〇年代の一〇年間は、候補者との話し合いや顔合わせがずっと続いていた。第一王女のヴィッキーが四歳の頃にはプロイセンのフリードリヒ皇太子との結婚が決まっていた。ヴィクトリアとアルバートに

インド大反乱の光景（1857年、オーランド・ノリー画）

とって喜ばしいことに、一八五五年に二四歳でバルモラル城を訪れた皇太子は、一四歳のヴィッキーを気に入ったようだった。なぜか報道機関がこの訪問と婚約の可能性に気づいていたことが、ヴィクトリアには気に入らなかった。王室とマスコミの険悪な関係は二〇世紀になる前から始まっていたのだ。

ヴィッキーの将来が無事に決まる一方で、バーティとアリス王女は大変だった。バーティは両親の悩みの種で、ふたりは失望していた。特にアルバートは息子への不満を隠そうとはしなかった。バーティは学ぶことが嫌いで、一六歳にして、ふたりの祖父やアルバートの兄のような享楽的な人生を送るであろうことが目に見えていた。家族にとって、彼は面白く、楽しい存在であったが、父親には絶望的としか映らなかった。彼にふさわしい相手、すなわち、未来の王妃を見つけるのは困難だった。デンマークのアレクサンドラ王女が候補にあがるが、ヴィクトリアとアルバートはデンマークがシュレースヴィヒ＝ホルシュタイン公国を統治するのに反対していた。アリス王女の縁談のほうがまだ問題が少なく、ルイ・ヘッセン＝ダルムシュタット王子の名前があがる。婚姻関係によってヨーロッパの王室を支配するというイギリスの計画は、このようにして進められた。

一八五〇年代にはヴィクトリアの側近たちのあいだにもいろいろな変化があった。亡くなった人々もおり、そのたびに王室は数週間にわたって正式な喪に服した。一八五七年、王室に大きな別れが訪れる。長年イギリスでヴィクトリア女王一家に献身的に仕えていたシュトックマー男爵が、引退してドイツに帰国した。

結婚から一八年経ったいまも、アルバート王子の称号問題がヴィクトリアを悩ませていた。万国博覧会の成功やそのほかの功績から、彼の地位と能力は周りの者たちも承知済みであると女王は思っていたが、称号については触れられていなかった。女王はこの件を自分で決定することにし、一八五七年にアルバートを王配殿下《プリンス・コンソート》とした。

一八五八年一月、第一王女のヴィッキーとプロイセンのフリードリヒ皇太子の婚礼にヴィクトリアの一家と招待客が集まった。アルバートの兄、エルンスト公爵もパリからやって来て、イタリア人によるナポレオンとウジェニーの暗殺未遂を知らせた。結婚式に先立ち、祝宴が何度も開かれ、王室の人々や貴族が最新の装いと宝飾品を身につけて出席した。式の前日に、ヴィッキーは両親からオパールとダイヤモンドの華やかなジュエリーを贈られた。

ホニトンレースが全面にあしらわれたウェディングドレスに身を包み、花嫁は緊張した面持ちでセントジェームズ宮殿の王室礼拝堂にひざまずき、母親が以前にしたように、誓いの言葉を述べて、プロイセンのフリードリヒ・ヴィルヘルム皇太子の妻となった。フェリックス・メンデルスゾーンの『結婚行進曲』が流れる中、祭壇を離れ、バッキンガム宮殿へ戻った。結婚したばかりのふたりは、宮殿の新しくできたバルコニーに立ち、人々の祝福を受けた。

ヴィクトリアとアルバートは、長い時間をかけて準備してきた愛娘の婚礼が無事に終わって喜ぶ一方で、この若く、賢い少女が家を離れていくのが悲しかった。これまで何度もそうしてきたように、ヴィクトリア女王は一八五八年一月一二日付のレオポルド叔父への手紙に自分の気持ちを吐露している。

大変な騒ぎと興奮です。可愛い子どもを手放すのはつらく、その日が来て、娘が離れていくのは心が痛みます……ヴィッキーは……五七年二月からずっとそのような気持ちでした。別れというものは、相手が誰でもつらいものですが、まだ年若い娘が去っていくのは、また格別の思いがあります。ヴィッキーは自制心のある、とても賢い娘に育ちました……大変に思慮深く、あの子には心を打ち明けることができます。なので、余計に寂しさを感じるのです。

ウィンザーでの新婚旅行のあと、ヴィッキーは両親のもとを離れてベルリンへ行ってしまう。アルバートは気が動転していた。多くの面で、知識人としては妻よりもヴィッキーのほうが話も合った。二月三日、彼はドイツへ発つヴィッキーたちに同行してグレーヴズエンドまで行った。そこで、普段は感情を表に出さないアルバートは、涙をこらえて娘に別れを告げた。ヴィクトリア女王も娘の旅立ちを寂しく思っていたが、彼女が結婚してドイツへ行くことは、この先、四三年間にわたる手紙のやり取りが始まることを意味していた。その手紙の中で、ふたりは国政や二国間の政治的な違いについて話し合うのと同時に、意見を異にしたり、相手をおだてたりしながら、互いを支え合った。

初期の手紙で母親は、夫の欲望を受け入れつつも妊娠を避ける難しさを綴り、若い花嫁が直面するであろう問題を娘に語った。ヴィクトリアの思いもむなしく、ヴィッキーは結婚から一年もしないうちに妊娠する。ヴィクトリアとアルバートがベルリンを訪れたときに、出産について率直に話をする娘に母親は驚かされた。

一八五九年一月二七日、プロイセンのヴィルヘルム王子が生まれ、ヴィクトリアとアルバートは祖父母になった。のちにドイツ皇帝ヴィルヘルム二世となるこの初孫は、将来、ヴィクトリアにとって心労の種となるのである。

ヴィクトリアは一八五〇年代が終わるにあたり、長女との別れを悲しみ、長男の素行の悪さに悩みつつも、夫と彼の功績、そして結婚生活がもたらす幸せに浸っていた。

わたくしの祝福された結婚は、この国とヨーロッパにあまねく幸せをもたらしました！　わたくしの愛する、完璧なアルバートに、欠けているところがあるでしょうか？　君主制を尊敬の極みにまで引き上げ、わが国ではこれまでにないくらい、国民に受け入れられる存在にしてくれたのです。

右:ヴィクトリア王女殿下とプロイセンのフリードリヒ・ヴィルヘルム皇太子の結婚式の肖像画（1858年1月25日、カール・サスナップ画）
左:ヴィクトリア王女と、ヴィクトリア女王の初孫にあたる、長男のフリードリヒ・ヴィルヘルム王子

第八章　喪に服す

ヴィクトリア女王は常に体の弱い夫を気遣い、増加する一方の仕事量が夫の健康に与える影響を心配していた。しかし、どれほど心を砕き、心配していても、一八六一年に立て続けに母親と夫がこの世を去るという、生涯にわたって影響を受けるような恐ろしい出来事に対する心の準備にはならなかった。

一八五六年にヴィクトリアとアルバートに近しい人々が何人か亡くなって以来、王室はいわば服喪の時代を過ごしていた。国王ウィリアム四世の妃であり、ヴィクトリアと親しかったアデレード皇太后が一八四九年に死去した。彼女の死も悼まれたが、アルバート王子の父親が亡くなったときの悲しみには匹敵しなかった。さらに、一八五六年にヴィクトリアの異父兄カール・ライニンゲン王子が、ほどなくして、いとこのヌムール公妃ヴィクトワールが死去すると、王室はまるで死にとりつかれたように沈み込んだ。

アルバート王子は体が強くなかったにもかかわらず、休暇をとってゆっくりする時間も惜しみ、たくさんの計画に携わったり、委員会に出席したりして、これまで以上に忙しい日々を送っていた。

前ページ：寡婦となり、夫の喪に服すヴィクトリア女王万国博覧会の成功に引き続き、一八六二年にサウスケンジントンで新たに開かれる予定の国際博覧会と、その会場の設計、建設にも関わっていた。貧困者用の住宅建築計画、ロンドン園芸協会、オズボーン・ハウスとバルモラル城の建設を監督し、これに平行して女王の非公式な相談役、家長、子どもたちの教育の責任者としての役割もこなしていた。もしもいま、死が迫ってきたら、忙しすぎて戦うことができないと、アルバートは時折シュトックマーに愚痴をこぼしていた。

ヴィクトリアとアルバートのふたりは、いまではベルリンで暮らしている長女のヴィッキーを恋しく思う一方で、次期国王となる長男のことをとても心配していた。バーティは人から、特に年上で権力のある男性からすぐに影響を受け、父親に対しては劣等感を抱いていた。バーティが試験に落第し、勉強にまったく興味を示さなかったので、アルバート王子は不満だった。彼の生活に関する噂が国内外で広がり始める。

息子の情事がヨーロッパ中に知れわたっていると報告を受け、アルバートは激怒しただけでなく、父方と母方ともに大勢の親族がたどってきた「堕落」への道を、わが息子も進んでいることに動揺した。もっとも大きな懸念は、デンマークのアレクサンドラ王女が彼の悪行を耳にして、結婚は言うまでもなく、会うことすら拒否する可能性だった。幸いにも、いまでは息子と娘、ふたりの子どもの母親となっているヴィッキーが助けを買って出て、ふたりがドイツで会えるように段取りをした。

こうした中、アリス王女の相手であるルイ・ヘッセン＝ダルムシュタットが乗り気ではないとわかったが、アルバート王子は疲労困憊していて、この婚姻をどうするか考えることができなかった。

ヴィッキーは妹の相手にはプロイセン人がいいと思っており、ヴィクトリアだけがヘッセン＝ダルムシュタット家との縁組を望んでいた。レオポルド王子の健康も心配だった。小さなベアトリス王女が元気で、家族を明るくしているのだけが幸いだった。しかし、一八六〇年のクリスマス頃には、両親は混乱し、疲れきってしまっていた。

ケント公妃の死

ヴィクトリアと母親の断絶はずっと以前に解消され、ふたりは毎日のように連絡を取り合っていた。いまではケント公妃はウィンザー城近くのフロッグモアの邸宅に住んでいて、オズボーン・ハウスにアパートメントも持っていた。一八六一年三月初旬、膿瘍があると訴えたケント公妃は、手術を勧められる。当時の手術は感染症の危険性が高く、麻酔も充分に発達していなかったので、とても危険で、痛みを伴うものだった。手術の結果は思わしくなく、公妃の症状は悪化する。

三月一五日の夜、ヴィクトリア女王はバッキンガム宮殿からフロッグモアの母親のもとへ呼ばれる。女王とアルバートのふたりは、危篤状態の公妃を目にして動揺する。ヴィクトリアは夜中に何度も母親の様子を見に寝室へ足を運んだ。ケント公妃は娘の手を握りながら、翌朝亡くなった。ヴィクトリア女王は取り乱し、アルバートは慰めの言葉が見つからなかった。王室は喪に服し、全員が黒い服を着て、黒いリボン、黒い縁取りの便箋を使用した。

ヴィクトリア女王は、自分は孤児になったと言って、深い悲しみの淵に沈んだ。母親の書類を整理しながら、ヴィクトリアの子ども時代からのほとんどすべてが保管されていることに、彼女は驚いた。日記を読んでいると、何年も前にコンロイが侍従だった時代、ヴィクトリアは母をひどく侮蔑していたのだが、ケント公妃は娘を愛していたことがわかった。当時、母親からは愛されていないと思い込んでいたヴィクトリアは、打ちのめされた。

日記を読み進むにつれ、悲しみがよりいっそう深まった。すぐに、ヴィクトリアは母親を埋葬するために、フロッグモアに霊廟を建てようと決める。一八世紀後半から一九世紀にかけて、上流階級や貴族のあいだで愛する者のために霊廟を建設するのは珍しいことではなかった。レオポルド叔父は先妻のシャーロット王女をしのんで一八一七年にクレアモントに、アルバート王子と兄は一八四四年に亡父エルンスト公爵のために、コーブルクに霊廟を建てた。一八五〇年代の終わりにアルバート王子の監督で、ケント公妃のために石造りの小さなあずまやがフロッグモアに建設されていた。設計はオズボーン・ハウスの建設にも携わったルートヴィヒ・グラナーで、ドーム形屋根のついた円柱形の建物だった。

ケント公妃（ダゲレオタイプの写真。1856年、アントワーヌ・クラウデット撮影）

フロッグモアに立つケント公妃の霊廟

ヴィクトリア女王はこのあずまやを母親の霊廟に改築する。この中にケント公妃の等身大の像が建てられ、その足元に遺体をおさめた石棺が置かれた。

アルバート王子は悲しみに打ちひしがれる妻をどうすることもできないせいか、ますます仕事に没頭するようになる。一八六一年の夏、夫妻はバルモラル城で数週間過ごしたが、元気を取り戻したのはヴィクトリアだけだった。アルバートはだんだんと弱り、風邪を何度もひいて、治りきらなかった。

一一月中旬には、バーティのさらなる愚行が王室に届いた。今回はアイルランドでの一件が関係していた。疲れ果て、体調がひどく悪かったにもかかわらず、アルバート王子は息子に許しを与える手紙を書き上げた。バーティには内緒で、長男が起こしたこの新たな問題について、アルバートはヴィクトリアに話した。

アルバート王子の死

この頃から、ヴィクトリアと医者はアルバートの健康と活力が急速に衰えていくのを目の当たりにする。あとから考えると、アルバートは腸チフスに感染し、潜伏期間が始まっていたのだ。日にちが経つにつれ、徐々に体が衰え、熱のために会合にも出席できなくなる。心の中ではヴィクトリアも病状が深刻だとわかっていたが、サー・ジェームズ・クラークとドクター・ウィリアム・ジェンナーが彼の容体はよくなって快復すると言い張った。ジェンナーはサー・ジェームズが一八六〇

ハイランドのポールターフを渡河するヴィクトリア女王とアルバート王子（カール・ハーグ画）。アルバート王子の死の2カ月前だった。

年に正式に引退したあと、侍医となった。ふたりはおそらく、最悪の可能性を女王に知らせたくなかったのだろう。しかし、一二月の初めには、腸チフスであるのが明らかになり、ふたりは女王に状態が悪化するだろうと告げる。ドクター・ウィリアム・ジェンナーは腸チフスの症状を認識することができた。彼は優秀な病理学者で、腸チフスと発疹チフスを起こす病原菌の違いを発見したばかりだった。これは、この二つの致死性の風土病に対する治療法を研究するうえで、画期的な発見だと見なされている。発疹チフスは感染したシラミに刺されると、病原菌が血管を通って全身に運ばれ、一〇日後に頭痛、発熱、発疹の症状が出て、昏睡状態に陥って死にいたることをジェンナーは突き止めた。

腸チフスは違う。汚染された食べ物や水が口から体に入るの

ドクター・ウィリアム・ジェンナー

が原因だとジェンナーは発見する。衛生の重要性が理解されておらず、下水設備が充分に整っていなかったため、食べ物や水の多くは不潔だった。腸チフスの病原菌が体内に入ると、血管内で敗血症が起こり、一〇日間の潜伏期間を経て、患者には頭痛、発熱、不眠、咳や下痢などの症状が出る。初期の段階では歩くこともできるが、二週間もすると発疹が現れ、内臓に病原菌が侵入するために腸から出血し、意識の混濁が起こると、すぐ死にいたる。

ヴィクトリアは取り乱していたが、夫が発熱し、うわごとを言いながら寝たきりになると、精一杯元気づけようとした。すると突然に、アルバートが歩けるようになった。着替えられるようになったので、ドクター・ジェンナーはヴィクトリアに容体が快復していると言った。しかし、すぐに希望は絶望に変わる。うわごとがひどくなり、腸にも症状が出てきた。一週間後には、アルバートはヴィクトリアを認識することもできず、ドイツ語しか話さなくなる。一二月一三日にはウィンザー城の青の間で、呼吸も浅く、意識も混濁するようになる。家族は動揺しながらアルバートのベッドの周りに集まっていた。疲労困憊していた女王は控えの間で、アリス王女に付き添われていた。ついに、一八六一年一二月一四日土曜日、アルバート王子が息を引き取る。ヴィクトリア女王は泣き叫び、子どもたちとともに呆然とした。医者から根拠のない希望を与えられていたのだ。ヴィクトリアはすべてを――親友、相談相手、夫、そして恋人を――失った。数日後、いまでは「父」と呼ぶレオポルド叔父に彼女は手紙を書いた。「……八カ月で父親を失ったかわいそうな赤ん坊は、心が傷つき、打ちのめされた四二歳の寡婦となってしまったのです！……」

夫に先立たれたヴィクトリアは、いちばん下はまだ五歳の九人の子どもの母親だったにもかかわらず、死んでしまいたいと思うほどの絶望の淵に沈む。アルバートの夢を見るので、眠ることもできない。女王はバーティが悲しむ様子に驚いたが、アルバートが亡くなったのは彼のせいだと責める。バーティのアイルランドの事件のせいで、夫は取り返しのつかないほど弱ったのだと考え、怒っていたのだ。ヴィッキーへの手紙の中で、女王は自分をさいなむ孤独、心配、責務への不安を綴っている。アルバートに守られ、導かれていたので、ヴィクトリアは自身がいまだに未熟な一九歳のように感じていた。

わたくしは、**働いて**、そしてさらに**働かなければなりません**。休む暇もなく、仕事量はわたくしの処理能力を**上まわって**います！　仕事を毛嫌いしていたわたくしに、いまあるのは仕事だけです！　公私すべての物事を、背負わされているのです！　わたくしの最愛の夫であった彼が、負担を軽くしてくれ、すべての問題や不安を取り除いてくれていましたが、いまではわたくしがひとりで抱えなければならないのです！

ヴィクトリアの子どもたちも「大好きなパパ」を失って寂しかった。ヴィッキーの手紙から、信頼できる助言者と友人を失って、皆が絶望している様子がうかがえる。バーティは悲しみに打ちひしがれていた。父親が亡くなるとは想像すらしたことがなく、瀕死の状態でベッドに横たわる姿に衝撃を受けた。いつかは認めてもらえると信じていたのかもしれないが、いまではもう手遅れだった。アルバートの死から数時間後、彼は、これからは心を入れ替えると約束して、母親を慰めた。

ヴィクトリア女王は夫への服喪期間は三カ月とし、王室関係者は一年間、喪服を着用するようにと定めた。王室に参内する者も黒い服を着なければならなかった。ヴィクトリアは生涯、喪服で過ごすと決めた。時折、白い襟やジェット［黒玉《こくぎょく》］のアクセサリーをつけて印象を変えることもあった、四〇年間にわたって黒を着続けた。レオポルド叔父が来て、姪を慰め、葬儀に参列して、執務を手伝うために数週間滞在してくれた。

弔辞が送られてくる。アルフレッド・テニスン卿がヴィクトリアに手紙を書き、報道機関はアルバート王子がイギリスと世界をよき方向へ導いてくれたと公言して、女王の、そして国家の損失を嘆いた。彼が二〇年前にこの国へ来たときに受けた、敵意に満ちた冷たい歓迎とは大きく違っていた。あのときの外国人は、いまではイギリス人なのだ。彼の懸命な働き、献身、努力について言及し、人々の人生におよぼした影響についても触れている。一八六一年一二月二一日付の『イラストレイテッド・ロンドン・ニュース』紙の弔辞が典型的な例だ。

アルバート王子殿下は、先週土曜日に**ご逝去**あそばされた。われわれには長いあいだ、**これほど国家にとって不幸な出来事**はなかった……われらが仁慈深い女王！　国民は女王とともに、心で血を流し、その悲痛な苦しみを分かち合い、同じ絶望感に打ちのめされている。陛下の愛に満ちたお心を叩きのめした恐ろしい知らせに……国民の心もひどく傷ついた。イギリスは寡婦となられた女王とともに喪に服している。まるで家庭の中に死が踏み込んできて、大切な誇りと喜びを奪い去ってしまったかのように、国民はおののき、悲しみに打ちのめされている。

いまは慰めの言葉も見つからない。真っ暗で何もわからない……

女王陛下の臣民であるわれらは、喜びにあふれて満足したのを覚えているだろう。若い王子が実家の王室を離れ、若き女王の愛にこたえるためにこの地にやって来た日を。王室では珍しい、愛情にもとづいた結婚に、国民の心も沸き立った……おふたりを取り巻くすべては幸せを願う愛にあふれた空気に包まれ、王国の全土に希望に満ちた喜びが広がった……花婿は夫となり、夫から父、父から祖父へとなったが、国民の期待と尊敬の念が裏切られることは一度たりともなかった。

アルバート王子は当初、称号も責務もなかったので、遊び暮らすこともできた。しかし、殿下はそのような道は選ばず、人間性と科学の大切さを訴え、イギリス国民の生活を向上させるという役割を務め上げた、と記事は続く。そして、万国博覧会は、彼の大きな功績であると断言している。

王子の葬儀

一九世紀には、女性は葬儀に参列しなかったので、ヴィクトリア女王は慣習に則って夫の葬儀には出席しなかった。皇太子が喪主で、弟のアルフレート王子とアルバートの兄であるエルンスト・ザクセン＝コーブルク＝ゴータ公爵が付き添った。アルバート王子の葬儀は、『イラストレイテッド・ロンドン・ニュース』紙によると、「……殿下のご遺志により……簡素で内輪だけの……」という様子だった。王室の伝統からは外れて、一二月二八日にウィンザー城のセントジョージ礼拝堂で執り行われた。

夜明けからウィンザー城の円塔には半旗が掲げられ、五分間隔で王立砲兵による礼砲が撃たれた。大勢の人々が葬儀に訪れるため、街は休日となった。国中で店や職場は休みとなり、教会やシナゴーグでは女王の亡夫に祈りが捧げられた。ロンドンでは四〇〇〇〇人が喪服に身を包んで、セントポール大聖堂での礼拝に出席し、テムズ川に浮かぶ船はすべて半旗を掲げていた。王族の死がこれほどまでに国民から悼まれたのは初めてのことだった。

午前一〇時三〇分、貴族や政治家を乗せたロンドンからの汽車がウィンザーに到着し、女王の命令で、葬列が一一時三〇分にセントジョージ礼拝堂へ向かった。与野党双方の政治家が参列し、

ウィンザー城のセントジョージ礼拝堂でのアルバート王子の葬列

肩を並べて座った。一八五九年から首相であったパーマストン卿は、痛風のため病床にあったので葬儀には参列できなかった。

正午には礼砲が一分間隔で撃たれ、葬列が礼拝堂に到着する。四頭立ての黒ずくめの葬儀用馬車が一〇両連なり、王子と近しかったドクター・ジェンナー、サー・ジェームズ・クラーク、近侍、侍従武官、侍従、チェンバレン卿、寝室付侍従らを運んできた。最後の馬車には亡き殿下の寝室侍従長だったスペンサー伯爵らが乗っていた。そのあとから棺を乗せた六頭立ての馬車が親衛兵に警護されながら到着し、親族を乗せた四両の馬車が続いた。参列者が礼拝堂に入り、葬送者に担がれた棺が続いた。

聖書が読み上げられ、ドイツ語で讃美歌が歌われ、さらにはルーテル派の歌も聞こえてくると、皇太子、アーサー王子、エルンスト公爵は悲しみが込み上げてきた。棺が王族納骨堂へ運ばれたときには、参列者のあいだからも嗚咽が漏れた。『葬送行進曲』が流れる中、皇太子は納骨堂へ戻り、ヴィクトリアの気持ちを捧げるために、今朝オズボーン・ハウスでつまれた花を棺の上に捧げた。

アルバート王子の死はウィンザーの役所の登録簿に記載され、出生と死亡届けの登記官であるミスター・タワーズが証人となり、父親が亡くなったときにそばにいた皇太子がサインをした。死因は「闘病期間が二一日におよぶ腸チフス」とされた。

喪に服す王室

ヴィクトリア朝のイギリスでは、頻繁に人々が喪に服さねばならず、王族も死に関しては例外ではなかった。多くの家族が突然の、早すぎる死に見舞われた。母と赤ん坊が亡くなり、子どもも大人も病気や職場での事故で命を落とし、何千人もの若者が戦死した。雑誌では喪中のファッションが宣伝され、仕立屋は服喪期間中の顧客には、普通のドレスのデザインを喪服用にアレンジした。

一七七五年、亡命ユグノーのジョージ・コートールドがロンドンのイーストエンドにあるスピタルフィールズで絹織物業者の見習いになった。このときには、一八五〇年代から一八六〇年代にかけて彼の息子の会社が黒いクレープ地を独自の製造法で大量生産するようになると想像した者は、ほとんどいなかった。この生地は中流階級と上流階級の喪服に使われていた。一八六〇年、フランスのリヨン地方のシルク製造業者が不況に陥り、思いがけなくイギリスの布地販売業者が安い値段

服喪期間中のファッション(『ル・モニトゥール・ドゥ・ラ・モード』誌掲載。ジュール・ダヴィド画)

で在庫を大量に買い取ったので、アルバート王子が亡くなったときには、それまでよりもはるかに多くの人々が喪服を買うことができたのである。

年を追って喪服のデザインも広がり、雑誌や新聞には黒のドレス、コート、帽子、ジェットビーズのアクセサリーなどの広告がどんどん増えていった。喪中の悲しみに暮れる女性もおしゃれをしなければならなくなった。しかし、黒が中心の流行は、不況にあえぐ服飾小物店の救世主にはならなかった。彼らの商売はカラフルな毛糸や生地が売れなければ成り立たなかったからだ。

服飾史研究家のケイ・スタニランドによると、ヴィクトリア女王の喪服は、アルバート王子が亡くなった直後でさえも最新の流行を取り入れていて、新しいフランスのデザイナーの影響が感じられた。フランスで活動していたイギリス人デザイナーのシャルル・フレデリック・ウォルトは特に人気で、ウジェニー皇后やヴィクトリア女王もひいきにしていた。ヴィクトリアは白い小さな襟がつき、ぴったりとした上身頃の、後ろにプリーツをあしらったボリュームのあるスカートのドレスを着て、白いレース製で、後ろに長い垂れ飾りのある寡婦用の帽子をかぶっていた。子どもたちも喪服を着せられた。王女のポプリンのドレス、タイツ、靴、そして王子のスーツ、靴のすべてが黒だった。

一八六一年一二月二八日付の『イラストレイテッド・ロンドン・ニュース』紙では、流行に敏感な女性にぴったりの、いろいろなタイプの喪服を掲載した。これにはフランスの影響が垣間見える。

黒いクレープ地とジェットビーズ

一八六一年一二月二八日

「一月のファッション」

服喪

コリンヌとは光沢のあるシルクの贅沢なドレスだ。クレープ地の大きなひだが裾を縁取り、各所にジェットビーズとシルクの飾りがついている。裾から五〇センチのあたりにはクレープ地の細かいひだがあしらわれている。襟ぐりは四角く、袖は袖口に向かって広がったパゴダスリーブで、下の白いチュール素材の別袖が見える。スカート部分のサイドには、ウエストからちょうどいい長さの帯が垂れていて、その上にはシャトレーヌ[飾り鎖]用のクレープ地のポケットがついている。

モンテローザは円形の長いマントで、優雅に体を包み込んでくれる。飾り布がとても斬新だ。これはクレープ地の幅広い帯状の布で、シルクのひもで首元につけて、背中の真ん中に垂らす。この布はマントの裾から少し上のあたりまで届き、先端には美しい房飾りが並んでいる。裾にはクレープ地の細かいひだ飾りがあしらわれている。

頭飾りはジェットビーズで作った花の小冠で、後ろに垂れ下がるジェットビーズの光沢が美しい。右側には、立派な黒いオーストリッチの羽飾りがついている。ジェットビーズのブーケとよく合う。

ヴィクトリア女王の服喪の儀式

アルバートの死後、ヴィクトリアはいくつもの決まり事を作り、四〇年後に自分が亡くなるまでその多くを守った。夫の部屋に手を加えることは許さず、ベッドの枕もとの壁には肖像画を掲げた。胸像や立像を作り、部屋に置いた。一八六二年一月にオズボーン・ハウスで、女王はアルバートの机に向かってヴィッキーに手紙を書いている。このときに、彼女はアルバートがそばにいると信じている様子がうかがえる。

……愛するパパの部屋の机で手紙を書いています。アルバートと連名で書きたいと思います。親愛なるパパもあなたの喜びを願っていると、わたくしには感じられます。わたくしたちの、愛する、可愛い、小さなヴィルヘルムの誕生日が喜びにあふれますように……あの人は、この可愛い子を心から愛し、とても心配していました。そして、賢い子であると確信していました……

ウィンザー城では、ヴィクトリア女王はアルバートが息を引き取った青の間を彼に捧げ、胸像や彫刻、ラファエロの絵を焼き付けた磁器を置いて、神聖な場所とした。女王はミスター・グラナーをふたたび呼んで、助言をあおいだ。

女王が決めたことの中でもっとも影響が大きかったのは、生涯ずっと寡婦用の帽子をかぶり、喪

皇太子夫妻の結婚式の写真

服を着続けたことである。黒いドレスの女王の姿が、国民の目にしっかりと焼き付いてしまったのだ。ヴィクトリアは決してアルバートを忘れず、彼を失った悲しみとともに生きた。

父親の死から六カ月後の一八六二年七月、アリス王女がついにルイ・ヘッセン＝ダルムシュタット王子と結婚した。バッキンガム宮殿で近親者のみによって執り行われた式にヴィクトリアは黒いドレスを着て、ずっと沈痛な面持ちで参列していた。娘をふびんに思い、ウェディングドレスは白を着ることを許したが、嫁入り支度は黒にさせた。翌年、皇太子がウィンザー城のセントジョージ礼拝堂で、デンマークのアレクサンドラ王女と結婚した。ヴィクトリア女王も参列したものの、またもや喪服に身を包み、悲しみにあふれる様子で二階席からふたりを見守った。

アルバート王子の死から数週間で、たくさんの記念碑が公的、私的を問わず計画された。女王は夫の埋葬場所と記念碑の構想を、死後から数日も経たないうちに練り始める。ケント公妃の霊廟に引き続き、ヴィクトリア女王は夫と自分のふたりのために霊廟を建設し、セントジョージ礼拝堂の付属礼拝堂をアルバート記念礼拝堂に変更する。彼女とアルバートは何年も前に、ふたりの埋葬についで話し合い、王室公式のウェストミンスター寺院とセントジョージ礼拝堂は却下していた。おそらく流行に影響され、自分たちのために霊廟を建設しようと決めたのだった。

夫の死後から四日目に、ヴィクトリアはフロッグモアの母親の霊廟の近くに、建設場所を決めた。

フロッグモアに建設中の王配殿下の霊廟

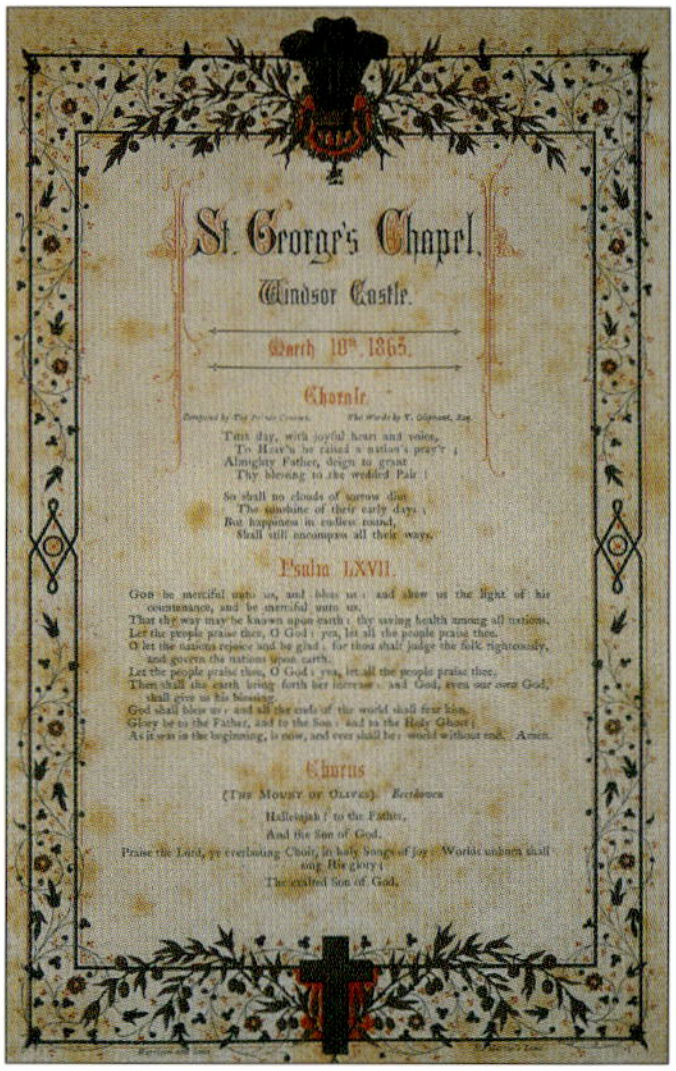
St. George's Chapel.
Windsor Castle.
March 10th. 1863.
Chorale.
This day, with joyful heart and voice,
To Heav'n be raised a nation's pray'r ;
Almighty Father, deign to grant
Thy blessing to the wedded Pair !
So shall no clouds of sorrow dim
The sunshine of their early days ;
But happiness in endless round,
Shall still encompass all their ways.
Psalm LXVII.
God be merciful unto us, and bless us : and shew us the light of his countenance, and be merciful unto us.
That thy way may be known upon earth : thy saving health among all nations.
Let the people praise thee, O God : yea, let all the people praise thee.
O let the nations rejoice and be glad : for thou shalt judge the folk righteously, and govern the nations upon earth.
Let the people praise thee, O God : yea, let all the people praise thee.
Then shall the earth bring forth her increase : and God, even our own God, shall give us his blessing.
God shall bless us : and all the ends of the world shall fear him.
Glory be to the Father, and to the Son : and to the Holy Ghost ;
As it was in the beginning, is now, and ever shall be : world without end. Amen.
Chorus
(The Mount of Olives). Beethoven
Hallelujah ! to the Father,
And the Son of God.
Praise the Lord, ye everlasting Choir, in holy Songs of joy : Worlds unborn shall sing His glory ;
The exalted Son of God.

1863年3月10日にセントジョージ礼拝堂で行われた皇太子とデンマークのアレクサンドラ王女の結婚式の式次第

ルートヴィヒ・グラナーが設計と建設をまかされ、さらに、A・J・ハンバート、ヴィクトリア女王、そして家族の中でもとりわけヴィッキーが熱心にアイデアを出した。一八六二年の春に竣工し、翌年の一二月には聖別できるくらいまでできあがった。完成までには九年かかったが、この費用はすべて、国ではなくヴィクトリアが支払った。

建物はゴシックではなくクラシック様式で、真上から見ると、幅が二一・四メートルのギリシャ十字の形で、中央は高さ二一・四メートルのドームだった。ポートランド石と、イギリス中から集められた花崗岩で建てられ、ドーム型の屋根はオーストラリア産の銅で作られた。霊廟の内外の壁は、アルバートの死を悼む親族から贈られた彫像や円形浮彫の肖像画で飾られ、室内にはラファエロ風の絵がかけられた。

一八六八年、霊廟中央部の八角形の場所に設置した、アバディーン産の灰色の花崗岩で作られた墓にアルバートの遺体が埋葬された。その横にはヴィクトリア女王のための場所が空けられていた。一八六七年にカルロ・マロケッティによって作られていたふたりの彫像のうち、アルバート王子のものだけが墓の上に置かれた。この八角形の中央部分からは、四つの小さい礼拝堂へつながっている。生涯にわたって、ヴィクトリア女王はここに眠る愛するアルバートを何度も訪れ、彼のそばで過ごすことで慰めを得ていた。一八六三年にシュトックマー男爵も亡くなり、ヴィクトリア女王は彼の栄誉をたたえて、フロッグモアに記念の十字架、シュトックマークロスを建立した。いまでは、ヴィクトリア女王を若い頃から支えてくれた人々の中で生きているのは、レオポルド叔父だけになってしまった。

建築家のジョージ・ギルバート・スコットがウィンザー城のチャペルをアルバート記念礼拝堂に改築する作業に従事していた。この建物はゴシック様式の建物の中にありながら、ヴィクトリアンゴシック様式の装飾の美しい見本となる。高い円天井がイタリアのモザイクと大理石で、壁は聖書の有名な場面を描いたアンリ・ド・トリケッティによる象嵌細工の絵で覆われる。聖書の場面を見て、ヴィクトリアはアルバート王子の善良さとその人生を思い出していた。

公共の場に建てる記念碑についても話し合いが持たれようとしていた。デザイン学校と、芸術、科学、人文科学の巨大なキャンパスを作るというアルバート王子の構想をもとに、ヘンリー・コールはロンドン大学のような「産業大学」を設立し、アルバート大学と名付けることを提案する。この案は、万国博覧会の収益をもとにしてロンドンのサウスケンジントンに作られた、博物館と、芸術系と科学系の大学を擁する文教地区へと結実する。ここには、ヴィクトリア&アルバート博物館、科学博物館、ロンドン自然史博物館、王立芸術カレッジ、インペリアルカレッジ、王立鉱山学校、王立音楽院、王立オルガン奏者学校、ロイヤル・アルバートホールなどが並んでいる。アルバートポリスとして知られるようになったこの地区は、その呼び名が使われなくなった以後も、アルバート王子の記念碑であり続けている。一連の大学と博物館は、現在でも世界有数の機関として知られている。

これよりも一般の人々が親しみやすい記念碑がアルバートポリスの向かい側にあるケンジントンガーデンに建てられた。一八六二年に計画が始まり、一〇年後に完成した。アルバート記念碑の構想は、最初はロンドン市長公邸の会合で話し合われた。国中で寄付金を集め、さらには国会も五万ポンドを拠出する。ヴィクトリア女王はこの計画に熱心に取り組み、最終的にスコットのデザインを選択した。

この壮麗なヴィクトリアンゴシックの記念碑は、六一メートル四方の台座にアルバート王子の銅像を建て、その上を五五メートルの高さの天蓋で覆ったものである。この大きな建築物は装飾帯や、ヨーロッパ、アフリカ、アジア、アメリカを象徴する彫刻が施され、花崗岩の階段がアルバート王子の像まで続いている。その像は、農業、製造業、商業、工学を

表す彫像や、画家、詩人、建築家、音楽家、科学者、人文科学者などの彫刻に取り囲まれている。巨大なアルバート王子の像はガーターローブを着て、万国博覧会の公式カタログを手にしている。一八七六年にジョン・フォーリーによって除幕式が行われた。一八六三年にはソサエティ・オブ・アーツが、会長であったアルバート王子の功績をたたえてアルバートメダルの発行を始める。

記念碑の打ち合せや服喪の儀式を行う中で、ヴィクトリア女王は悲しみに完全に沈み込み、君主という立場にもかかわらず、表舞台から姿を消したかのようになった。自分を打ちのめした喪失は人々も打ちのめしたのだから、イギリス本国と大英帝国は理解してくれると信じ込み、ヴィクトリア女王は数年にわたって隠遁生活を送るのである。

新しく建てられたアルバート記念碑（エドウィン・ホルト画）

前ページ:フロッグモアの霊廟にしつらえられたアルバート王子の墓

第九章　寡婦

ヴィクトリア女王の寡婦となってからの生活は、現代の感覚では行き過ぎに見えるが、一九世紀当時は特に変わったことではなかった。女性の人権がきちんと認められる以前には、すべての意思決定は家長である夫の役目で、妻は夫に忠実で、その意見に服従することが求められていた。世間の夫と同じように、アルバート王子も家族の中でいちばん偉く、妻は夫の言いなりだった。ヴィクトリアは夫がよしとするドレスしか着ず、彼が気に入らない格好をあえてしようとはしなかった。

しかし、同世代のほかの夫婦とは違い、アルバートは妻にとって単なる夫以上の存在だった。ヴィクトリア女王は配偶者を亡くした悲しみだけでなく、親友であり、君主としての役割すべてについて相談できる相手でもあった重要な存在を失って悲嘆に暮れたのである。即位してからの最初の二〇年間は、女王としてどう対応し、どんな言動をとるべきかをアルバートが助言していた。いまや、その夫がいない。当初は、状況に応じて、アルバートが示すであろう答えを予想できたが、時が経ち、情勢が変化するにつれて、ヴィクトリア女王は自分の意見を持ち、ひとりで意思決定することを学ぶ必要に迫られた。

前ページ:48歳の実年齢よりも年上に見えるヴィクトリア女王(1867年、W&D・ダウニー撮影)

彼女を取り巻く人々も代わり、即位直後にメルバーンから受けていた助言や指南を首相に求めるのはもはや無理であった。一八六五年にパーマストン卿が亡くなると、ラッセル伯爵、ダービー伯爵、そして一八六八年の第一次ベンジャミン・ディズレーリ内閣と短期政権が続いた。一八六八年の選挙で自由党（ホイッグ党）が勝利して政権を維持し、ウィリアム・グラッドストンが一八七四年まで首相を務めた。グラッドストンはイギリスでもっとも偉大な首相のひとりと目されるようになるが、ヴィクトリア女王は彼を気に入らなかった。「彼はこのわたくしに対して、まるで市民集会でのような話し方をする」と不満を口にしたこともある。グラッドストンは改革を志向し、イギリス君主を憲法に従って議会に制限を受ける存在にしたかったので、女王をのけ者にしていたのがヴィクトリアの気に障った。

ヴィクトリア朝時代の寡婦にとって、儀式的な決まり事を作って何年間も、あるいは生涯ずっと従いながら、つらい悲しみに沈み込むのは普通のことだった。ヴィクトリアには、アルバート王子の部屋を亡くなった当時のままにして、暖炉に火を入れたり、誕生日を祝ったりするのは、夫との思い出を鮮明に記憶しておくために必要だった。それは、その思い出が薄らいだり、うれしさが勝ったりすると自責の念に襲われるためである。ヴィクトリ

バルモラル城のアルバート王子の居間。ヴィクトリア女王著『ハイランド生活日誌からの数葉』より

ア女王は歴史上でももっとも有名な寡婦となる。夫の死後、四〇年間もひとりで過ごしたのだ。当時、こうした決まり事に従う女王は狂信的とも思えるほどだったが、彼女が心から感じている絶望の深さを軽んじるのは間違いだろう。一八六三年一月二二日にオズボーン・ハウスからヴィッキーに宛てた手紙に心の内が綴られている。

できるだけ静かに何日か過ごさなければ**なりません**。わたくしがどれほど**調子が悪く、弱り**、神経が参っているか、あなたにはわからないでしょうね。しかし、慰めの言葉をかけられたり、騒がれたりするのは荷が重く感じられます。食事はいつもひとりでとっています。陽気なふるまいや議論には耐えられません。

アルバートとの思い出の地での隠遁生活

ヴィクトリアのアルバートへの強い愛情を語る上で欠かせないのは、オズボーン・ハウスとバルモラル城での長い生活である。この二つは彼が建設したので、ヴィクトリア女王は夫の存在を感じながら、他の場所よりも心地よく過ごすことができた。悲嘆に暮れるあまり、アルバートが姿を現すと信じることさえできたのだ。いまではヴィクトリアが暮らすのはバルモラル城とオズボーン・ハウスだった。この隠遁生活は一〇年にもおよび、バッキンガム宮殿とウィンザー城にはほとんど顔を見せなかった。

女王に仕える者たちにとっては、家族やロンドンでの生活から何カ月も離れることになるという大きな試練だった。特に、バルモラル城での生活は大変だった。ヴィクトリア女王は暖房を最小限に抑え、いちばん寒い日でさえ、窓を開けさせた。こうした事柄や、ほかの件についても、誰も女王には逆らえなかった。このような生活が何カ月も、そして何年も続くと、憂鬱と落胆で心身が疲れ、不愉快になっていく。

ヴィクトリア女王は時折、来世や、愛するアルバートにふたたび会えるかどうかを真剣に考え、娘に書いたように「ずっと親愛なるパパに会いたいと思って！」部屋に座っていることがあった。着るものも年老いた寡婦のようなドレスを選び、わざと年を取って見えるようにした。一八六六年の写真では、まだ四七歳であるにもかかわらず、六〇代中頃の女性のように見えた。もはやアルバートを喜ばせるために装う必要がないので、ヴィクトリアはゆったりとしたドレスを選び、コルセットもつけなくなったために、余計に太って見えた。

ヴィクトリア女王の毎日がアルバート王子を失った悲しみに浸るだけになると、夫のスピーチ集を出したり、伝記の出版を考えたりした。ひとりで子どもたちの縁談の予定を考えたり、いまやよき相談相手となったヴィッキーと、距離が離れているにもかかわらず意見を交わしたりもしていた。一八六三年にヴィクトリアはコーブルクを訪れ、ローゼナウ城へアルバート記念碑を見に行き、その途中でベルリンのヴィッキーのところへ立ち寄った。

ヴィクトリア女王は寡婦の悲しみに浸りきっていたので、国民感情に鈍感になり、彼らも自分が味わっている孤独と苦悩を共有しているものと勘違いしていた。ドクター・ジェンナーは女王の心身の健康がこれ以上損なわれるのを心配して、共和主義者に関する報告を耳に入れないように求めた。アルバートが突然にこの世を去った直後には国民もショックを受けて、哀悼の言葉を捧げたが、祭り上げられた彼の善良性は人々の心にはとどまらず、そのような完璧な人間はいないだろうといぶかられるようになった。

ヴィクトリアが寡婦の生活と思い出に沈み込み、悲しみが一向に軽減しない様子を国民は見ていた。月日が経つにつれ、隠遁生活をして国民の前に一向に姿を現さない君主に対して、退位を求める声と、不在の女王に支払う王室費を疑問視する声が大きくなった。ヴィクトリア女王がグラッドストン政権にさらに費用を請求するのは状況を悪化させるだけだった。

王室人事の変化

アルバートが亡くなり、すべてがそれまでとは同じというわけにはいかず、ヴィクトリアは側近が代わるのを受け入れるしかなかった。アルバート王子の侍従だったサー・ヘンリー・ポンソンビーがヴィクトリアの秘書官になる。彼は感じのいい、ユーモアのある人物だった。さらに、彼の妻は気取らない性格で、王室の堅苦しい女性たちの多くとは違っていた。一八六五年、ヴィクトリアにとっては子ども時代から父親のような存在であった最後のひとり、レオポルド叔父が亡くなる。レオポルド叔父はアルバート王子の死後、女王を助け、議会関連の問題にも助言を暮れていた。ヴィクトリアはいまや、真の意味で家長となったのである。

ヴィクトリアが背を向けている世界も変化していた。一八六三年に世界初の地下鉄がロンドンのビショップスロードとファリンドンストリートのあいだに開通した。一八六五年、女性参政権運動が始まる。しかし、女性は男性に従うべきだと信じていたヴィクトリア女王はこの運動を支持しなかった。グラッドストン政権は新しい選挙法改正法案を通過させようとし、与野党の再編成も始まっていた。ホイッグ党は自由党となり、グラッドストンの旗振りで改革路線を進む。ディズレーリ率いるトーリー党は君主制のもと、大英帝国、資本主義、富める世代を支持する政党になっていた。

サー・ヘンリー・ポンソンビー

女王のハイランドの従僕

ヴィクトリアの子どもたちが結婚して家庭を持つようになると、彼らの関心は自然と母親から自分たちの生活へと移っていった。絶望と孤独に打ちひしがれていたヴィクトリアは、奇妙な、しかし、極めて近しい関係をハイランドの狩猟の案内係と築いた。この男と最初に知り合ったのは、女王とアルバート王子が二〇年前にバルモラル城の地所の整備を始めた頃だった。ジョン・ブラウンは女王一家がハイランドで小旅行をするのに何度も同行し、アルバート王子は彼を自分の案内役に指名していた。そもそも彼は女王の関心と献身を受けるような立場になかったが、二〇年間にわたる交友を結んだのは驚くことだった。

　一八六四年の冬、ドクター・ジェンナーはヴィクトリアに心身の健康を取り戻させるために、乗馬を再開するよう勧めた。ジョン・ブラウンがスコットランドからオズボーン・ハウスへ呼ばれ、女王の馬番となる。ヘンリー・ポンソンビーがひとひねりしたユーモアを好むものの、洗練され、教養のある紳士であるのに対し、ジョン・ブラウンは無骨なスコットランド高地人《ハイランダー》で、ウイスキーが好きな、歯に衣着せぬ物言いをする男だった。彼は王室の礼儀作法や不信の目で見る人々など意に介さず、女王陛下に「そこのご婦人！」とスコットランドなまりで呼びかけ、女王が「ノー」と言うのを受け付けなかった。すぐにヴィクトリアはブラウンの率直な物言いと生意気な態度に反応を示す。いままで誰も彼女にこれほど忌憚なく話しかける者はおらず、女王をなだめすかして乗馬を再開さ

ヴィクトリア女王とジョン・ブラウン、しゃがんでいるルイーズ王女（W&D・ダウニー撮影）

オズボーン・ハウスで二輪の軽装馬車に乗る女王と五人の孫、ポニーの前に立つジョン・ブラウン

せることに成功した。乗馬は女王が若い頃、退屈なケンジントン宮殿での生活を抜け出して開放感を味わえる趣味だった。

ブラウンとの仲は急速に親密になり、女王は彼に助言を求めたり、関心事を話し合ったりして頼るようになる。ヴィクトリアにとってはようやく、信用できる男性がまた現れ、ふたりは離れられなくなった。ジョン・ブラウンは侍従や王室、女王の家族からは好かれていなかった。それは、誰もできなかったことを成し遂げたからだ。彼は女王を微笑ませたり、笑わせたりすることさえできた。国民は、女王が隠遁生活を楽しむ様子を目にして、反感をふくらませた。ヴィクトリアがブラウンと結婚したという噂を流す者までいて、女王は「ミセス・ブラウン」と陰口を叩かれる。

ヴィクトリア女王の伝記作家であるエリザベス・ロングフォードによると、ふたりが恋人同士だった証拠はなく、仲のよい友人同士だった。

ヴィクトリア女王はジョン・ブラウンを、ふたたび現れた頼ることのできる相手と考えていたのだ。一八六五年にヴィクトリアがブラウンに対して「女王のハイランドの従僕」という新しい称号を与えても、国民の心情は変わらなかった。女王は彼の給与を上げ、王室に仕える身分とし、バルモラル城に小さな家も与えた。何週間もかけてハイランドを旅してまわり、ブラウンの友人や家族を訪ね、ハイランダーの生活の些細なところまで体験した。女王はこうした時間をたくさん日記に書いており、ハイランドでの暮らしについて出版した本の中にも記載がある。一八八四年に出版された『続・ハイランド生活日誌からの数葉』には、悲しい話が載っている。

一八七二年六月一一日火曜日
ブラウンが四時過ぎにやって来て、水辺へ行くように**呼ばれて**いると言う。子どもが水に**落ちたらしく**……溺れているのだろう。わたくしはひどく**驚いた**。その子はラトレイという男性の子どもで……ベアトリスとジェーン・イーリー……（わたくしたちが）川の北側の岸を馬車で

『ル・リール』誌に掲載されたヴィクトリア女王とジョン・ブラウンの風刺漫画

走っていると……女性たちが、子どもがふたり落ち（なんと、ひどい！）、ひとりが「助かった。小さいほう」と教えてくれた……人々が探しまわっている……その中に、気の毒な父親が、悲しく、哀れな様子で泣きながら、子どもの姿を一生懸命に探している……

六月一三日木曜日

……（わたくしたちは）ケアンナクレイグという小さなコテージへ……**馬車で出かけた**……**ブラウン**が先に入ると、年老いた祖母に出迎えられ……台所のテーブルの上はカバーで覆われた……かわいそうな「幼子」が横たえられ……

ヴィクトリア女王からジョン・ブラウンへの贈物。
上：「V.R.からJ.B.へ」という刻印が入った、銀製の注ぎ口のついたガラスのデカンター（マーク・ロバート・ヘンネル作）。
下：「ヴィクトリアより　1876年クリスマス」という刻印が入った銀製のティーポット（ガラード製）

ブラウンはどこへでも女王と一緒に出かけ、手紙を読み上げ、国政についても話し合った。ヴィクトリアは彼の助言や考えを引用することもあった。新しく王室に仕えるようになったスコットランド人医師のドクター・リードいわく、ブラウンはスコットランドを離れるのが嫌いにもかかわらず、彼は女王が外国を訪問するときにも同行した。彼の献身に対する感謝の印として、女王はたくさんの贈物をした。一八七六年のクリスマスには、正面に「ヴィクトリアより　一八七六年クリスマス」という言葉、反対の面に女王の記章を刻印した銀製の大きなティーポットを贈った。そのほかには、クリスタルガラスと銀のデカンターや、銀の髭剃りセットなどがあった。

新たな人物

一八六八年に新しく迎えた首相がグラッドストンや後任のダービー卿よりも話の合う人物だったので、ヴィクトリア女王は安堵した。新首相のベンジャミン・ディズレーリはロンドンへ移住してきたイタリア系ユダヤ人の孫で、貧しいながらも知的な家庭で育った。ところが、彼の父親がロンドンのユダヤ人社会と仲たがいしたので、ベンジャミンが一三歳のときに子どもたちは全員、英国国教会で洗礼を受けた。このため、野心的な若者であるベンジャミン・ディズレーリは下院議員になって、ゆくゆくは首相になることができたのだ。

ジョン・ブラウンが融通のきかない話し方をするのに対し、ディズレーリは甘い言葉をささやく。ヴィクトリアをわたしの「妖精《フェアリー》」と呼び、女王は桜草《プリムローズ》をディズレーリに贈るようになる。ディズレーリは大英帝国に魅了されていた。大英帝国と貿易し、インフラを整備することで、資本家の成長をうながし、多くのイギリス企業が豊かになる手段だと考えていた。イギリスを真に強大な帝国にしたいという願望は、隠遁生活を送っている君主にその存在には正当性があり、国民の前にもっと姿を現す必要があると説得できてこそ叶えられるのだった。彼の魅力に引き込まれ、さらには大英帝国への思いに惹かれ、アルバート王子が亡くなって以来初めて、女王は議会の開会式への出席に、いくらか緊張しながらも応じたのである。

しかし、第一次ディズレーリ政権は一八六八年の終わりまでしか続かず、グラッドストンがそのあと六年間にわたって首相を務めることになる。グラッドストンは大英帝国に対して最低限の関心しか持たず、ヴィクトリア女王の隠遁生活にほとんど何も手を打たないようにしながら、一八六〇年代と一八七〇年代に憲法とそれ以外の改革案を実行に移した。こうした変化はヴィクトリアが彼に感じている嫌悪感を払拭する役には立たなかった。

ベンジャミン・ディズレーリの肖像画があしらわれた音楽会『プリムローズワルツ』のポスター

復活

一八七〇年代初頭から徐々に、アルバート王子の死から一〇年を経て、ヴィクトリア女王は力を取り戻し、自分自身とその立場に自信が持てるようになってきた。亡くなった人に対して不誠実にならずに、より大きな幸せを感じられる可能性についてカンタベリー大主教から助言を受け、ジョン・ブラウンの支えに力づけられた。一八七〇年代に初めて人前に姿を現したのは、ロイヤル・アルバートホールへの訪問だった。このホールはケンジントンガーデンにあるアルバート記念碑の向かいに建設され、一八七一年に正式に開館した。

一八七一年には恐ろしい出来事もあった。この秋に、いまでは五人の子どもの父親である皇太子が腸チフスで寝込んでしまったのだ。アルバート王子の二の舞になりはしないかと恐れ、ヴィクトリアは大急ぎで見舞いに駆けつけたが、幸いにも息子は快復する。この頃もまだ、バーティは女王にとって心配の種だった。女王は皇太子妃のアレクサンドラ王女を気に入っていたものの、バーティが国王になる能力に不安を抱いていることを隠そうとせず、女王の責務をほとんど彼に移譲していなかった。腸チフスからの快復が、変化をもたらした。一八七二年二月、彼の全快と女王自身の復活に感謝して、ヴィクトリアはセントポール大聖堂で行われた一般向けの感謝の祈りに参列した。翌日、六度目の女王殺害未遂事件が起きた。このときは、ジョン・ブラウンが犯人のアーサー・オコナーを取り押さえたが、この男は銃弾の入っていないピストルを女王に向けていたのだった。

女王の外見も和やかになりつつあった。黒いドレスにはジェットビーズやシルクのフリルがあしらわれるようになった。しかし、白い寡婦用の帽子と黒く重々しいドレスを身にまとう姿は、老女のような雰囲気をたたえていた。華やかなダイヤモンドやサファイヤのジュエリーをつけることもあった。とはいえ、結婚したての頃に比べると、ジュエリーの購入はかなり控えられるようになり、ブレスレットやロケットを買う程度だった。

戴冠式以来、ヴィクトリア女王は王冠がとても重く、頭にかぶりにくいと感じていた。使用するときの準備が大変で、ロンドン塔の英国王室宝器保存室から取り出さなければならなかった。一八七〇年にヴィクトリアは自分で使う小さい王冠を作らせた。大きなネックレスからはずした一三〇〇個のダイヤモンドを使い、重さがたったの一六〇グラムで、高さは九センチだった。この時代から最晩年まで、この小さな王冠を寡婦用の帽子の上につけたヴィクトリア女王の肖像が頻繁に見られる。

上:ロイヤル・アルバートホールの開会式典に臨むヴィクトリア女王(1871年4月8日付『イラストレイテッド・ロンドン・ニュース』紙掲載)
右下:寡婦用の帽子の上に小さい王冠をつけたヴィクトリア女王の細密画

第一〇章　ヴィクトリアの大英帝国

一八六五年にレオポルド叔父が亡くなり、子どもたちがヨーロッパ中の王室と婚姻関係にあったので、ヴィクトリア女王は事実上、ヨーロッパ王室の長となった。これはまさに帝国のようなもので、大英帝国に比べると面積も力も劣るが、影響力があることには変わりなかった。一八六四年には皇太子夫妻に長男アルバートが、さらに翌年には次男のジョージが生まれる。これで、ヴィクトリアだけでなく、皇太子の跡継ぎも確保されることになった。

子どもの結婚、孫の誕生と結婚の段取りに、ヴィクトリアは多くの時間を費やさなければならなかった。未来の夫や妻の性格だけでなく、イギリスに対する政治的な意味合いも考慮する必要があった。時折、ヴィクトリア女王がどれほど注意深く相手を選んでも、若い世代の行動にはあぜんとさせられた。婚約した若いカップルが誰の付き添いもなく出かけたり、妊娠中の娘や孫が腹部を隠さずに、流行の体にぴったりとしたドレスを着たりしていた。

ヴィクトリア女王はベルリンの情勢をとても心配し、プロイセンの皇太子妃であるヴィッキーと大量にやり取りしている手紙には、その懸念について綴られていた。彼女は政治的な局面を案じ

前ページ:『大英帝国の寓意画』(アーサー・ドラモンド画)

るだけでなく、孫の中でも特にいちばん上のヴィルヘルムを気にかけていた。彼の誕生をヴィクトリアは喜び、幼少期にはなんの憂いもなかったのだが、彼は生まれつき首が弱く、左腕の発達が遅れていて、運動療法もうまくいっていなかった。一八六三年四月に皇太子妃とヴィクトリア女王とのあいだで交わされた手紙には、この四歳児の障害を治療する準備の様子について記されている。

ベルリンの皇太子妃から母親への手紙である。

……頭をまっすぐに支えられないので、このかわいそうな子に、**装具**をつけようとしています……この装具をつけると、あの子は**疲れきって**しまうでしょう……（お医者さまの）ランゲンベックは……彼はウィリーについて、首のねじれは深

サンクトペテルブルクでのアルフレート王子とロシア皇帝アレクサンドルの娘、皇女マリアの結婚式

刻で、治る見込みがないと思っているのです。首の右側を切開して、しばらくのあいだ装具をつけさせようとしています。

女王は、「可愛い小さなヴィルヘルムの首を切開して、装具をつけさせるとは」恐ろしいという返事をウィンザー城でしたためた。

成長すると、ヴィルヘルムは父親が弱くて無力で、母親の愛情は、アルバート王子から受け継いだ価値観を押し付けようとして威圧的すぎると感じる。ヴィルヘルムはいつもわが道を進もうとした。政治的変動の渦中にあるヨーロッパで、ドイツが統一へと向かう中、彼は自分が将来、権力を握り、国民を支配する姿に魅了されるようになる。これは母方の祖母ヴィクトリアが思い描く彼の役割とは違っていた。彼女は孫がますます傲慢になり、他人を軽視する態度に落胆させられると公言してはばからなかった。

父の大義を支持しているヴィッキーにとって、状況は複雑だった。彼女の父親はリベラルな統一ドイツを望んでいたが、義父のドイツ皇帝はプロイセンによる支配を目論んでいる。こうした意見の相違は、イギリス、ドイツ、ロシアに散らばる家族の関係に緊張感を生んだ。ヴィクトリアには、家族観で議論を戦わせるのは耐えがたかった。にもかかわらず、ヴィクトリア女王と娘は仲がよく、問題が起こると、それが家族のことであれ、政治についてであれ、手紙で意見を交換していた。

家族の結婚と死

一八六〇年代と一八七〇年代にはヴィクトリアとアルバートの子どもたちがそれぞれヨーロッパの王室と婚姻関係を結ぶ。一八六六年に「レンヒェン」という愛称のヘレナ王女がシュレースヴィヒ＝ホルシュタイン家のクリスチャン王子と結婚したために、イギリスと公国との関係がいっそう強まった。この夫婦には四人の子どもが生まれる。

一八七四年一月、エディンバラ公アルフレートが釣り合わない女性との火遊びの末、ロシア王家へ不信感を抱く母親からの反対にもかかわらず、サンクトペテルブルクでロシア皇帝アレクサンドルのひとり娘、皇女マリアと結婚する。夫妻は六人の子どもをもうけ、そのひとりは一九一四年にルーマニア国王となる。

一八七八年にはコノート公アーサー王子がプロイセンのフリードリヒ王子の娘、ルイーズ・マーガレット王女と婚約する。ルイーズの両親が離婚しており、彼女自身も美人ではなかったので、ヴィクトリア女王は当初、この結婚は難しいと思っていた。しかし、この頃までにヴィクトリアは、結婚の意思を固めたカップルに横槍を入れるべきではないと学んでいた。この夫婦は三人の子どもに恵まれる。ヴィクトリアの娘のルイーズ王女はイギリスの自由党の議員であり、のちにアーガイル公爵となるローン侯爵と結婚した。このふたりはイギリスで暮らすので、ヴィクトリアには大きな安心だった。残念ながら、夫妻には子どもができず、ルイーズ王女は一九三九年に亡くなる。

子どもたちの結婚や孫の誕生といった喜びにあふれる一方で、近い関係の親戚が死亡するという悲しい知らせが続く。一八七二年に異父姉のフョードラが六四歳でこの世を去った。この頃までに、レオポルドに発症した血友病の影響がほかの家族にも見られるようになる。一八七三年にアリス王女の三歳になる息子フリードリヒ・ヴィルヘルムが、母親が保因者だったために血友病で亡くなった。

続いて一八七八年、アリスの四歳の娘、マリーがジフテリアにかかる。アリス自身も感染し、父アルバートと同じ一二月一四日に息を引き取る。ヴィクトリア女王は悲しみに打ちひしがれた。アルバートの最期を看取ったつらい時期に、大きな支えとなってくれたアリスが亡くなったのだ。ヴィクトリアはアリスが残した、ダルムシュタットに暮らす五人の子どもたちの母親の役割を果たそうと決意する。

いまでは記念碑のデザインについてもよくわかっているヴィクトリア女王は、アバディーン産の御影石で作った大きな十字架を、「可愛いアリス」のためにバルモラル城に建てた。次のような言葉が刻まれている。

ヘッセン大公妃であり、グレート・ブリテンおよびアイルランドの王女アリスを悼む
一八四三年四月二五日誕生、一八七八年一二月一四日逝去
この記念碑は悲しみに暮れる母、ヴィクトリア女王により建立される

女王自身にもつらい出来事が降りかかる。一八八三年の春、女王は階段から落ちてしまう。ひど

い苦痛に見舞われ、以前にあった膝の痛みも再発する。ジョン・ブラウンが女王を抱えてソファからポニーに引かせた軽装馬車へ運んだ。ドクター・ジェンナーと新しく任命されたハイランダーのドクター・リードが治療にあたった。しかし、ブラウンも体調がすぐれなかった。彼は働きすぎだった上に、皮膚に炎症が起こり、発熱して顔面蒼白という症状から、丹毒と診断された。

女王もブラウンも病気で、どちらも早期の快復は見込めなかった。ジョン・ブラウンの容体は悪化していたが、女王は手遅れになるまでその深刻さに気づかなかった。一八八三年三月二七日にジョン・ブラウンは息を引き取る。レオポルド王子がこの知らせを母親に伝えなければならなかった。今度も、ヴィクトリア女王は取り乱した。信頼できる相手をまた失ってしまったのだ。従僕としてではなく、君主と近しかった者として、ジョン・ブラウンの遺体は六日間、正装安置された。ヴィクトリア女王は慣例を破ってバルモラル城のクラシー教会で行われた葬儀に出席する。女王は『タイムズ』紙の王室行事日報にも彼の死を掲載させた。

今度も記念碑が建造された。等身大の像がバルモラル城に、胸像がオズボーン・ハウスに設置される。ジョン・ブラウンの写真がついたネクタイピンが使用人たちに配られたが、彼への嫌悪感からつけるのを拒む者たちもいた。ブラウンの母親には、約一〇センチの楕円形で、金メッキをした枠の表にジョン・ブラウンの写真を、裏に彼の髪を一房入れたブローチを作らせて贈った。枠には「親愛なるジョン　一八八三年三月二七日」と書かれている。『続・ハイランド生活日誌からの数葉』の最終章で、ヴィクトリア女王は彼について賛辞を贈っている。

……忠実な従者……はもういない。彼は心から献身的に、たゆまず尽くしてくれた……彼を失い……誰もその空白を埋めることはできない。わたくしは彼に心から信頼を寄せており、毎日、いや、一時間ごとに寂しさを感じてしまう。彼の絶え間ない気配り、世話、献身に対して感謝の念を生涯にわたって抱き続けるであろうことは、ささやかながら真実である。

血友病のためにけがや不都合もいろいろあったが、レオポルド王子は大人に成長し、一八八二年四月にヴァルデック＝ピルモント家のヘレナ王女と結婚する。ヴィクトリア女王は式に参列した。女王はヘレナ王女にレオポルドの病気の予後と、血友病を抱えた相手と生活することの難しさを伝えていたので、この義理の娘が夫に対して献身的に尽くす様子に感心していた。

前ページ:アリス王女の墓
上:ヴィクトリア女王からミセス・ブラウンへ贈られた追悼のブローチ『親愛なるジョン』

一八八三年に娘のアリスが生まれる。ヘレナが翌年早々にふたたび妊娠したので、レオポルドは南フランスの暖かさを求めて、ひとりで静養に出かけた。カンヌで歩いているときに、彼は派手に転んでしまう。すぐにイギリスに知らせが届き、容体が急速に悪化していると伝えられる。血友病患者によく見られるように、転倒が原因で内臓が腫れてしまったのだ。レオポルド王子は快復することなく、翌日に息を引き取る。ジョン・ブラウンの一周忌にあたる日だった。彼が亡くなってから、息子のチャールズ・エドワード王子が生まれた。ヴィクトリア女王とレオポルドの妻にとって、彼の死はつらく、打ちのめされるような衝撃だった。アリスとレオポルドの死後、ヴィクトリア女王はふたりの小さな写真を入れたロケットをいつも身につけるようになった。レオポルド王子は新しく改修されたウィンザー城のアルバート記念礼拝堂に埋葬された。

ウィンザー城のセントジョージ礼拝堂で行われたレオポルド王子とヴァルデック=ピルモント家のヘレナ王女の結婚式

多くの結果を伴った結婚

ヴィクトリア女王は落ち込んでばかりいられなかった。レオポルドの死去から一カ月後には、いまは亡きアリス王女の娘、ヘッセン=ダルムシュタット家のヴィクトリア王女が、ダルムシュタットのルイス・バッテンベルク王子と婚礼の予定だった。孫の母親代わりを務めようとしていたヴィクトリア女王はダルムシュタットでの結婚式には参列したが、レオポルド王子の喪中のため、その後の披露宴には出席しなかった。

この結婚式は一八八四年中頃にヨーロッパの中心部で行われたので、親族がたくさん集まり、その結果、予期せぬ出来事があった。ベルリンからはフリードリヒ皇太子、ヴィクトリア皇太子妃（ヴィッキー）、ヴィルヘルムとヴィクトリアが来た。イギリスからは皇太子夫妻とベアトリス王女、そして、そのほかにも親戚関係にある人々が大勢やって来た。

ヘッセン＝ダルムシュタットは小さい公国で、結婚式の喜びに沸いていたが、裏では陰謀と騒ぎで大変だった。ヴィクトリア女王の亡き娘の夫、ヘッセン＝ダルムシュタット大公は、亡くなった妻との思い出を貶めたくないと言い訳しながら、秘密裡に愛人のマダム・アレクサンドリン・コレマインとの関係を続けていた。娘の婚礼の夜、彼は内密にマダム・コレマインと結婚し、その三日後にバーティからヴィクトリア女王へ伝えてくれるように頼む。女王は激怒し、傷つく。この結婚を破棄するように求めると、最終的には取り消された。ヴィクトリアはそれ以降も女王としての威厳を保ちながら、帰国の日までダルムシュタットに滞在し、この「許しがたい行為」については何も口にせず、大公に付き添われてイギリスに戻った。

この結婚式ではうれしい騒動とロマンスも持ち上がった。エリザベス・ヘッセン＝ダルムシュタット王女は、以前にいとこであるプロイセンのヴィルヘルム王子との結婚を断っていたが、ロシアのセルゲイ大公との婚約を発表する。バッテンベルク家の兄弟ヘンリー（リコ）とアレクサンダー

ベアトリス王女とバッテンベルグ家のヘンリー王子

（サンドロ）が女性のあいだで人気者になっていた。ヴィクトリア女王の末子のベアトリス王女は四歳で父親のアルバート王子を亡くし、悲嘆に暮れる母親に育てられたせいで、引っ込み思案な性格だった。大人になってからも「赤ちゃん」扱いされていたので、ヴィクトリア女王はダルムシュタットでベアトリスとリコが仲良くなるのを心配していた。ヴィッキーがベルリンに嫁ぎ、アリスが亡くなったいま、末娘をヨーロッパへやるのは耐えられなかった。

ブルガリアのサンドロ王子にも問題があった。彼はヴィッキーの娘であるプロイセンのヴィクトリア第一王女と情熱的な恋に落ちた。サンドロはツァーリと口論し、ヴィクトリアの父方の祖母にあたるプロイセン王妃と兄のヴィルヘルムに嫌われていた。結局、母親と母方の祖母だけが賛成している。結局、サンドロは婚約者にはなれなかった。この数カ月後、ロシアがブルガリアに侵攻して彼を捕まえ、退位させてしまったのだ。ヴィクトリアは最終的にはシャウムブルク＝リッペ家のアドルフ王子と結婚する。

アリスの三女、アリックスが一八九四年にロシア皇帝ニコライ二世と結婚する。この結婚は当時、非常に驚かれ、悲劇的な結末を迎える。夫妻には五人の子どもが生まれ、たったひとりの息子が血友病だった。さらに、家族全員は一九一八年にロシア革命のさなか、ボルシェビキに銃殺されてしまうのだった。

ベアトリス王女とバッテンベルク家のヘンリー王子との仲は発展した。彼が軍隊を辞めてイギリスで暮らすのを承諾したために、ヴィクトリア女王が娘を失う懸念も解消された。ベアトリス王女はヴィクトリアの娘の中でもただひとり、母親が結婚式でつけたホニトンレースを身にまとった。彼女は一八八五年七月二三日にオズボーン・ハウス近くのウィッピンガム教区教会でヘンリー王子と挙式した。ふたりのあいだには四人の子どもができる。全員がイギリス生まれで、ヴィクトリア女王はとても喜んだ。

家族のあいだに緊張がふたたび高まったのは、ヨーロッパの政治と、ある国が領土拡大を目論んだのが原因だった。アルフレート王子の義理の父であるロシア皇帝が、エジプトへの侵攻を表明したことで、ヴィクトリア女王に退位するとまで言わせしめる。翌年、彼はロシア軍をトルコとバルカン半島に送ろうとしたために、この地が長く政情不安になり、イギリスは艦隊を出動させる。ドイツ宰相ビスマルクが招集したベルリンでの会議で、オスマン帝国の最後の領土はロシアとイギリスによって解体され、キプロスはイギリスの海外領土となる。

大英帝国

子どもたちの結婚によってヴィクトリアの存在感がヨーロッパで増していたが、イギリスが世界全体へおよぼす影響力に比べると些細なものだった。ヴィクトリア女王の治世で、大英帝国は前代未聞の速さで拡大していた。一八八〇年までに、面積では史上最大の帝国となり、人口は約三億人を擁した。一九世紀に急速に成長したのは、イギリスの産業革命で培われた資本家精神が、トーリー党を発展させようとするベンジャミン・ディズレーリの政治的野心に助けられて広がった結果である。

ディズレーリの影響で、ヴィクトリア女王は新しい領土の獲得と海路の開拓に強い関心を示し始めたので、世界のさらに多くの地域が「イギリスの」、そして「女王の」ものになったのである。ヴィクトリア女王の時代にイギリスの領土、自治領、植民地がいつの時代にも増して拡大し、大英帝国が世界中を席巻した。

1886年6月25日にギルドホールで行われた植民地とインドの歓迎舞踏会への招待状

まさに、「太陽の沈まぬ」帝国となったのだ。

この当時の大英帝国内の属領、植民地、自治領は、アデン、オーストラリア、バストランド、ベチュアナランド、英領北ボルネオ、英領ソロモン諸島、英領ソマリランド、ブルネイ、カナダ、クリスマスアイランド、ココスキーリング諸島、クック諸島、エジプト、フィジー、ガンビア、ギルバートエリス島、香港、インド、リーワード諸島、モルディブ諸島、モーリシャス、ナタール、ニュージーランド、北ローデシア、ニアサランド、パプア、サラワク、ウガンダ、ウィンドワード諸島である。これらはすべて本国からは遠く離れ、イギリス人の大半にとっては名前すら聞いたことすらない場所がほとんどで、大きな国を除いては関心すら抱かれなかった。

大英帝国の一部になるのは白人支配を意味していたが、ヴィクトリア女王はイギリスが現地の人々に安全と安心、発展をもたらしていると固く信じていた。大英帝国の始まりは政治的イデオロギーとは関係なく、探検と発見が目的だった。世界を航海しようと海に乗り出したイギリスの船員が新しい土地を発見してイギリス国旗を立てたが、現地の人々はその行為が意味するところを本当には理解していなかった。

大英帝国は徐々に発展していった。一六二三年にイギリスが到達したニューファンドランドや一七一四年のカナダ、一七八八年のオーストラリアは広大で、ほんのわずかな現地人しか住んでいなかった。こうした土地の大半は、おだやかな気候のヨーロッパから来た人々には厳しい環境で、集団移住の候補地としては見なされていなかった。たとえば、オーストラリアは、国が栄えるもとになった羊が一八世紀終わりにはすでに送られていたものの、当初は囚人や社会的に有害なイギリ

上:インドでの鉄道開通
下:『ジャングルで獲物のトラと一緒に』ケドルストンのカーゾン卿、レワのマハラジャ、ウィグラム大尉

ス国民を流刑にする場所だった。インドはまた別の話だ。イギリス人航海士がスパイスや資源を求めてこの亜大陸に足を踏み入れたのは一六〇一年で、その頃からすでに格別の投資先だと考えられていた。

投資家、商人、投機家にとって大英帝国からの収入は莫大だったが、この海外領土がよりよい暮らしを実現してくれるという潜在性に多くのイギリス国民が気づいたのは、一九世紀後半の話である。それまでの大英帝国は、植民地運営のために送られた一握りの政府関係者や投機家、投資家のための場所だった。産業革命により、イギリス国外で活躍するそうした人々に可能性がもたらされた。イギリス船舶に燃料を供給するために、イギリスで採掘された石炭を運搬したり、イギリスで作られた線路と汽車を世界中に輸出して、セシル・ローズが喜望峰からカイロまでの路線を夢見たように、山や峡谷を越えて大陸を縦断させたりした。一八五〇年代に発明された電信ケーブルはすぐにイギリス領とイギリス領海に敷設され、メッセージが安全で内密に世界中に送信されるようになる。代々のイギリス政府の自由貿易政策により、大英帝国で関税にとらわれることなく事業を展開しているたくさんのイギリス企業が、収益を本国へ送って利益を上げていた。

ベンジャミン・ディズレーリは大英帝国の発展にもっとも尽力した首相であり、ヴィクトリアはこの発展をとてもいい意味にとらえていた。女王は大英帝国の一員であることで、現地の人々には利益のみがもたらされると固く信じていた。彼女が常に人種差別的な感情を持たないことはよく知られていた。晩年、ヴィクトリアはアジア人を王室に雇い入れた。さらに、南アフリカの有色人種がボーア人に翻弄され続けるのを止めるため、イギリス王室は南アフリカ戦争を支持した。ヴィクトリアは大英帝国の領地に大変な興味を持っており、新しい場所が加わるのを喜んでいた。領土の獲得に際して血が流されることは決して望まず、現地の人々の準備が整ったら、イギリスがすみやかに手を引くように希望していた。

ヴィクトリアはディズレーリの二つの大英帝国の拡大政策を支持していた。一八七五年、ディズレーリはロスチャイルド銀行の支援を受けて、破産したエジプト副王が所有していたスエズ運河の株を、イギリス政府の代わりに購入した。これにより、イギリスはスエズ運河の筆頭株主となって、

採掘した金を積み、ユーコン川を下ってドーソンシティを離れる蒸気船

紅海経由でインドへ抜ける航路を手中におさめることができた。二年後、彼はヴィクトリアをインド女帝と宣言する立役者となる。

大英帝国は双方向貿易で発展した。たくさんの品物がイギリス商船によって世界中からイギリスに運ばれ、イギリスの生活様式が大英帝国中に紹介された。イギリス人の男女が本国を遠く離れて外国で働くときには、社会的な習慣や食べ物、スポーツや言葉まで、すべてを現地に持ち込んだ。たとえば、オーストラリアでは、移住者が地元の植物についてわからなかったので、ジャガイモなどの根菜をイギリスから送ることになった。

外来の動植物がもたらされるのは、常にいい結果になるとは限らない。イギリスからオーストラリアとニュージーランドへ送られたウサギは両国で有害生物となり、オーストラリアでは固有の動物の生態系を脅かし、ニュージーランドでは土地が侵食される原因となった。その反対に羊は巨大な食肉と羊毛産業の発展のおかげで、オーストラリア、ニュージーランド、フォークランド諸島の経済を潤す糧となった。冷蔵技術の発達で、一八七〇年代にニュージーランドからイギリスへ初めて冷凍保存した肉が輸送される。マラヤにゴムの木が紹介され、ゴム産業が発展する。キューにある王立植物園ではすぐに、ツンドラから赤道、さらには南極近くから本国へ送られる植物サンプルを保存する区画をもうけた。植物学者はいまや女帝でもある女王に敬意を表し、こうした植物の多くにヴィクトリアという接頭辞をつけた。

大英帝国が発展し始めた頃は、企業に所属したり、イギリス政府の代表として現地に送られたりする人々は、駐在期間が終わると本国へ帰るので、外国に永住する者は稀だった。長いあいだ、大半のイギリス国民にとって、大英帝国はほとんど意味を持たず、日々のつらい労働や生活の変化に対応するだけで手一杯だった。移住という手段は、金、ダイヤモンド、銅など一獲千金を狙えたり、安い土地といった動機があったりする場合に、投機家だけが関心を示すものだった。初期の植民地開拓は、インドの東インド会社やカナダで毛皮の貿易に従事していたハドソン湾会社などの私企業に独占されていた。最終的にはこうした巨大企業は経営難に陥り、イギリス政府に売却されてしまう。

大英帝国の運営はイギリス人の外国人への懸念から、白人男性によって行われていた。徐々に、役人以外の専門職が大英帝国で働くようになり、医師、看護師、弁護士、銀行家、教師などが送られるようになった。彼らが現地に配属されると、自分たちだけの生活を営むことができる大きな外国人居住区を街の中に作り、国の人口が多く、社会が成立している場合には、現地の人々と関わることはほとんどなかった。大英帝国中でイギリスと同じ教会、学校、クリケットの観覧席があるのは、カタログから商品を選んで注文すると、本国から材料が一括して送られてくるので、それを現地で組み立てればよかったのだと、ジャン・モリスは説明する。衣類も同じで、ロンドンの陸海軍購買組合売店のような数多くの店が、あらゆる気候や環境に対応した服や装備を送ってくれた。

一八九〇年代までには、状況は大きく変わっていた。カナダ、オーストラリア、ニュージーランドなどの「白人」の植民地への移住が、多くの中流階級や労働者階級の人々に現実的になる。「クイーンストリート」や「ヴィクトリアロード」といった通り沿いにある自分の土地に充分な広さの家を建て、イギリスよりもいい住環境と、はるかに平等な社会で暮らす機会を手に入れようとしたのである。移民船の安い切符が広く出まわるようになり、ヴィクトリア朝の初めには夢見ることしかできなかった人々が、地球の裏側にまで足を延ばせるようになったのだ。古い世代の植民地の役人とその妻と、彼らとの違いは、一八九〇年代の男女は本国へ帰るつもりはなく、新しい人生を見知らぬ土地で始め、現地に骨を埋める覚悟をしていた点にある。

女王にして女帝

一八七〇年代中頃までに、ヴィクトリア女王は自分の地位が他国の君主とは違うことに気づいていた。ロシア、ドイツ、フランスでは皇帝と呼ばれているのに、最大の帝国の長である自分は女王だ。一八七四年にディズレーリがふたたび首相になると、彼は即座にヴィクトリア女王をインド女帝にする案に飛びついた。これは、彼が抱く大英

ディズレーリがインドの帝冠をヴィクトリア女王に渡している風刺漫画『古い王冠を新しいのに替えましょう!』(ジョン・テニエル画。『パンチ』誌掲載)

帝国構想に都合がよかったのだ。王位称号法案が国会に提出され、一八七七年に立法化される。デリー宣言のもと、ヴィクトリア女王はインド女帝となった。これ以降、ヴィクトリアは署名をVRI：Victoria Regina et Imperatrix（女王にして女帝ヴィクトリア）とする。

インドは常に帝国主義者にとって特別な場所だった。広大で人口が多く、豊かな文化を育んでいる。大英帝国の中で最大であり、イギリス本国と対称をなしている。一八五七年のインド大反乱後、植民地支配は東インド会社からイギリス政府に移っていた。一八六〇年代中盤には電信という奇跡の発明のおかげで、イギリス政府との距離は数日で連絡を取り合えるほどに縮まった。

インドと東洋のロマンチックな異国情緒にヴィクトリア女王は早い時期から想像をふくらませていた。女王はインドに魅了されたのである。一八五一年の万国博覧会で、彼女は東インド会社からさまざまな品を贈られ、コ・イ・ヌールダイヤモンドがいまではイギリス政府の財産になっていた。ヴィクトリアはインド人の使用人を雇い始め、中でもムンシーとして知られるアブドゥル・カリムは、実質的には王室内でジョン・ブラウンの後継者となった。一八九〇年代にはオズボーン・ハウスにダーバールームが増築される。華麗な雷文模様の漆喰仕上げは、インドにあるラホールの美術学校の校長であったラドヤード・キプリングの父親が考案した装飾の一部であ

インド王冠勲章（おそらく、ガラード製）

る。

ヴィクトリアは心からインドを訪問したいと思っていたが、女王の年齢ではそのような長旅は危険すぎると考えられた。インド女帝になったときには、ヴィクトリア女王は六〇歳に近かったのである。女王の代理で皇太子がインドへ行った。長い治世のあいだ、大英帝国内でグレート・ブリテン島を離れてヴィクトリアが訪ねたのはアイルランドだけであった。

女王を含めて、ヴィクトリアの臣民たちは国内である程度インドを体験することができた。スパイスとインドの紅茶はイギリス人の食生活の中ですでに確固たる位置を占めている。ヴィクトリア朝終盤になると東洋の商品が大量に輸入されるようになり、中でも最良のものはロンドンのリバティー百貨店のような店で買うことができた。ここではインド、中国、日本からの家具や布、磁器なども販売されていた。

ラドヤード・キプリング（ウィリアム・ストラング画）

イギリス国民の大半にとって、大英帝国は長いあいだ関心の対象ではなかったものの、少なくとも万国博覧会以降は国内でもその存在が漠然と認識されるようになった。ヴィクトリア女王とディズレーリの思惑のせいで一八七〇年代に大英帝国はたちまち周知されるようになった。そして、作家ラドヤード・キプリングのような人々が登場する。インドで生まれたキプリングは帝国主義を信奉し、一見するとインドの話を書いているのだが、それはヨーロッパから見たインドであった。エドワード・エルガーが作曲した『威風堂々』は、ブリタニアが実権を握り、ヴィクトリア女王とベンジャミン・ディズレーリが信奉した、帝国主義とその威光をうまく伝えている。

一八九二年のテニスンの死を受けて一八九六年に桂冠詩人に任命されたアルフレッド・オースティンは、中でも強硬な愛国主義者であった。ディズレーリと帝国主義の熱烈な支持者で、彼のブリタニアと大英帝国に捧げる直截な頌詩は、この時代の人々から真剣に受け止められなかった。しかし、変化を求めることが定着した時代の中で、異なる発想と、何ものもあるべき場所からは変えられないという感覚を提示する一助になっていた。

帝国主義の夢から大惨事へ

アフリカ征服は帝国の強さを測る試金石となった。イギリスによるサハラ砂漠以南のアフリカ侵攻は、領土拡張主義によって繰り広げられた作戦の中で、もっとも多くの血を流し、犠牲者を出した。一九世紀末のアフリカでは、ヨーロッパの国々が、この広大で肥沃な大陸での覇権を争っていた。南アフリカではオランダ系ボーア人がイギリスと戦い、レオポルド叔父の息子であるレオポルド二世がコンゴの植民化で奴隷制を復活させ、フランス、イタリア、ドイツは互いにこの巨大な大陸でまだ手のつけられていない場所を争っていた。

一八七〇年代、ヴィクトリア女王は個人的に、グラッドストンのアフリカ政策が手ぬるいと感じていた。また、アフリカ大陸南部の有色人種がオランダ人に支配されているのを、イギリスは放置しないと決意を固める。最初にイギリスとオランダがアフリカ南部で衝突したのは一八八一年で、現地のイギリス軍小隊はボーア人の相手にすらならなかった。

北のほうでは、スーダンで紛争が勃発していた。一八八四年、イスラム教徒とエジプト人の聖戦が勃発するのを抑えるために、クリミア戦争の功労者で、白ナイル源流の発見者でもあるゴードン将軍がハルトゥームへ派遣される。イギリスはすでにエジプトを占領していたので、ゴードンの役目はエジプト人兵士の救出だった。しかし、すぐに窮地に陥り、救援軍が送られたにもかかわらず、一八八五年に殺害されてしまう。

翌年、アフリカ南部のトランスヴァールで金が発見される。ここは当時、ボーア人が支配する地域だった。イギリスはこの富を生む可能性が高い地域を支配し、オランダとドイツを撤退させようと決意する。ドイツはこの頃、ヴィクトリア女王の孫であるドイツ皇帝ヴィルヘルムの治世で、戦いも辞さないような干渉を裏で仕掛けていた。一八九九年には南アフリカでボーア人とイギリスの戦争が勃発した。戦争が始まったばかりの頃にボーア人が勝利すると、ドイツ皇帝はクリューガー大統領に祝福のメッセージを送る。ヴィクトリア女王はこれに憤慨し、この孫がイギリスへ足を踏み入れることを禁止した。

イギリスは大量の兵士を南アフリカに送り込む。これには「白人植民地」からの人々も含まれていた。ヴィクトリア女王はアジア系など有色人種の兵士をこの戦争に送らない理由が理解できなかった。イギリス軍の司令官たちは、ボーア人によるアフリカ現地の人々の扱いを目にしていたので、有色人種には危険が高すぎると判断したと説明する。

一九〇〇年に流れが変わる。レイディスミスの解放に成功し、キンバリーとマフェキングで勝利をおさめた（これは司令官のロバート・バーデン＝パウエルからヴィクトリア女王に報告された）。この知らせは、イギリス国内と王室で大変な喜びをもって迎えられる。ヴィクトリアは、一九〇二年の南アフリカでのイギリスの最終的勝利を生きて見届けることはできない。この年、第一回の帝国記念日が祝われる。しかし、女王はすでに多くの兵士たちが悲惨な死を遂げたことを理解していた。イギリス軍の死傷者は、ボーア人の犠牲者をはるかに上まわる。約六〇〇〇人の兵士が亡くなり、二万三〇〇〇人が負傷した。帝国の強硬な愛国主義が終わりのときを迎える。

上:ハルトゥームにおけるゴードン将軍の最後の抵抗（W･G･ジョイ画）
下:南アフリカ戦争の記念品

第一一章　国民すべての女王

前ページ:ヴィクトリア女王(1887年8月16日撮影)

一八八七年六月のグレート・ブリテンおよびアイルランド女王即位五〇周年は、ヴィクトリア女王の人生と治世において重要な節目だった。アルバート王子の支えなしに三〇年間責務を果たし、彼女自身は夫の死を悼んで黒い装いを続けていたが、王室の喪はずっと前に明けていた。いまでは女王は円熟し、アルバートが亡くなって隠遁生活を送っていたのは昔の話になった。

六八歳になっても、ヴィクトリアは丈夫で健康であり、彼女は国民の大半よりも長生きだった。国家君主として、そして私生活では母、祖母、曾祖母としての役割に自信を取り戻していた。在位二五周年は、アルバートの死からわずか数カ月後で、女王は悲嘆に暮れていたために、目ぼしいことは何もなかった。ヴィクトリア女王は当初、在位五〇周年記念式典を行うつもりがなかったが、皇太子の説得に応じる。一八八七年に入ると、イギリス国内だけでなく、大英帝国中が祝賀ムードになった。

さらに多くの孫や曾孫が誕生していたので、ヴィクトリア女王は相変わらず家族のために時間を割かなければならなかった。この子たちにとって、ヴィクトリアは親しみを込めた「ガンガン」という愛称にふさわしい、優しくて愛らしい祖母であり曾祖母だった。晩年に孫たちと一緒に写っている写真では、白髪のヴィクトリアが満面の笑みを浮かべているものがある。当時は写真に笑顔で写るのは異例だったこともあり、こうしたすがすがしい表情はなかなか見られない。気難しいヴィルヘルムでさえも女王を敬愛していた。にもかかわらず、彼はヴィクトリアを怒らせるような政治的対応を控えることはなかった。孫や曾孫がヴィクトリア女王を訪れるのは常に歓迎された。育児室はいつも準備が整っており、ヴィクトリアの子どもたちが実際に使っていたものがたくさん置かれていた。

レンヒェンの娘であるマリー・ルイーズ王女は祖母が横柄な態度をまったく取らないことに感銘を受けていた。ヴィクトリア女王が自分の銅像を除幕したときに、この若い王女は、とても自慢に思うのでしょう、と祖母に言ったことがある。ヴィクトリアの答えは、「いいえ。とても謙虚な気持ちですよ」であった。王室に仕える者たちにも思いやりがあり、子どもや孫たちが立場に甘んじて彼らを利用するのを許さなかった。生涯を通して、家族の態度に失望したときには、ヴィクトリアは面と向かって行為を注意するよりも、言い争いを避けるために手紙を書いた。アルバート王子もずっと昔、妻との口論をおさめるために手紙を送っていた。

女王は出産の試練を乗り越える孫や曾孫の支えになるのをいとわず、出産に立ち会うこともあった。特にヴィクトリアの三五人の孫のうち最後の四人を産んだベアトリス王女にとっては大きな助けとなった。女王の亡くなった娘アリスの子ども、バッテンベルク家のヴィクトリアが妊娠したときには、祖母のいるイギリスに来て世話になるようにさせた。自らの出産の経験を忘れなかったヴィクトリアは、女性の同志として、分娩中の孫のために夜通し起きて付き添った。額の汗を拭いてやり、手を握って元気づけながら、曾孫アリスの誕生を見届けた。アリスは現在のエディンバラ公の母親である。

女王は基本的に、生まれつき体がとても強く、身長のわりには体重過多だったが、健康に恵まれていた。年齢を重ねるに従って、自分の健康を心配しすぎるようになる。一八八一年八月にバルモラル城で侍医として任命された若い医師、サー・ジェームズ・リードは女王の健康について綿密に記録していた。ウィーンでの留学時代に身につけたドイツ語を流ちょうに話し、女王のドイツ系の親族の診察もできるので、通り一遍の医者ではないと女王から評価され、気に入られた。

彼の記録によると、女王は消化不良と腹部の膨満感を訴えていた。これに対し、女王が好きなこってりとした料理の食べ過ぎが原因なので、食生活を改善するようにうながしたと書き留めてある。女王はこれを認めず、胃痛と胸やけがすると言い出したので、ドクター・リードは治療法を探ることになった。膝の痛みにもしばしば悩まされ、これはリードがリウマチと診断していた。腰の痛み

ヴィクトリア女王が微笑む、珍しい写真。ベアトリス王女、ヴィクトリア王女、曾孫アリスとともに

も抱えており、これはマッサージで楽になることもあった。いずれにしても、ヴィクトリアは病気に負けることはなく、疲労でさえも腹立たしく感じていた。一八八七年三月六日付の日記には、「とても疲れて、消耗している。本当に限界を超えている。お茶のあとに椅子に座ったまま眠ってしまった。まったく、わたくしらしくない」と書いてある。

女王は旅行が無理なほどひどい疲れではなかったので、在位五〇年目の春、いつものように休暇で海外へ出かける。時期的に行き先は南フランスを選んだ。王室に仕える者の中からは、サー・ヘンリー・ポンソンビーと侍医のジェームズ・リードが同行した。エクスレバンへ遠出したときには、シャルトルーズ蒸留所を案内される。ここでは修道士がシャルトルーズという名前の美味しいリキュールを製造していた。王室の一行を迎えた蒸留所で、女王は二三歳の若いイギリス人修道士に紹介される。彼は女王の存在に感極まった。ヴィクトリアは彼がこの五年間暮らしている小さな部屋を見まわして、彼がこの生活で満ち足りているのに感銘を受け、このような人に会えるのは稀なことだと述べた。この訪問の最後に女王は強いリキュールを試飲して、帰ったときには「少し疲れた」と感じていた。

ヴィクトリア女王は単純なことに楽しみや喜びを見出していた。それに対して、アルバート王子は自分が経験してきたような、ヨーロッパの知識人がたしなむ教養あふれる趣味を楽しませようとした。女王はいまでもテニスンの詩が好きで、軽い読み物を好み、ジョージ・エリオットは難しいと感じていた。おそらく、女性の苦しみを描いているのが女王の趣味に合わなかったのだろう。ベルリンのヴィッキーとの文通は続いている。あちらでは毎日いろいろな問題が起こり、ビスマルクが厄介な存在になりつつあった。長い治世のあいだに世界中から贈られた品物が大量にあったので、ヴィクトリアは目録の作成を始めた。そして、暇があると、絵を描いたり編み物をしたりした。

一八八七年のイギリスの政権はトーリー党が握っていた。グラッドストンの自由党政権は失脚し、彼が一八八六年七月に辞任していたのは、ヴィクトリアにとって大きな救いだった。新しいトーリー党の首相はソールズベリー卿で、彼は一八七四年にはクランボーン子爵としてインド担当大臣を務め、アイルランドの自治に反対していた。女王のお気に入りの首相ディズレーリは一八七六年にビーコンズフィールド伯爵の爵位を与えられ、上院議員になった。彼は一八八〇年に首相を辞任し、翌年亡くなる。ヴィクトリアは彼の死をとても悲しんだ。

首相と女王の関係は、グラッドストンの頃と比べるとはるかに和やかだった。ヴィクトリア女王は君主としての責務を全うし、書類の送達箱にかじりついて仕事をしていた。手紙を書き、署名をし、若い大臣に女王としての長い経験を振り返って貴重な忠告をした。イギリスや大英帝国内の問題に対処するのが大半だったが、ヨーロッパでも他国が工業化に成功して力をつけるに従い、国外の出来事も女王を悩ませるようになっていた。歴代政権が自治をめぐってアイルランド問題に取り組んできたにもかかわらず、政治家や女王はこの課題にますます悩まされるようになる。

南フランスでの休暇中にグラースを
訪問するヴィクトリア女王

在位五〇周年記念式典

サー・ヘンリー・ポンソンビーは一八八六年から在位五〇周年記念式典の計画を練っていた。この中心となるのは、戴冠式が執り行われたウェストミンスター寺院での、六月二一日の式だった。記念碑を建造するために募金が集められていた。しかし、ヴィクトリア女王は、これ以上アルバート王子の記念碑や女王の彫像を建てるのは適切ではないと考えた。そこで、在位五〇周年を記念して、この寄付金で孤児や病人、老人のための施設を設立するよう裁定する。

また、フローレンス・ナイチンゲールが支持する、ヴィクトリア女王在位記念看護師協会に女王は賛同し、国中の女性から集められた七万五〇〇〇ポンドがその財源に充てられた。この教育機関で学んだ看護師たちは、地区看護師の新しい役割を率先して広め、訓練を積んだ助産師の重要性を世間に伝えた。

一八八七年に入ると大英帝国では在位五〇周年の祝賀が始まった。二月にはダファリン伯爵がカルカッタで二日間にわたって行われた祝賀行事について知らせてきた。

（人々は）花火が**熱狂的に**好きで、一六日にはこれまでに見たこともないような美しい**花火**が打ち上げられました。中でもいちばん目を引いたのは、陛下の顔をかたどった花火です。火で描かれた輪郭が突然、群衆の目前に不意に現れたのです。皆、これをたいそう気に入ったようで、喜びと驚きの盛大な歓声に包まれました……

約三万人のインド人とヨーロッパ人の子どもたちがこの花火を見て、カルカッタやマドラス、ボンベイで行われた祭典を楽しんだ。

国内では、ヴィクトリアは町や都市を訪問し、おおむね熱狂的に歓迎されていた。反君主制主義者が騒ぐこともあったが、これは「社会主義者やアイルランド人」のせいにされた。

三月には汽車でバーミンガムへ行って一日過ごす。スモールヒースパークでは二万人の子どもたちが道沿いに並び、女王が行き過ぎるときに国歌を歌った。街の小さな通りは国旗や万国旗で彩られ、人々が列を作っていた。ヴィクトリア女王は狭い住環境を心配していたが、多くの貧しい労働者階級の人々が外に出て、女王に歓声をあげる様子に喜んだ。そして、「群衆はとても粗野な様子であったものの、友好的で、大きな歓声をあげてくれた」と述べている。

上:1887年6月を祝う王室の紋章(トム・メリー画)
次ページ:『ヴィクトリア女王の在位記念の園遊会』(フレデリック・サージェント画)

市庁舎で女王の歓迎式典があった。幸いなことに彼女の声は歓声に負けずにきちんと通った。市長に伴われ、バーミンガムの真鍮職人が技術を披露するために制作した大きなアーチや、消防隊が避難ばしごを組み立てて作ったアーチをくぐる。その上には人が何人か乗っていた。キングエドワードグラマースクールの前では、生徒たちに盛んに呼びかけられ、バーミンガムの新しい裁判所では礎石を据えた。最後に駅に戻って汽車に乗り、ウィンザー城に帰ったのは夜の七時だった。リヴァプールの住民よりも生活が厳しく、これまでずっと過激だと思っていたバーミンガムの民衆に女王は強く感銘を受け、彼らの「熱狂と忠誠心はすばらしかった」と喜んだ。

イーストエンドとロンドンのシティーの視察に、ヴィクトリアはレンヒェンとベアトリス、リコを伴った。シティーからアルバート埠頭を訪ね、孤児院のバーナードホームの一つから来た少年らが、水兵服を着て、女王たちに英国国旗を振っているのを見た。ドクター・バーナードは孤児のために九〇カ所の施設を運営し、その多くは貧困に見舞われているイーストエンドにあった。医者になる研修中に、彼は貧民学校で働き、そこで大勢の子どもたちが凄まじい環境で生きているのを知ったのだ。一八六六年に最初の青少年救済施設を設立し、一八八九年までには彼の孤児院は認可され、孤児のための公益社団法人の一部となる。

イーストエンドとシティーを見てまわる中で、ヴィクトリア女王はロンドン市長公邸を訪ねた。ここではロンドン市長と市参事会員に迎えられ、お茶を飲んだ。市長の一一歳の娘から、市の記章である赤い十字架と短剣をかたどったゼラニウムのブーケが女王に贈られる。女王の一行は夜になってからパディントン駅に戻り、八時半にウィンザー城へ帰りついたときには疲れきっていた。

しかし、女王は今回も人々の忠誠心に満足した。

六八歳の誕生日の五日前にあたる五月一九日、ヴィクトリア女王はベルリンのヴィッキーから電報を受け取る。夫フリッツの容体が悪く、口腔外科医のドクター・マッケンジーを呼んで、診察してもらうという知らせだった。ベルリンのふたりの医者が喉に悪性腫瘍があると診断し、手術をできるのはドクター・マッケンジーだけだった。当時は患者に深刻な、特に癌などの病気を伝えるのが一般的ではなかったので、ヴィッキーと家族はフリッツに、声を失うことになるが、心配はいらないと告げた。ヴィクトリア女王はひどく心配し、娘のつらい様子に、アルバートが亡くなる直前の頃を思い出していた。

女王の六八歳の誕生祝いはバルモラル城で行われた。最初の訪問者は親孝行な娘のベアトリスで、よちよち歩きの息子がガンガンにユリの花束をプレゼントした。ほかのプレゼントはいつものように「最愛のアルバートの部屋にあるギフトテーブル」に並べられ、「とてもたくさんの贈物をもらった！」のをヴィクトリアは喜んだ。この日は子どもたちや孫、曾孫、そして誕生日だけでなく即位五〇周年記念を祝う贈物に囲まれて過ごした。

この日を記念して、ヴィクトリア女王は家族と王室で働く者たちに在位五〇周年記念のピンバッジを贈り、夕方には侍従たちと特別に夕食をともにした。この誕生日は五〇年前の一八歳のときとはまったく違っていた。あのときのヴィクトリアは、国王ウィリアム四世の容体を心配し、この先に待ち受ける人生を案じながら、ケンジントン宮殿で過ごしていたのだった。

ベルリンからさらに届いた知らせは、あまりいいものではなかった。取り除いた腫瘍は悪性では

ウェストミンスター寺院での式を終え、パーラメントスクエアを走るヴィクトリア女王の在位五〇周年記念行列

なかったと言うドクター・マッケンジーと、フリッツは病気で、旅など無理だというドイツ人医師のあいだで意見が対立していたのだった。しかし、ベルリンからの一行はロンドンで六月二〇日に始まる在位五〇周年記念式典に間に合うように、到着することができた。

晩餐会と盛大な行列

ヴィクトリア女王は六月二〇日の朝をウィンザーで迎えた。フロッグモアで朝食をとり、ベアトリスとリコに付き添われて汽車でパディントン駅へ向かう。そこからは座席が向かい合っているランドー型馬車に乗り、エッジウェアロードとハイドパークを経由してバッキンガム宮殿へ行った。すでに群衆が沿道に並び始め、手を振っている。バッキンガム宮殿には家族が集まっていた。ベルギー国王レオポルド二世、エルンスト・コーブルク公爵、ベルリンから来たヴィルヘルム皇太子と妻のドナ、そして孫たちがいる。ほかには、ザクセン国王、オーストリアのルドルフ皇太子、ハワイ女王、シャム（タイ）とペルシャの王女たち、インドのマハラジャと王子、そして「ドクター・タイラーと、わたくしのために呼び寄せたインド人の使用人。顔立ちがよく、赤い服に白いターバンという凛々しいいでたちのふたり」だった。ヴィクトリア女王のインドへの憧れがイギリスで現実になる。

ランチパーティーが大きなダイニングルームで開かれた。ここはアルバートが亡くなった一八六一年以来、使われていなかった。午後遅くにはバーティとアレクサンドラ、デンマーク国王

WINDSOR.

HER MAJESTY'S DINNER,
Thursday, 23rd June, 1887.

Potages.
A la Chiffonade. Au Lièvre à l'Anglaise.

Poissons.
Les Truites bouillies. Les Filets de Merlans frits.

Entrees.
Les Croquettes à la Milanaise.
Les Côtelettes d'Agneau aux Concombres.
Les Pigeons braisés aux Pois.

Releves.
Les Dindoneaux à la Perigueux.
Les Longes de Veau piqués à la Crème. Roast Beef.

Rots.
Les Cailles bardées. Les Poulets.

Entremets.
Les Haricots verts à la Poulette. Les Mayonaises de Poulets
Les Gateaux de Riz à l'Ananas.
Les Biscottes à la Chantilly. Les Crèmes à la d'Orleans.

Side Table.
Cold Fowl. Cold Beef. Tongue.

在位五〇周年記念のメニュー

が加わった。おそらく国王は、この中で唯一、ヴィクトリア女王の戴冠式にも出席していた人物だった。夜には盛大なディナーに続いて、舞踏会が開催された。

六月二一日の朝、宮殿の窓から外の群衆を見ながら、ヴィクトリア女王はアルバートと自分がハイドパークで万国博覧会を開会したことを思い出していた。ヴィッキーの娘、プロイセンのヴィクトリア王女が人々の様子を短く書き記している。「五〇年間にわたって、わたくしの祖母は思いやりを持って、仁慈深く国を統治してきた。これは国民の心にもたしかに届いているだろう」

ウェストミンスター寺院へ向けてバッキンガム宮殿を出発する行列は、馬車に乗る家族や客人が身につけた宝石、色とりどりの装いや制服で、明るい日差しの下できらめいていた。一二人のインド人将校が乗った馬車に、女王の三人の息子と五人の娘婿を運ぶ馬車も見える。九人の孫息子たちが義理の孫と相乗りしている。そして、三台の馬車に娘や義理の娘、孫娘が分かれて乗っていた。一一時半になると、行列の主役が登場した。いつものように黒いドレスを着て、ボンネット帽をかぶったヴィクトリアがアレクサンドラ王女とヴィッキーに付き添われ、六頭の馬に引かれた金色の無蓋馬車に乗って宮殿を出発する。騎乗した侍従が付き添う。初めて身を包んだイギリスの制服がリコとフリッツにとてもよく似合っている。群衆はこの壮麗な行列を目にして興奮と称賛の声をあげた。何年も経ってから、プロイセンのヴィクトリア王女がこの行列を回想している。

わたくしの**母**も人々から温かく迎えられました。彼らはいつも「われわれの第一王女」を**愛してくれて**います。しかし、この**万人が歓喜する**日に、わたくしは**父**への歓迎に、いちばん心がこもっていたように思います。父は白い重甲装騎兵の制服を着て、鷲の紋章がついたヘルメットをかぶっていました。馬に乗り、高貴な姿で王女たちの横に付き添う姿は……まるでおとぎ話に出てくる騎士のようです……

行列はコンスティテューションヒルを上ってピカデリーを過ぎ、トラファルガー広場を抜けてエンバンクメントからウェストミンスター寺院へ到着した。ヴィクトリア女王はカンタベリー大主教とウェストミンスター寺院の首席司祭に出迎えられる。女王は家族によって寺院の中へ先導され、国歌とそれに引き続いてヘンデルの『オケイジョナル・オラトリオ』が鳴り響く中、身廊を奥へ進んでいった。

在位五〇周年の記念品のカップとソーサー

中央まで行くと、四九年前の戴冠式で「ひとりぼっちで」座っていたように、腰を下ろした。以前と違い、今回の女王は、「ひとりで（ああ！　わたくしの愛する夫はいない。もしいれば、この日をとても誇りに思ってくれたであろうに！）四九年前と同じ場所に座り、王子や貴族から忠誠の誓いを受けた」と記している。ヴィクトリアはこの式に、とりわけ、アルバートへの賛辞に満足していた。そして、式の最後に子どもや孫たちが夫や妻たちと一緒に集まってきて、彼女の手にキスをしたときにはもっとも感動した。

式のあと、女王の行列はゆっくりとバッキンガム宮殿へ戻った。大勢の人々が沿道に集まっていたため、予定よりも時間がかかる。昼食が供されたのは遅く、夕方四時だった。食事がすむと、ヴィクトリア女王は水兵の行進を見て、贈物が並べてある小さい舞踏室へ行った。子どもたちからは美しい銀製の皿が贈られ、ベルギーからはカップ、ハワイの女王からは、とても珍しい色とりどりの羽根で、それはまるで花輪のようにヴィクトリアのイニシャルの周りを縁取っていた。

夜にはふたたび盛大な晩餐会が催された。銀糸でバラやアザミ、シャムロックが刺繍されたドレスを着て、ダイヤモンドのジュエリーをつけたヴィクトリアは、乾杯の挨拶や女王をたたえるスピーチを聞いた。そして、宮殿の外で人々が『女王陛下万歳』や『ブリタニアよ、統治せよ』を歌うのを耳にしながらベッドへ入った。翌日も祝賀の食事会が続き、在位五〇周年記念メダルを客人に贈った。

一連の行事が終わると、ヴィクトリアは皆がこれほどまでに祝ってくれたことに感謝していると述べたが、女王のそばにいない人々を思って悲しみが込み上げた。次の一カ月はガーデンパーティー、観兵式、定礎式、晩餐会などで、またたく間に過ぎた。七月中旬にオズボーン・ハウスへ行くと、スピットヘッドでの閲兵式など、さらに行事が待っていた。イギリス国内と大英帝国のいたるところで祝賀行事が開かれ、礼拝が行われたり、ヴィクトリア女王の人生と功績に対して祈りが捧げられたりした。国家がサンスクリット語で歌われ、歴代君主の行列の中でも初めて、その様子が写真に撮られて、大勢の人々の目に触れる。この特別な機会を記念して、さまざまな記念品が作られた。

一八八八年二月には、フリッツの容体が悪化する。彼は父であるドイツ皇帝が亡くなった日に手術をしたばかりだった。いまやフリッツはドイツ皇帝フリードリヒ三世で、ヴィッキーは皇妃だ。

ヴィクトリア女王の孫であるドイツ皇帝ヴィルヘルム二世

四月に女王はベアトリス、ヘンリー王子と一緒にヨーロッパへ行き、ベルリンで娘夫婦に会う前に、フィレンツェで数日過ごした。

一行はフィレンツェで、女王に敬意を表して行われたランプの灯りの中での行列や、行進、楽隊の演奏などを楽しんだ。この訪問を記念して写真のアルバムが女王に贈られる。ウフィツィ美術館では絵画を鑑賞した。フィレンツェからは、汽車でベルリンへ向かう。インスブルックでアルプスを越え、四月二四

ヴィクトリア女王と寡婦になって間もない娘、プロイセンのヴィクトリア皇太后

日にベルリンに着くと、娘と孫に出迎えられた。

シャルロッテンブルク城でフリッツの容体が非常に悪いのを知ると、ヴィクトリアは娘を心配して、できる限り慰めた。イギリスへ帰る前に女王はドイツ宰相オットー・フォン・ビスマルクに会うが、どちらにとってもこの会談は実りがなく、互いへの不信感がすぐに露わになった。

フリッツは六月一五日に亡くなった。皇帝に即位してから、わずか数カ月後のことであった。ヴィクトリアの孫であるヴィルヘルムがいまや皇帝、すなわち、ドイツ皇帝《カイゼル》となった。ヴィルヘルムがカイゼルという称号のほうを好んでいたのは間違いない。フリッツの訃報を聞くと、バーティはすぐに姉を慰めにベルリンへ行き、彼女の苦悶を母親に伝えた。ヴィクトリア女王は新しく即位した君主に有益な助言をするには最適の人物だったが、何も言わないことに決めた。その代わりに、最初の頃の手紙には、娘を心配する気持ちや、自分が悲しみに暮れていた頃の話などを綴った。ヴィルヘルムをカイゼルと言及するような表現は一言もない。

親愛なるウィリー
……ママはわたくしがあなたにこのような手紙を書いているのを知りません。ヴィッキーはわたくしに何も言いませんが、あなたのバーティ伯父さまと話し合い、あなたに直接送ることになりました。かわいそうなママが、もしも苛立ったり、声を荒らげたりしても、辛抱してやってください。悪気はないのです。何カ月も苦しみ、不安で、眠れない夜が続いているのを思い出してください。そして、何も気にしないようにしなさい。わたくしは、すべてがうまくいくことを願ってやみません。そうした気持ちから、ふたりのために率直に手紙を書くことにしたのです。

新しいカイゼルと宰相は、ドイツを工業化して強大な国にしなければならないという危機感を持っていたせいで、一九世紀終わりのヨーロッパでは手ごわい存在となった。ヴィクトリア女王はおそらく、わかっていたのだろう。この孫の権力への渇望は繰り返し示されることになる。

女王のムンシー

在位五〇周年の年にインド人の使用人、特にアブドゥル・カリムが王室に入ったのがヴィクトリア女王にはうれしかった。この時代に、ヴィクトリアのように世界中の、すべての人種を差別せずに受け入れることができるのは珍しかった。イギリスの帝国主義が白人支配をうたっている時期にはなおさらだった。

一八八七年六月にイギリスに来たときには、アブドゥル・カリムは二四歳のハンサムな若者だった。彼はすぐにヴィクトリア女王の王室で存在感を示すようになる。ヴィクトリアはインド女帝と宣言されて以来、この国を訪問できないことをずっと残念に思いながら、インドの生活や社会が醸し出すエキゾチックな雰囲気に魅了され続けていた。ヴィクトリアはすぐにアブドゥル・カリムを気に入る。彼は女王にヒンドゥスターニー語を教え、食事のメニューにカレーを加えた。そして、一八八九年頃までには、インドで「ムンシー」、すなわち書記だった者に対して、給仕係という役割は身分が低すぎると女王を説得するまでになっていた。

ヴィクトリアは彼の地位を書記に引き上げ、「女王のムンシー」という称号を与える。女王に以前仕えていたジョン・ブラウンのように、彼もすぐにヴィクトリアの仕事のすべてに関わり、インド情勢について助言するようになった。彼に魅了されるあまり、ヴィクトリアは画家のフォン・アンゲリにムンシーの肖像画を依頼する。このインド人の衣服も東洋のスタイルを尊重し、バルモラル城で着られるように、ツイードで長いインド風のジャケットとズボンを作らせた。オズボーン・ハウスでは、ふたりはいつも鮮やかな色の飾り帯とターバンというインド風の装いをした。

ヴィクトリア女王の家族と王室の人々は、ムンシーが君主のそばで働くことだけでなく、ほかのインド人が王室にいるのにも嫌悪感を抱くようになった。彼らの態度は、今日では露骨な人種差別で、異文化への無理解ととらえられるだろう。

問題が表面化したのは、ターバンを巻いたムンシーがブレーマーで行われるハイランド競技大会に顔を出したときだった。王室で働く面々は休暇でフランスを訪れたときに、彼と一緒に食事をするのを拒否する。彼らは女王に異議を申し立てるが、逆に憤慨されて、そのような見下げ果てた行為に加担するつもりはないと言われる始末だった。ヴィクトリアはインド人の使用人全員を、中でもムンシーを守ろうと、苦情はすべて無視し、彼らを見下すような物言いは決して許さなかった。

ムンシーへの寵愛は、周りからは常に嫉妬された。一八九四年にヴィクトリアは彼を「女王のインド人秘書」にする。彼のスタッフのあいだにも、動揺が広がった。彼の友人であるラフディン・

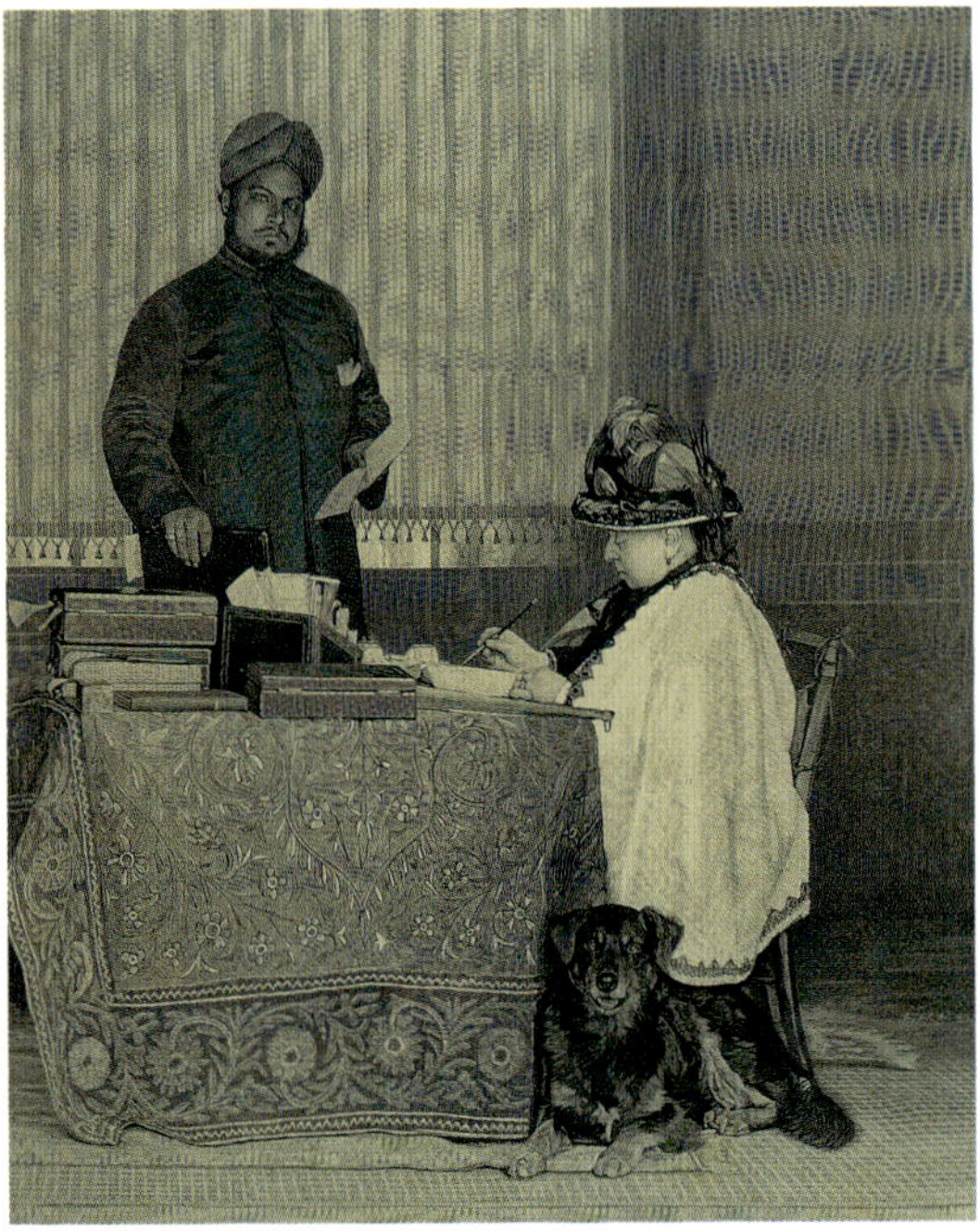

ヴィクトリア女王に仕える「ムンシー」アブドゥル・カリム

アーメドが王室に入ったときには、多くの者がその存在を受け入れようとしなかった。彼は結局、解雇されることになる。ムンシーの正体を暴こうという試みが続く。インド副王が新たな情報として見つけ出したのは、ムンシーの父親がこれまで言われていたような医者ではなく、アグラの刑務所の薬剤師だという話だった。ムンシーが嘘つきで、詐欺師だと言ったり、別の理由で貶めたりしようとする、侍従や政治家からの申し立てをヴィクトリア女王は受け入れなかった。結局は、彼を誹謗する人々の言い分を立証する証拠はほとんどなかったので、反人種差別主義的な考えを持つヴィクトリアが中傷を無視したのは正解だったのだろう。

ヴィクトリア女王のインドへの傾倒は、ムンシーとインド人の使用人を雇うだけにとどまらなかった。長年、オズボーン・ハウスには大規模なもてなしができるような部屋がないことにヴィクトリアは不満を抱いていた。しかし、建物の拡張はアルバート王子が考えたイタリア風の建物の外見を損なうので、行わなかった。オズボーン・ハウスでの夏の行事はすべて、戸外のテントで開催されていた。ついに一八九〇年、ヴィクトリアは勇気を出して、夢を現実にすることにした。伯父の国王ジョージ四世のように、自分のロイヤル・パヴィリオンの建設を決めたのだ。

現在のパヴィリオン棟の裏に、巨大なダーバールームを建設して、現存の棟とつなげた。ルイーズ王女、ベアトリス王女、アーサー王子の全員がデザインの案を出したが、建物の外見をアルバート王子のデザインした部分と調和させるべきだったとあとから後悔することになった。だが、内装はすばらしく、エキゾチックなインドの宮殿のようだった。

ヴィクトリア女王はこの計画を成功させるために、インドの職人に装飾を依頼した。ラホールにあるメイヨー美術学校のバイ・ラム・シンが石膏の型を作った。それから、ロンドンのGジャクソン社が紙張り子と同様の手法で型を取り、白い漆喰の壁がチーク材で縁取られた。インドのモチーフもデザインに取り入れられる。幸運の神様のガネーシャや、制作に五〇〇時間もかかったクジャクなどだ。食卓の椅子はラドヤード・キプリングの父親がデザインした。彼は当時、ラホールの美術学校の校長だった。

ヴィクトリアにとってはすべての部屋がインドを思わせる作りだった。ワイト島に、あまりそぐわないエキゾチックなアジアの国が出現した。ヴィクトリア女王はこの新しい部屋が気に入り、パーティーや晩餐会だけでなく、クリスマスを祝うのにも使用された。いまでは習慣となったクリスマスツリーが、プレゼントを並べるテーブルの横に置かれたことだろう。

第一二章　女王としての六〇年間

一八九六年九月二三日、在位六〇周年記念の九カ月前に、ヴィクトリア女王の治世は特別な地点に到達した。女王の在位期間が歴代イギリス君主の中で最長となったのだ。アルバート王子が亡くなった三五年前には、彼なしで生きて、国をおさめるのは一年ですら無理だろうと思われていた。しかし、数年にわたる服喪にもかかわらず、女王はすべてを乗り越え、いまでは家族、王室に仕える者たち、そして国民から広く慈しまれている。ヴィクトリアとアルバートは新興の中流階級に幸せな家族生活という憧れを抱かせた。晩年のヴィクトリア女王は、強大で豊かな大英帝国という頂点に君臨するブリタニアのような存在になっていた。

ヴィクトリアの最後の一〇年間は、さらなる悲しみと死に見舞われた。一八九二年によき友人である桂冠詩人のアルフレッド・テニスン卿が、そして、一八九五年に忠実で、忍耐強かった秘書官のサー・ヘンリー・ポンソンビーが亡くなる。在位六〇周年を記念する年には、いとこのテック家のメアリー王女が続く。彼女の娘はバーティの長男、アルバートと婚約していた。王室で働く人々も亡くなったり、引退したりした。中には六〇年間勤め上げた者もいる。ジョン・ミーキンは

前ページ:ウィンザー城で女王を囲む家族、バルモラル城とサンドリンガムの景色。ヴィクトリア女王の在位五〇周年記念本より

女王のストッキングを六〇年作り続け、刺繍師のアン・バーキン（ヴィクトリア女王より三歳年上の一八一六年生まれ）は、女王の即位以来、下着類に王室のイニシャルをずっと刺繍してきた。一八九二年にはグラッドストンが首相に返り咲き、アイルランド自治法案を可決させようとする。一八九四年の総選挙でふたたび破れると、ソールズベリー卿を首相とするトーリー党政権に戻った。六三年間にわたって下院で議員を務めたグラッドストンは、一八九八年に八九歳で亡くなった。

スタッフや友人の死も悲しく、つらかったが、最晩年の一〇年間には、それを上まわるような近親者の死がヴィクトリア女王に襲いかかる。一八九二年一月一四日バーティの長男、クラレンス公爵アルバート・エドワードが肺炎のために急死する。テック家のメアリー王女と結婚する直前のことだった。ヴィクトリア女王はひどく動揺し、バーティとアレクサンドラを心配した。王位継承者は彼らの次男、ジョージ王子となる。彼がメアリー王女と結婚するのではないかという憶測がすぐに広まった。アルバート・エドワード王子の死から二カ月後、アリスの夫であるヘッセン＝ダルムシュタット大公ルイが死去したという知らせが入る。

この頃には、ベアトリス王女と夫のヘンリー王子（リコ）が女王の生活に欠かせない存在になり、女王はこの娘夫婦の四人の子どもたちの人生に深く関わるようになる。リコは快活な性格で、これまでの多くの若い男性と同じように、王室での長い夜を退屈だと感じ始めていた。一八九五年一二月、彼はアシャンティでの任務に参加するために、西アフリカの黄金海岸へ行く。これはイギリスがフランスとドイツからこの地を奪還するのを助けるといいつつ、彼にとっては単調な私生活からの逃避でもあった。

ベアトリスはとても心配な反面、夫の自尊心を尊重するためにも行かせることが必要だとわかっていた。喜ぶ声もあったが、いまでは彼を頼りにしていたヴィクトリア女王は、ひどく驚き、リコが現地の気候に耐えられるかと心配した。夫が発熱したとの手紙をベアトリスが受け取ってからわずか数週間後の一八九六年一月二二日、彼はマラリアで亡くなる。ベアトリスは打ちのめされた。夫妻の四人の子どもは、いちばん上がまだ一〇歳だった。末子のモーリスはまだ五歳で、父親が亡くなったときのベアトリスと同じだった。ベアトリスがずっと過ごしてきたような、母と娘が支え合う生活がまた始まったが、今度は母が娘の悲しみを癒す番だった。彼の遺体をイギリスに送る手はずが整えられた。ヴィクトリア女王はウィッピンガム教区教会で執り行われた葬儀に出席し、我慢強い娘が悲しみに耐える様子を目にした。これは何年も前の自分の態度とは、大きく違っている。ベアトリスは嘆き悲しむ母親と生活をともにしており、精神的にいちばん影響を受けた子どもだった。

女王の娘アリスの子どもである、孫のアリックスと夫のロシア皇帝ニコライ二世が女王を訪ねてバルモラル城へやって来ると、ヴィクトリアの生活も少し明るくなった。バラスターの建物には万国旗が飾りつけられ、夫妻を迎えた。アリックスは祖母が好きだっ

ヨーク家のエドワード・アルバート王子（のちのエドワード八世）の洗礼式。父親のヨーク公爵（国王ジョージ五世）、祖父の皇太子（エドワード七世）、曾祖母のヴィクトリア女王の四世代が並んだ写真（W&D・ダウニー撮影）

たが、ヴィクトリアはツァーリを警戒していたので、一生懸命に会話に引き込もうとした。ロシアへ帰るときに、ニコライはこの訪問はとても退屈だったと語る。

アフリカでの戦争と小競り合いは、ヨーロッパの大国にとって試練となった。南部でのボーア人との戦いにイギリスは必ず勝つというヴィクトリアの決意は変わっていなかった。これは大英帝国のプライドと、新たに発見された金とダイヤモンドの利権を手にするためであった。

南アフリカ戦争は、今世紀中には終わらないくらいにひどい戦況で、ヴィクトリア女王と孫のドイツ皇帝ヴィルヘルムの関係を決定づけるものとなった。一八九五年にイギリス軍が支援したジェームソン進攻が失敗したあとで、彼が南アフリカのクリューガー大統領に祝電を送ったことにヴィクトリアは激怒し、この孫が自分を訪ねるのを禁止する。カイゼルがワイト島のカウズで開催されたヨットレースを観戦に来たときも、彼はカウズの港に停泊したヨットに滞在し、女王をオズボーン・ハウスへ訪ねることはなかった。にもかかわらず、彼は年老いた女王を心配し、ドクター・リードと定期的に連絡を取り合って、祖母の健康や容体の変化を確認していた。

いまではバーティに続き、王位継承順位二位となったジョージ王子は、亡くなった兄の婚約者だったテック家のメアリー王女と結婚した。これは訃報が続く中でのうれしい出来事だった。一八九四年、夫妻には息子が生まれる。このヴィクトリアの曾孫にあたるエドワードは、のちに国王エドワード八世となる。この曾孫の誕生にヴィクトリアは元気づけられ、彼女と赤ん坊、その父親、祖父という四世代の君主が集まった写真を撮影するのを喜んでいた。

在位六〇周年記念式典

在位六〇周年記念式典は、一〇年前の五〇周年記念のような派手な祝賀行事を行わないと決められる。この頃には、ヴィクトリア女王も体が弱っていた。ケイ・スタニランドによると、ドレスの丈がとても短くなり、身長が八センチほど縮んでいたとわかる。ドレスの長さから、身長が一四二センチで、ウェストは一一七センチだと推測される。

リコが亡くなってからは特に、女王はずっと悲しみに沈んでいたので、パーティーやレセプションが何度も催され、ウェストミンスター寺院で大変な式が行われるのを考えただけで苦痛だった。すべてがやりすぎだと感じられる。代わりに、ロンドンのセントポール大聖堂での小規模な、しかし、贅沢な祝賀が計画された。歴史家のジャン・モリスによると、この行事は、君主を祝うのと並行して、大英帝国の成功と強さ、さらには帝国主義の大国として絶頂にあるイギリスをたたえるための式典と考えられていた。

大英帝国の植民地に住むイギリス人から祝賀メッセージが舞い込む。イギリスを離れて暮らす人々にとって、女王とその家族のニュースや写真はとても大切であり、「本国」に行ったことがない者にとっては、「母国」に思いをめぐらせるきっかけになるとヴィクトリア女王に知らせていた。

一八九七年三月、ヴィクトリアは毎年恒例の南フランス旅行をしたが、

裏面に若い頃のヴィクトリア女王がデザインされた、即位六〇周年記念メダル

この休暇は気分転換にならず、六〇周年記念式典前の数週間のあいだ、気分が落ち込んで、無気力だった。こうした状況にもかかわらず、女王は忠実なドクター・リードに准男爵の爵位を与える。

一八九七年六月二二日、女王は無蓋のランドー型馬車に乗ってバッキンガム宮殿を出発し、セントポール大聖堂へ向かった。大聖堂では、女王は階段を上りきることができないほど弱っていたため、入り口前の階段で感謝の祈りが捧げられた。式が終わると馬車に乗り、群衆が沿道で歓声をあげる中、ロンドン市長公邸の前を通り、ロンドン橋をわたってテムズ川沿いを走り、ウェストミンスター橋からパーラメントスクエア、バッキンガム宮殿へと帰った。そこにも国旗を振り、記念品のマグや皿を買う人々があふれていた。『イラストレイテッド・ロンドン・ニュース』紙などの新聞によると、ヴィクトリア女王の在位六〇周年関連の行事や礼拝が世界中で行われていた。

二〇世紀の幕開け

一九世紀が終わるにあたり、イギリスがさまざまなことに感謝の気持ちを抱いているとすれば、ほかの国々も同様だった。工業化によってもたらされた変化により、イギリスは限界を超え、ドイツ、アメリカ合衆国といった国々

も多大な利益と恩恵を受けることができた。両国でも、新しい機械がたくさん発明される。その形状は小さいものが多かったが、イギリスを変革させた鉄道や巨大な工場の発動機と同じくらいに革命的だった。

アレクサンダー・グラハム・ベルらが電話を完成させ、ウィンザー城のヴィクトリア女王に披露したときには、ヴィクトリア女王は即座にはその価値を認識できなかったものの、一八九九年までには電話を頻繁に利用するようになっていた。また、文筆業者の執筆方法を変えたレミントン社製タイプライターも使い始める。一八九〇年代には蓄音機が新しく発明されたので、音楽を家で聴けるようになり、一八九六年にはミスター・マルコーニがロンドンに無線を紹介する。ヴィクトリア女王と家族には、発明されたばかりの映画も披露された。照明にはもはやガスではなく、電気が使用されていた。

一八九〇年代には自動車が単なる可能性以上のものになり、馬車の時代が終わろうとしていた。一八九七年、新しい自動車製造会社であるダイムラー社の年次株主総会がロンドンで開かれた。ダイムラーは一八八〇年代中頃に馬に頼らない車を開発し、一八九五年からイギリスで自動車の製造を始めた。ロンドンを初めて走った自動車は、ベンツが製造してドイツから輸入した座席が二つの小さいものだった。一九〇〇年に皇太子がダイムラー社の車を三台購入する。電話に飽き足らず、アレクサンダー・グラハム・ベルは一八九八年に飛行機の実験を始める。新世紀の始まりとともに、新しい時代が到来しようとしていた。

前ページ:1897年6月22日にセントポール大聖堂の入り口前の階段で行われた、ヴィクトリア女王の在位六〇周年記念式典

第一三章　最晩年

　ヴィクトリア女王の最晩年には、悲しみと体調不良が影を落としていた。体力が弱り、歩くのが困難になる。長い階段を上らずにすむように、オズボーン・ハウスにはエレベーターが設置された。知的能力は衰えていなかったが、緑内障のために視力が落ち、かなり年を取ってから使い始め、人前では決してかけなかった眼鏡も、部分的な失明には役立たなかった。ベアトリス王女が政府関連の書類を読み上げ、返事を代筆したが、意思決定はすべて女王にゆだねられていた。手書きの文字が読めるように、色が濃い特製のインクを注文して、女王は亡くなる数日前の一九〇一年一月六日まで日記を書き続ける。女官のマリー・マレットが女王に本を読み聞かせた。離別が続いて沈んだ心に寄り添った、憂鬱な内容の本が多かった。

　追い打ちをかけるように、ふたりの子どもたちの恐ろしい知らせがもたらされる。女王は亡くなるまでこの悲しみを拭い去ることはできなかった。一八九八年一二月初旬、ベルリンのヴィッキーが重体で、女王の日記によると、家族の顔もわからない状態だと報告される。診断は背骨の癌だった。ヴィッキーがベルリンへ嫁いで以来、五〇年近く手紙のやり取りを続けてきたふたりはとても

前ページ:人生の黄昏時を迎え、長年の思い出の品に囲まれるヴィクトリア女王

仲がよく、ヴィクトリア女王は娘のヴィクトリア王女が亡くなったアルバート王子のすぐれた資質と知性を受け継いでいるのを忘れたことがなかった。

ヴィッキーの診断から二カ月後の一八九九年二月、アッフィという愛称で呼ばれていたアルフレート王子の息子「小さなアルフレート」が結核で死亡する。アルバート王子の兄のエルンスト公爵に子どもがいないまま亡くなるとわかったときに、一四歳から英国海軍にいたアッフィがザクセン＝コーブルク家の跡継ぎに指名された。エルンストは一八九三年に死去し、アッフィがザクセン＝コーブルク公爵になっていた。

ヴィクトリア女王は、王位継承者であったアルバートを失った直後にザクセン＝コーブルク家の跡を継ぐ孫を亡くし、ひどく動揺する。アッフィの健康状態も気になっていた。彼は体調がすぐれず、一九〇〇年の夏には深刻な容体になっていた。喉頭癌と診断され、一週間後には息を引き取る。八一歳となり、体力が衰えているにもかかわらず、ヴィクトリアは三人も子どもを失った悲しみと喪失感、そして、長男も亡くなりそうだという状況に耐えなければならなかった。秋には、別の孫、シュレースヴィヒ＝ホルシュタイン家のクリスチャン・ヴィクター王子がアフリカ南部で死亡する。こうしたさなかにも、女王はヴィッキーと連絡を取り合う。ヴィッキーは自分の命がもう短いことを知っていた。このふたりの女性は、とても親密だったがゆえに、手紙の中で互いを元気づけようとしてはいたが、その言葉の裏には別れる日が近いという意味があることを理解していた。

長年にわたって近親者の死や服喪から逃れられずに生きてきたにもかかわらず、驚くことに、ヴィクトリアはフロッグモアの霊廟を除いては、一八九七年まで自分の葬儀についての計画を立てていなかった。実際の葬儀の様子を見るとわかるように、伝統には従わず、黒は避けるようにと命じる。ヒンドゥー教の死に対する考え方とローマカトリック教が白を使うことから、棺には白と金の布をかけ、最低限の虚飾と儀式で、葬列には王室に仕えるインド人とドイツ人も必ず加わらせるようにと発表する。四〇年前に考案したように、フロッグモアのアルバートの横で眠る日が近づいていた。家族には内緒で、着付け係にいくつかの品を棺桶に入れるように指示する。それは、長い人生のさまざまな瞬間を彩る思い出のジュエリーや写真だった。

体力が弱っていたために、ヴィクトリア女王は一九〇〇年春のフランスへの休暇旅行を取りやめる。代わりにアイルランドへ行き、ダブリンですばらしい時間を楽しんだ。最後となる一九〇〇年の夏はバルモラル城で過ごすが、体調が悪く、スコットランドでの楽しみを満喫できなかった。オ

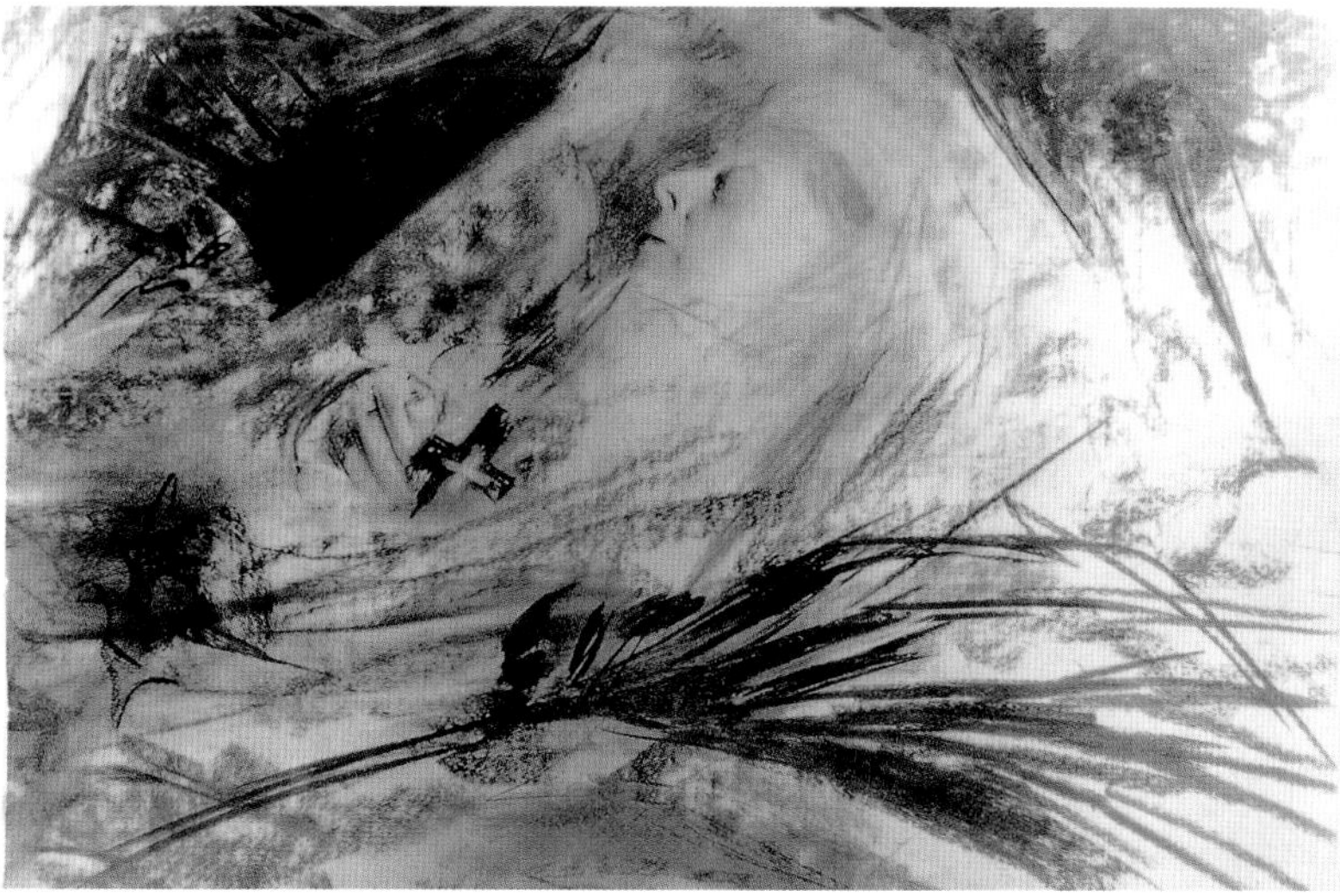

ヴィクトリア女王の臨終

ズボーン・ハウスでのクリスマスも同様だった。きらめくクリスマスツリーやダーバールームでのパーティーも目にすることができなかった。

一九〇一年初頭には、ヴィクトリア女王の健康状態はさらに悪化する。気持ちが落ち込み、ベッドから出られない。サー・ジェームズ・リードは一月一五日に衰弱を認めた。その二日後に脳卒中を起こし、意識が混濁し始める。子どもや孫たちがオズボーン・ハウスに呼ばれ、最後の数日を見守った。ウィンチェスターの主教と、ウィッピンガムの教区司祭も来た。女王は常に、彼には疎外感を持たせたくないと思っていたので、彼の来訪を喜んでいたに違いない。

女王の健康をとても気遣っていたカイゼルは、容体が悪すぎて移動ができない母を残して祖母のもとへ駆けつけた。息を引き取る数時間前に、ヴィクトリアは後継者である長男をなんとか抱きしめて、彼の名前をささやく。彼は迫りくる母の死に動揺し、来るべく自分の未来に恐れおののいていたに違いない。最後の数時間はカイゼルと医師が女王の頭を支えていた。家族に囲まれて、ヴィクトリアの意識がなくなっていく。一月二二日夕方にヴィクトリア女王は息を引き取った。

報道機関は女王の容体が悪化していることを知ると、さらなる情報を求めてオズボーン・ハウスの門前に詰めかけていた。女王が危篤のため、国民に心の準備をうながす必要があるという公布書が配られた。そしてついに、一九〇一年一月二二日午後六時三〇分、女王死去、という重大発表が行われる。記者たちはカウズへ走り、ロンドンの編集長へ電報を送った。

イギリスと世界は愕然とした。グレート・ブリテンおよびアイルランドの女王にして「ヨーロッパの祖母」、インド女帝であり、歴代最長の在位年数を誇る君主が逝ってしまったのだ。六三年七

次ページ:オズボーン・ハウスで正装安置されるヴィクトリア女王

カ月におよぶヴィクトリア女王の治世は、イギリス史および世界史上、ほかに類を見ない時代である。イギリス国民にとって、女王は「いつもそこにいる」存在だった。六〇歳にしてようやく国王となった皇太子は、首相やロンドン市長、政府高官に電報を送る。

わたくしの愛する母、**女王**が、子どもや孫たちに見守られながら息を引き取りました。

大英帝国の全土で女王のために祈りが捧げられ、礼拝が行われた。ウェストミンスター寺院の聖堂参事会員であるヘンズレー・ヘンソン師が一月二七日に行った礼拝がその典型的なものである。

……**女王**は**長きにわたって**君臨された。ほかにこれほどの**君主**がいたか思い当たる者はい

ないだろう。陛下は国民にとても**気さくに**、そして、人を惹きつけるような**思いやり**を持って接してこられたので、われわれは皆、立場を超えて心のつながりを感じているだろう……女王の死によって、国民の心にもたらされた空白の大きさを、まだ理解することはできない……力を持つ者が傑出し、公の立場になると、その意図次第で結果は良くも悪くもなる。堕落した王室は、堕落の温床となり、邪悪な君主は国を災難に陥れる。しかし、われわれは、ヴィクトリア女王の清い人生と秩序ある王室が、その長い治世においてイギリス社会に行ってきたことを振り返れば、いい結果がどのようなものであるかわかるだろう！　聖職者、慈善家、社会改革者はこの六三年年余りずっと、わが国の君主の味方であり、支持者であった……

多くの国民にとって、ヴィクトリアは偉大な母親のような存在で、安心と安全を感じさせてくれる存在だったことは疑いの余地がない。ウェストロンドンユダヤ教会堂のラビ、イシドア・ハリスは女王の人生と功績をダビデ王のそれになぞらえた。

……彼が王として**即位**したときには、王国は**内乱**のために混乱し、小さく、**弱かった**。その国を彼は強くし、**まとめあげ**、エジプト国境からレバノン、そしてユーフラテス川から海へと広がる帝国にしたのだ……女王が即位したときも、イギリスだけでなくヨーロッパ全土が政情不安に陥っていた。君主の座は、（テニスンから女王に贈られた言葉のように）「臣民の総意のもとに広く受け入れられ」、今日のわれわれが目にするような、人々からの愛情に永遠に支えられているような状態からは程遠く、存続の危機にさらされていた……

葬儀

女王の死後すぐに、葬儀の準備が始まった。サー・ジェームズ・リードは、遺体にサテンのドレスを着せ、大綬をつけようとする着付け係と看護師を手伝う。女王の周りに花が並べられた。結婚式のときのヴェールが顔にかけられ、寡婦用の帽子が手元に置かれた。女王が棺の中に入れるようにと、着付け係に命じていた思い出の品にリードが気づいたのはそのときだった。棺の蓋が閉められ、その秘密の品々は、家族の目には触れることはなかった。

葬列が二月二日に永眠の地フロッグモアへ出発するまでの一〇日間、女王の遺体はオズボーン・ハウスに正装安置された。棺はイーストカ

1901年2月2日にヴィクトリア女王の棺を乗せてソレント海峡をわたるアルバータ号

ウズからポーツマスまでロイヤルヨット、アルバータ号に乗せられてソレント海峡をわたった。この厳粛で感動的な様子をデンビー伯爵未亡人シシーが記している。

この日の太陽はすばらしく……しばらくすると、黒い駆逐艦がやって来て、アルベルタ号がオズボーンを出港すると知らせた。イギリスの船舶も外国船も分時砲を撃った……美しく、金色に輝くピンク色に空が染まる……ゆっくりと戦艦の長い列が動く。八隻の駆逐艦は影のようになめらかに動き、その後ろを小さく、弱々しげなアルベルタ号が続く……白い布をかけ、王冠、十字架のついた宝珠、王笏が置かれた棺の周りに身じろぎ一つせずに立つ人の姿が見える。厳粛に、そして静かに、凪いだ青い水面を進んでいく……在位記念の観艦式で堂々と艦隊をご覧になっていたのを思い出すと、息が詰まり、胸がつかえる……ひっそりと……葬列がかすみの彼方に消える……決して忘れることのできない……悲しみを残して。

前ページ:ロンドン市内をヴィクトリア駅からパディントン駅へ向かう葬列

上:棺をウィンザーへ運ぶために、パディントン駅で待機する王室専用汽車

下:「最後の旅」ウィンザー城からフロッグモアの霊廟へ向かう最後の葬列

ポーツマスからは汽車に乗り、葬列はヴィクトリア駅へ発った。そこから二時間かけて、軍隊の先導で葬列がロンドン市内を進む。この中には、新国王エドワード七世、カイゼルと三八人の王子が一緒だった。パディントン駅に着くと、ふたたび汽車でウィンザーへ向かう。伝統に従わなかったことが二つある。チューダー王朝の時代から、君主の国葬は夜に行われてきたが、今回は昼間だった。ウィンザーでは、馬が暴れたので、棺を砲架車に乗せて英国海軍の護衛兵が運ばなければならなかった。

セントジョージ礼拝堂で行われた葬儀には、ヴィクトリアと姻戚関係にあるヨーロッパの王族が参列した。大英帝国の全土でも同じように追悼式が行われた。葬儀が終わると、棺は隣接するアルバート記念礼拝堂に安置された。ここはヴィクトリア女王が亡き夫に捧げる礼拝堂として改築したものだった。それから二日後に、棺は故人の遺志に従ってフロッグモアの王室霊廟に移され、愛するアルバートの隣に並ぶ石棺におさめられた。

こうした中、ベルリンのヴィッキーはモルヒネを投与して痛みを散らしながら、癌と闘っていた。新しく王妃となったアレクサンドラは彼女を見舞い、妹のヘレナが姉に付き添っていた。ヴィッキーは一九〇一年八月五日、母の死から六カ月後に永遠の眠りについた。

終章

ヴィクトリアが亡くなり、愛する夫の横に埋葬されてから、巨大な記念碑がバッキンガム宮殿の表にあるザ・マルに建立された。女王の後継者は全員、直系の子孫で、バルコニーから記念碑を見ることができるバッキンガム宮殿に代々住み続けている。

ヴィクトリアの息子バーティが国王に即位したときには、六〇歳になろうとしていた。彼はエドワード七世と呼ばれることになる。彼の曾孫娘がエリザベス二世として一九五二年に即位し、ヴィクトリアの娘アリス王女の曾孫であるフィリップ・マウントバッテンと結婚する。エドワード七世はオズボーン・ハウスを売ってしまったが、イギリス王室はいまでもバルモラル城での生活を楽しみ、バッキンガム宮殿よりもウィンザー城で多くの時間を過ごしている。

ヴィクトリア女王はその長い人生で、前代未聞の工業的、技術的、社会的な変革を経験した国を統治し、こうした変化の多くを上手に受け入れてきた。自身の私生活も波乱に満ちていた。一八一九年にハノーヴァー王家の公爵の子どもとして生まれ、典型的なジョージ王朝の上流階級の娘として育つ。ロンドンの狭い地域の外で起こっていることには無関心で、馬車を利用し、手紙の

配達は馬に乗った使者に頼む時代だった。ヴィクトリアの人生の最晩年にはロンドンの通りで自動車を見かけるようになり、彼女自身は電報や電話を熱心に使用していた。鉄道は人々の生活を変え、女王は専用汽車を持っていた。

写真技術はヴィクトリアとアルバートが一八五〇年代から利用しており、彼女の治世と家族は初めていろいろな写真を撮られた世代の王族であった。この時代に生まれた大衆向けの新聞や雑誌は、ヴィクトリアと家族の写真を頻繁に掲載する。突如として王室の人々の様子や生活が大衆の身近になったが、前の世代の王族が嫌われていたのとは対照的に、ヴィクトリア一家は真似される対象となった。彼女の治世を通して、王室費がかかりすぎ、責務も果たしていないという理由を掲げて、イギリスでも共和主義者が君主制の廃止を求め、一九世紀のヨーロッパの国々では革命が起きたが、イギリスはそのような事態にはいたらなかった。

ヴィクトリアの最大の功績は、君主制に安定と継続性を持たせ、将来につなげたことだろう。彼女以前のハノーヴァー王家の歴代君主にはこの点が欠けていた。祖父の国王ジョージ三世は、その長い人生の晩年には精神を病み、ふたりの伯父、国王ジョージ四世と国王ウィリアム四世は女性関係が派手で、醜聞に満ちた生活を送っていた。愛人や婚外子が受け入れられていた時代に、ヴィクトリア女王はルーテル派のアルバート王子の影響を受けて、清教徒的な価値観を示した。互いに献身的な夫婦、九人の子どもたちと強い絆で結ばれた家族の幸せな生活、そして清廉な道徳観は、すべての社会階層の人々に影響を与えた。

ヴィクトリアは君主としての責務にできる限り忠実に取り組んだ。初めはアルバート王子にアド

前ページ:ヴィクトリア女王と四人の曾孫(1900年)

バイスを受けながら、前の世代の国王たちとは大きく異なり、君主と議会のいい関係を築き上げた。統治は議会の役目となり、君主の気まぐれに左右されることはなくなった。そのため、ヴィクトリアの治世中に、政府そのものも以前より有権者の声に責任を持ち、二つの選挙法改正法案を通過させることで、有権者の代表としての立場を明確に担うようになった。

ヴィクトリアは首相と対立することもあり、「立憲君主」であるという意味を完全に理解していないように見えたかもしれない。しかし、実際の統治は首相に一任していたのである。いまとなっては推量でしかないが、アルバート王子がもしも生きていたら、女王に、ひいては自分自身にもっと大きな政治的役割を持たせようとしたかもしれない。

彼が亡くなった直後は途方に暮れ、隠遁生活を送っていたものの、ヴィクトリア女王は尊厳と国民の信頼をきちんと取り戻した。女王が表舞台に戻ってきて、ちょうど共和主義者の要求を退けられたのは幸いだった。当時のヨーロッパでは、共和国がたくさん誕生しようとしていた。

ヴィクトリア女王は、国軍の最高司令官としての仕事に、思いやりと優しさを持って臨んだ。彼女は外国で戦う軍隊の中で負傷者や死者が出たとの知らせを聞くと、ひどく心を痛めた。兵隊や水兵の寡婦には見舞金を送り、クリミア半島や大英帝国の戦場から病気やけがで帰国した兵士たちを見舞った。さらにはヴィクトリア十字勲章を制定し、階級に関係なく、著しい活躍をした個人をたたえた。

何よりも、ヴィクトリアは驚くほど偏見にとらわれていない人間で、人種や階級に関係なく友情を育んだ。結婚相手のアルバート王子は外国人であったため、当初、議員や上流階級の多くの人々から信頼されなかった。固い友情を結んだハイランダーのジョン・ブラウンは女王よりも社会的地位が格段に低く、晩年に重用したのはインド人の使用人アブドゥル・カリムだった。彼女が生きた時代の上流階級の女性としては、これは特筆すべき資質だった。

ヴィクトリア女王の性格は複雑で、悲嘆に暮れてつらい状況でも、君主としての責務には忠実だった。一度だけ、一八七七年にロシアがエジプトを掌握しようとしたときに、退位すると脅しをかけたことがあった。女王は内気であると同時に自信に満ちていた。バルモラル城でハイランドの自然を楽しむという素朴な趣味を楽しむ半面、その財力で何千ポンドもするジュエリーを購入することもあった。家族と国家の愛すべき女家長だったが、長男に対して、さらには、孫にあたるカイゼルの性格を心配していたので、彼の母親である第一王女に対しては、極めて辛辣な意見を口にすることもあった。

ヴィクトリアの時代には、社会の変化と不安が例を見ないほど著しかった。ヴィクトリアの夫は、この時代の設計者、技師、革新者、職人、製造業者たちを結びつける触媒の役割を果たしていた。彼の最大の功績かつヴィクトリアの治世における最高の出

オズボーン・ハウスにある女王の部屋

来事の一つは、万国博覧会の開催だった。そして、女王にとっての最大の悲劇はアルバートの早すぎる死であった。

「ヴィクトリア朝」という言葉は女王の名前に由来する。これは莫大な数の物事が生み出された時代だった。産業と労働、発明と革新、デザインと製造、起業家と資本主義、富と貧困、都市への人口集中と裕福な中流階級、大英帝国と帝国主義。さらに、特徴的なヴィクトリア朝風のスタイルや建築様式、工学、製造、ファッション、文学が出てくる。特に文学では、チャールズ・ディケンズ、ブロンテ姉妹、ジョージ・エリオット、ミセス・ギャスケルなどが、この時代の社会的、個人的な激変を独自の視点で描いた。

一九世紀の終わりまでにはイギリスの風景も後戻りが不可能なくらい変化した。建築家と建設業者が加工工場や生産工場を建て、鉄道駅、高架橋、トンネルが作られ、人口が農村部から都市部へと流入し、これに対応するために大規模な住宅建設が行われた。イギリスと大英帝国のいたるところで、屋敷、道、大通り、広場、パブ、庭園、町、市、滝、川、湖、山など、いろいろな場所が、

バッキンガム宮殿の表にあるヴィクトリア記念碑の除幕式

女王夫妻にちなんでヴィクトリアやアルバートと名付けられる。

一九世紀中頃には、エドウィン・チャドウィックの衛生設備に関する発表や、フローレンス・ナイチンゲールによるクリミア戦争での看護の経験をもとに、公衆衛生に対する関心が高まる。サー・ウィリアム・ジェンナーが腸チフスと発疹チフスの違いを発見し、衛生と病気や伝染病の感染におけるバクテリアの役割がより深く理解されるようになった。麻酔薬を開発するために、ドクター・ジェームズ・シンプソンがエーテルとクロロフォルムの実験を行ったおかげで、女王自身も女性に大きな貢献ができた。ベアトリスとレオポルドの出産時に、クロロフォルムを使用したことを公言したので、女性が分娩のときに鎮痛薬を要求できるようになったのだ。在位五〇周年記念式典の折には、ヴィクトリア女王在位記念看護師財団を設立し、さらに多くの女性が地区看護師と助産師の助けを得られるようになった。

ヴィクトリアの治世では、教育と福祉が大きな課題だった。雇用の慣習と教育に関する法律が施行されたので、一九世紀末には子どもが学校に行けるようになり、工場で長時間労働せずにすむようになる。貧民学校、女児の教育に特化した財団、労働者のための大学、公立図書館、慈善団体なども組織され、教育が富裕層のものだけではなくなった。

ヴィクトリアの治世における最後の一〇年間には、大英帝国が絶頂期を迎える。植民地獲得や長年のイギリス人支配の中で、血が流され、残虐行為があったのは疑う余地がない。その一方で、イギリスが植民地を開発するときには民主主義、公正な裁判と法律、全員を対象にした教育などがもたらされ、貧困ができる限り解消されたのも事実である。この大英帝国から、今日のイギリス連邦に発展し、旧植民地の国々では、以前からの法律と裁判のシステムがいまでも機能している。

大英帝国で最大の国であるインドでは、最後のインド副王はヴィクトリア女王の曾孫であるルイス・マウントバッテン・オブ・ビルマ伯爵だった。大反乱のときに独立の可能性を垣間見たインドは、その九九年後にあたる一九四七年に独立する。香港は、市民に対する民主主義の本質について、長い時間をかけて討議したのち、一九九七年に中国に返還された。イギリスは現在では政治的にヨーロッパに根を下ろし、旧植民地出身の移民が多く暮らす多文化の国となった。移民は自国の文化を持ち込み、多くの町や市を彩っている。彼らのイギリスへの同化は必ずしも容易とはいえない。ヴィクトリア女王が手本として示してくれた、人種、宗教、階級にこだわらず、皆を積極的に受け入れる気持ちが欠けているのかもしれない。

ヴィクトリア朝時代の価値観——家族、強い道徳観、豊かで強大な大英帝国——は、われわれの生活から失われてしまったと考えられており、この時代は郷愁の念を持って振り返られることがある。ヴィクトリア女王の死後、その後の一世紀で、人々の生き方は大きく変わった。だからこそ、多くの人々にとっては、一九世紀は混乱の規模が非常に大きく、さらには困難かつ危険で、不確かだったということを、ここでもう一度思い出してみるのが大切ではないだろうか。ヴィクトリアの時代は、女王本人と同じくらいに特別で、その時代、そしてそれ以降の人々の生活に計り知れない影響を与え、後戻りできないくらいの変化を与えたのであった。

訳者あとがき

スマートフォン、ＡＩ（人工知能）、ＳＮＳ（ソーシャルネットワークサービス）など、この一〇数年間だけでも、数えきれないくらいたくさんの新しい製品やシステムが世に送り出された。こうした新技術を活用することでわたしたちの生活は日々大きく変化している。電話やテレビ、コンピューターといったものが、少なくとも先進国では当たり前という状況であるにもかかわらず、今日の技術革新を目まぐるしいと感じてしまう人も多いのではなかろうか。一八世紀半ばの産業革命以降、農業社会からいきなり工業化社会へ放り込まれた人々の驚きや混乱はどれほどのものであったかは想像に難くないだろう。

ヴィクトリア女王は一九世紀のイギリスで、こうした技術的変革のみならず、それにともなう社会的変動のうねりのなかを生き抜いた。共和主義者が君主制廃止を唱え、他国では革命によって王政が廃止されるのを目の当たりにしながらも、イギリスは議会との共存を図って立憲君主制を確立する。先代までの享楽的な国王とは違い、幸せな大家族を築いて中流階級の理想像となり、国民と向き合って人望を集めたヴィクトリア女王だからこそ、この危機を乗り切れたのだろう。もちろん、ヴィクトリア女王が完璧な君主だったわけではない。夫アルバート王子の死後、約一〇年間におよび表舞台には姿を現さないこともあった。

ヴィクトリア・ピークやヴィクトリア・コンサートホールなど、女王の名前を冠した地名や施設が数多くある香港やシンガポールに比べると、ヴィクトリア女王は日本ではなじみの薄い存在かもしれない。しかし、六三年七カ月という長きにわたってイギリス本国だけでなく、植民地支配の賛否はあるにしても、世界に広がる大英帝国を統治して発展に導いた、一九世紀における最も偉大な君主のひとりである。激動の時代に、弱冠一九歳で即位し、失敗を重ねながらも、懇意にしていた政治家やよき助言者である夫から多くを学び、社会の最下層で苦しむ人々にも心を寄せた。その功績の裏では、幼い頃から愛する人々を失い、失意の底から立ち直るという繰り返しの人生でもあった。

本書はヴィクトリア女王本人の作品も含むたくさんの絵や写真とともに、このヴィクトリア女王の一生が、当時の社会の流れと照らし合わせて描かれた作品である。一九世紀のイギリスについてまとめられた歴史書としてのみならず、ヴィクトリア朝の世界を味わいながら、期せずして女王となり、起伏の激しい人生を送った一人の女性の成長物語としてもお楽しみいただければ幸いである。

二〇一七年七月

二木かおる

参考文献

Allison R & Ridell S (ed)
The Royal Encyclopaedia Macmillan 1991
Bigham C
The Prime Ministers of Britain 1721-1921
John Murray 1929
Bradbury M (ed)
The Atlas of Literature
De Agostini Editions 1996
Briggs A
Victorian Cities Penguin Books 1980
Victorian Things Penguin Books 1990
Victorian People Pelican Books 1965〔A. ブリッグズ『ヴィクトリア朝の人びと』村岡健次, 河村貞枝訳, ミネルヴァ書房 ,1988 年〕
Buckle G E (ed)
The Letters of Queen Victoria Series Vol 1.
John Murray 1930
The Letters of Queen Victoria Vols 2 & 3.
John Murray 1908
Canadine D
Class in Britain Penguin Books 2000〔D. キャナダイン『イギリスの階級社会』平田雅博, 吉田正広訳, 日本経済評論社 ,2008 年〕
Carey J (ed)
The Faber Book of Reportage
Faber & Faber 1996〔ジョン・ケアリー『歴史の目撃者』仙名紀訳, 朝日新聞社 ,1997 年〕
Chesney K
The Victorian Underworld Pelican Boks1972〔ケロウ・チェズニー『ヴィクトリア朝の下層社会』植松靖夫, 中坪千夏子訳, 高科書店 ,1991 年〕
Colley L
Britons: Forging the Nation 1707-1837
Pimlico 1994
Cook C
The Longman Companion to Britain in the
Nineteenth Century 1815-1914
Pearson Education 1999
Cumming, V
Royal Dress: the Image and the Reality
1580 to the Present Day B T Batsford 1989
Darwin C
Voyage of the Beagle Penguin Books 1989〔チャールズ・ダーウィン『ビーグル号航海記』内山賢次訳, 改造社 ,1941 年〕
Davies N
Europe Pimlico 1997
Dewhurst J
Royal Confinements
Weidenfeld and Nicholson 1980
Dickens C
Gone Astray and other Papers from Household Words Dent 1980
Dimond F & Taylor R
Crown and Camera, The Royal Family
and Photography 1842-1910 Penguin 1987
Donnison J
Midwives and Medical Men: A History of
the Struggle for the Control of Childbirth
Historical Publications 1988
Duff D
Victoria in the Highlands
Frederick Muller 1968
Ellis R
Who's Who in Victorian Britain
Shepheard-Walywyn Ltd 1997
Esher,Viscount (ed)
The Girlhood of Queen Victoria: A Selection from Her Majesty's Diaries between 1832 and 1840 Vols 1& 2
Fair Play (pseud)
The Marriage of the Queen to Prince Albert
of Saxe-Coburg. A Letter to the People of
Great Britain John Murray 1840
Fletcher B
A History of Architecture Athlone Press 1961
Fraser G F
Textiles in Britain
George, Allen and Unwin 1948
Freeman M
Railways and the Victorian Imagination
Yale University Press 1999
Fulford R (ed)
Dearest Mama Evans Brothers 1968
Gernsheim H & A
Queen Victoria, A Biography in Word and Picture Longman 1959
Greville C F
The Greville Memoirs Vols I-VIII.
Longmans, Green and Co. 1896
Harris Rev I
Sermon Preached at West London Synagogue following the Death of Queen Victoria. 25 Jan 1901
Hensley Canon H
On the Occasion of the Death of Queen
Victoria of Blessed Memory. Sermon preached in, Westminster Abbey
Macmillan 1901
Hill C
Reformation to Industrial Revolution
Penguin Books 1992〔クリストファ・ヒル『宗教改革から産業革命へ』浜林正夫訳, 未来社 ,1970 年〕
HM Queen Victoria
Leaves from the Journal of Our Life in the
Highlands Smith, Elder and Co.1868
More leaves from the Journal of a Life in
the Highlands Smith, Elder & Co. 1884
Hobsbawm E
Industry and Empire Penguin Books 1990〔E.J. ホブズボーム『産業と帝国』浜林正夫［ほか］訳, 未来社 ,1996 年〕
The Invention of Tradition
University Press, Cambridge 1992〔E. ホブズボウム, T. レンジャー『創られた伝統』前川啓治他訳, 紀伊国屋書店 ,1992 年〕
Homans M & Munich A
Remaking Queen Victoria
Cambridge University Press 1997
von Horn J
Memoir of the Approaching Marriage of Queen Victoria I. J. W. Southgate 1839
HRH Princess Marie Louise
My Memoirs of Six Reigns Evans 1956
Hudson D
The Royal Society of Arts 1754-1954
John Murray 1954
Luckhurst K W & Lloyd C
The Quest for Albion
Royal Collection Enterprises 1998
Longford E
Victoria R. I. Pan Books 1966
Mayhew H
London Labour and the London Poor
Penguin Books 1985〔ヘンリー・メイヒュー『ロンドン貧乏物語：ヴィクトリア時代呼売商人の生活誌』植松靖夫訳, 悠書館 ,2013 年〕
Menkes S
The Royal Jewels Book Club Associates 1985
Morgan K
The Birth of Industrial Britain: Economic
Change l750-1850
Addison Wesley Longman 1999
Morris J
Pax Britannica Faber & Faber 1998〔ジャン・モリス『パックス・ブリタニカ：大英帝国最盛期の群像』椋田直子訳, 講談社 ,2006 年〕
Newhall, B
The History of Photography
Seeker & Warburg 1982
One of Her Majesty's Servants
The Private Life of the Queen
C Arthur Pearson 1897
Pevsner N
High Victorian Design: a Study of the Exhibits of 1851 Architectural Press 1951
A History of Building Types
Thames & Hudson 1976
Pevsner N & Bradley S
London 1: The City of London
Penguin Books 1997
Pevsner N & Cherry B
London 3: North West Penguin Books 1991
Porter R
The Greatest Benefit to Mankind
Harper Collins 1997
Priestley J B
Victoria's Heyday Book Club Associates 1974
Ranger T (ed) & Hochschild A
King Leopold's Ghost Macmillan 1999
Reid, M
Ask Sir James Hodder & Stoughton 1987
Shannon, R
Gladstone: Peel's Inheritor 1809-1865
Penguin Books 1999
Gladstone: Heroic Minister 1865-1898
Penguin Books 2000
Small H
Florence Nightingale: Avenging Angel
Constable 1999〔ヒュー・スモール『ナイチンゲール神話と真実』田中京子訳, みすず書房 ,2003 年〕
Smith P
Disraeli: A Brief Life
Cambridge University Press 1999
Staniland K
In Royal Fashion Museum of London 1997
Strachey L
Eminent Victorians Penguin Rooks 1986〔リットン・ストレイチー『ヴィクトリア朝偉人伝』中野康司訳, みすず書房 ,2008 年〕
Queen Victoria Harcourt Brace 1921〔リットン・ストレイチイ『ヴィクトリア女王』小川和夫訳, 富山房 ,1981 年〕
Sutton A & Carr R
Tartans, Their Art and History
Bellew 1984
Tannahill R
Food in History Penguin Books 1988
Thompson E P
The Making of the English Working Class
Pelican Books 1979〔エドワード・P. トムスン『イングランド労働者階級の形成』市橋秀夫, 芳賀健一訳, 青弓社 ,2003 年〕
Towler J & Bramall J
Midwives in History and Society
Croom Helm 1986
Tyler Whittle M
Victoria and Albert at Home
Routledge & Keegan Paul 1980
Turner M
Osborne House English Heritage 1989
Victoria, Princess of Prussia
My Memoirs Eveleigh Nash and Grayson 1929
Warner M
Queen Victoria s Sketchbook Macmillan 1979
Weintraub S
Victoria John Murray 1987〔スタンリー・ワイントラウブ『ヴィクトリア女王』平岡緑訳, 中央公論社 ,1993 年〕
Albert: Uncrowned King John Murray 1997
Wigman A T
An Empire's Lamentation. Sermon Preached
at Collegiate Church of St Mary The Virgin,
Port Elizabeth, 2 February 1901
Wild A
The East India Company Harper Collins 1999
Wilson C A
Food and Drink in Britain Penguin Books 1984
Wood A
Nineteenth Century Britain 1815-1914
Longman 1982
Zeepvat C
Prince Leopold Sutton 1998
Ziegler P
Melbourne Collins 1976

The Crown Jewels Historic Royal Palaces Agency 1996
Frogmore House and The Royal Mausoleum The Royal Collection, St James's Palace 1998
Great Exhibition of the Works of Industry of all Nations, Official Descriptive and Illustrated Catalogue Vols 1, 2, 3. Authority of the Royal Commission, Spicer Brothers 1851
Haemophilia 3 (Suppl. 1) Blackwell Science Ltd 1997
A History of Cable and Wireless(CD) Cable and Wireless Plc 1995
Illustrated London News various *The Times* various *Windsor Castle Official Guide* The Royal Collection, St James's Palace 1997

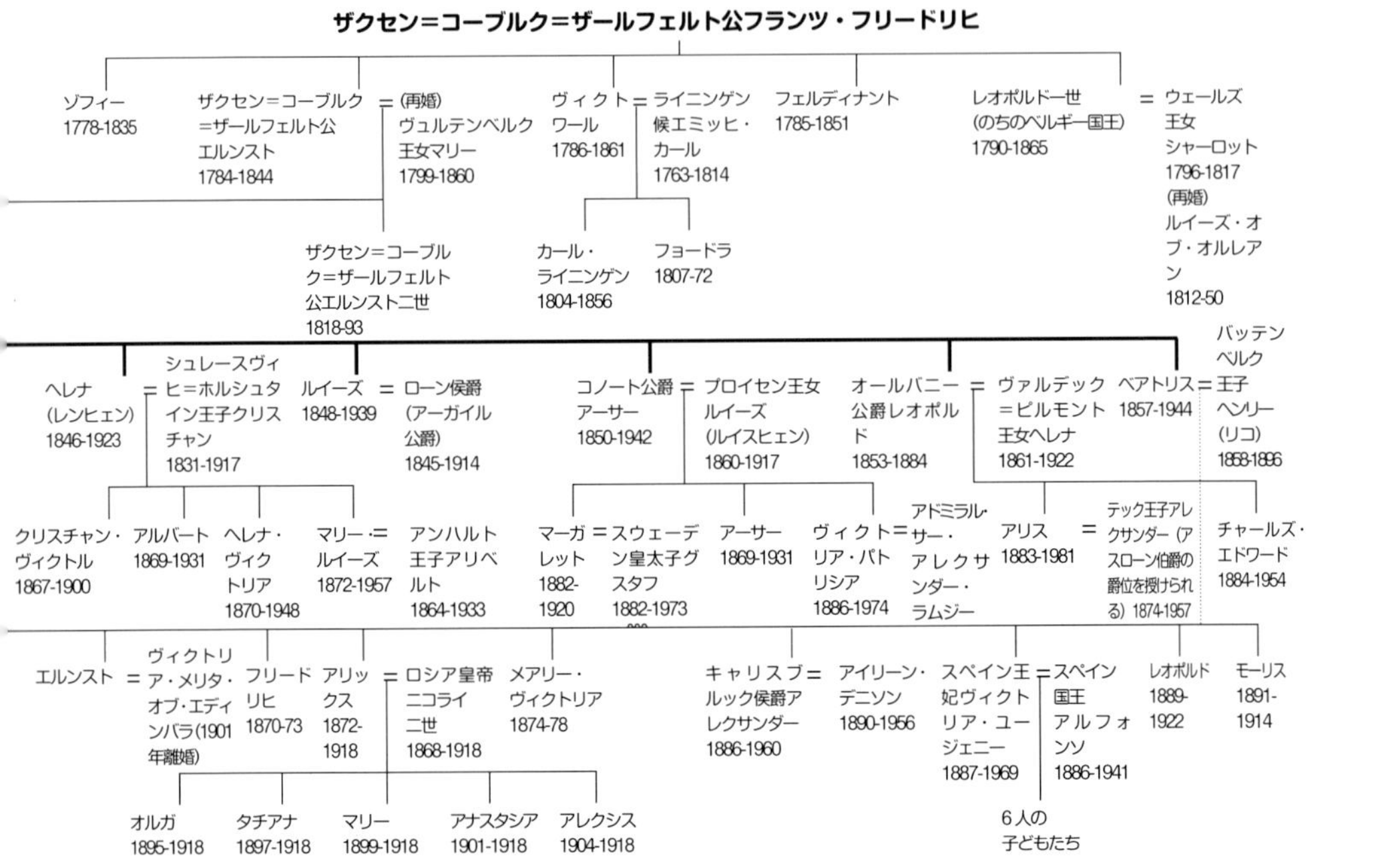
ザクセン=コーブルク=ザールフェルト公フランツ・フリードリヒ
ゾフィー 1778-1835
ザクセン=コーブルク=ザールフェルト公エルンスト 1784-1844
=
(再婚) ヴュルテンベルク王女マリー 1799-1860
ヴィクトワール 1786-1861
=
ライニンゲン侯エミッヒ・カール 1763-1814
フェルディナント 1785-1851
レオポルド一世(のちのベルギー国王) 1790-1865
=
ウェールズ王女シャーロット 1796-1817 (再婚) ルイーズ・オブ・オルレアン 1812-50
ザクセン=コーブルク=ザールフェルト公エルンスト二世 1818-93
カール・ライニンゲン 1804-1856
フョードラ 1807-72
ヘレナ(レンヒェン) 1846-1923
=
シュレースヴィヒ=ホルシュタイン王子クリスチャン 1831-1917
ルイーズ 1848-1939
=
ローン侯爵(アーガイル公爵) 1845-1914
コノート公爵アーサー 1850-1942
=
プロイセン王女ルイーズ(ルイスヒェン) 1860-1917
オールバニー公爵レオポルド 1853-1884
=
ヴァルデック=ピルモント王女ヘレナ 1861-1922
ベアトリス 1857-1944
=
バッテンベルク王子ヘンリー(リコ) 1858-1896
クリスチャン・ヴィクトル 1867-1900
アルバート 1869-1931
ヘレナ・ヴィクトリア 1870-1948
マリー・ルイーズ 1872-1957
=
アンハルト王子アリベルト 1864-1933
マーガレット 1882-1920
=
スウェーデン皇太子グスタフ 1882-1973
アーサー 1869-1931
ヴィクトリア・パトリシア 1886-1974
=
アドミラル・サー・アレクサンダー・ラムジー
アリス 1883-1981
=
テック王子アレクサンダー(アスローン伯爵の爵位を授けられる) 1874-1957
チャールズ・エドワード 1884-1954
エルンスト
=
ヴィクトリア・メリタ・オブ・エディンバラ(1901年離婚)
フリードリヒ 1870-73
アリックス 1872-1918
=
ロシア皇帝ニコライ二世 1868-1918
メアリー・ヴィクトリア 1874-78
キャリスブルック侯爵アレクサンダー 1886-1960
=
アイリーン・デニソン 1890-1956
スペイン王妃ヴィクトリア・ユージェニー 1887-1969
=
スペイン国王アルフォンソ 1886-1941
レオポルド 1889-1922
モーリス 1891-1914
オルガ 1895-1918
タチアナ 1897-1918
マリー 1899-1918
アナスタシア 1901-1918
アレクシス 1904-1918
6人の子どもたち

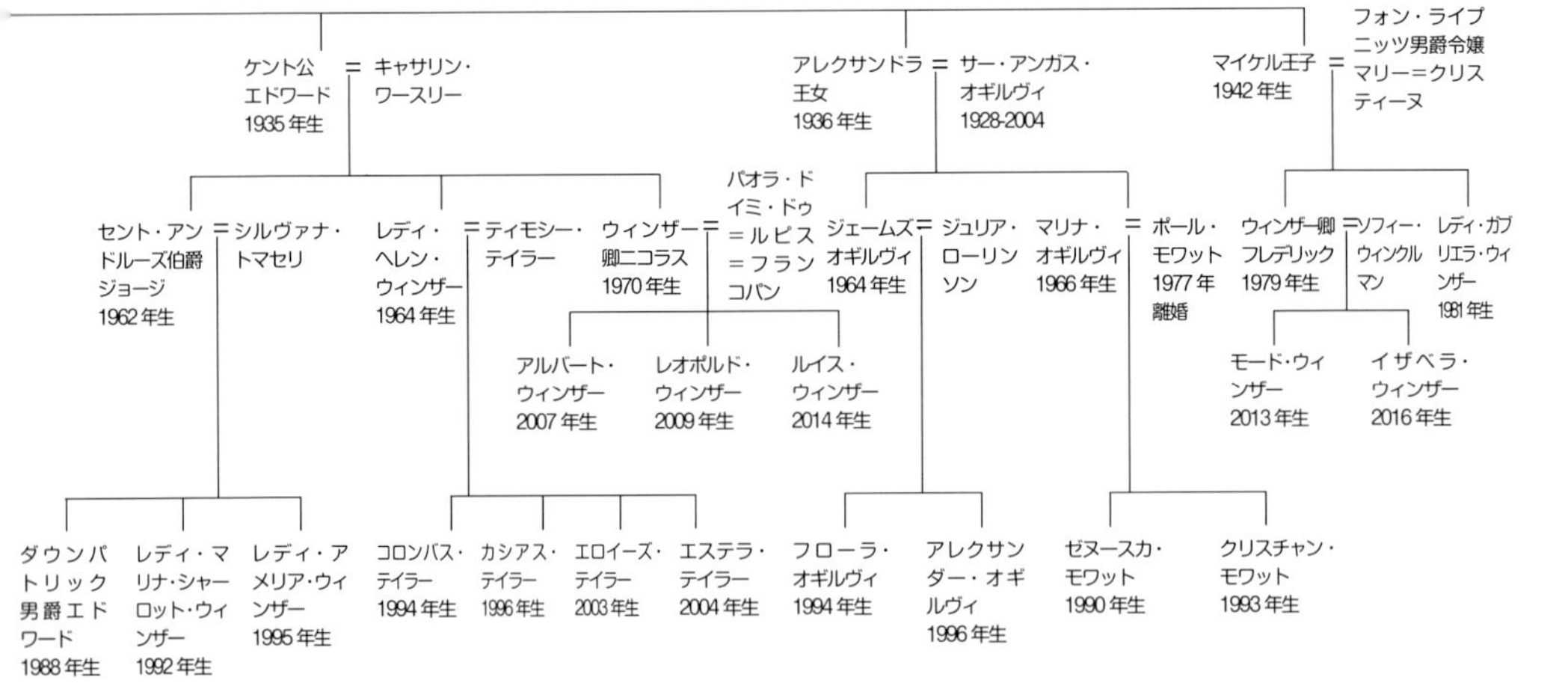
ケント公エドワード 1935年生
=
キャサリン・ワースリー
アレクサンドラ王女 1936年生
=
サー・アンガス・オギルヴィ 1928-2004
マイケル王子 1942年生
=
フォン・ライプニッツ男爵令嬢マリー=クリスティーヌ
セント・アンドルーズ伯爵ジョージ 1962年生
=
シルヴァナ・トマセリ
レディ・ヘレン・ウィンザー 1964年生
=
ティモシー・テイラー
ウィンザー卿ニコラス 1970年生
=
パオラ・ドイミ・ドゥ=ルピス=フランコパン
ジェームズ・オギルヴィ 1964年生
=
ジュリア・ローリンソン
マリナ・オギルヴィ 1966年生
=
ポール・モワット 1977年離婚
ウィンザー卿フレデリック 1979年生
=
ソフィー・ウィンクルマン
レディ・ガブリエラ・ウィンザー 1981年生
アルバート・ウィンザー 2007年生
レオポルド・ウィンザー 2009年生
ルイス・ウィンザー 2014年生
モード・ウィンザー 2013年生
イザベラ・ウィンザー 2016年生
ダウンパトリック男爵エドワード 1988年生
レディ・マリナ・シャーロット・ウィンザー 1992年生
レディ・アメリア・ウィンザー 1995年生
コロンバス・テイラー 1994年生
カシアス・テイラー 1996年生
エロイーズ・テイラー 2003年生
エステラ・テイラー 2004年生
フローラ・オギルヴィ 1994年生
アレクサンダー・オギルヴィ 1996年生
ゼヌースカ・モワット 1990年生
クリスチャン・モワット 1993年生

家計図

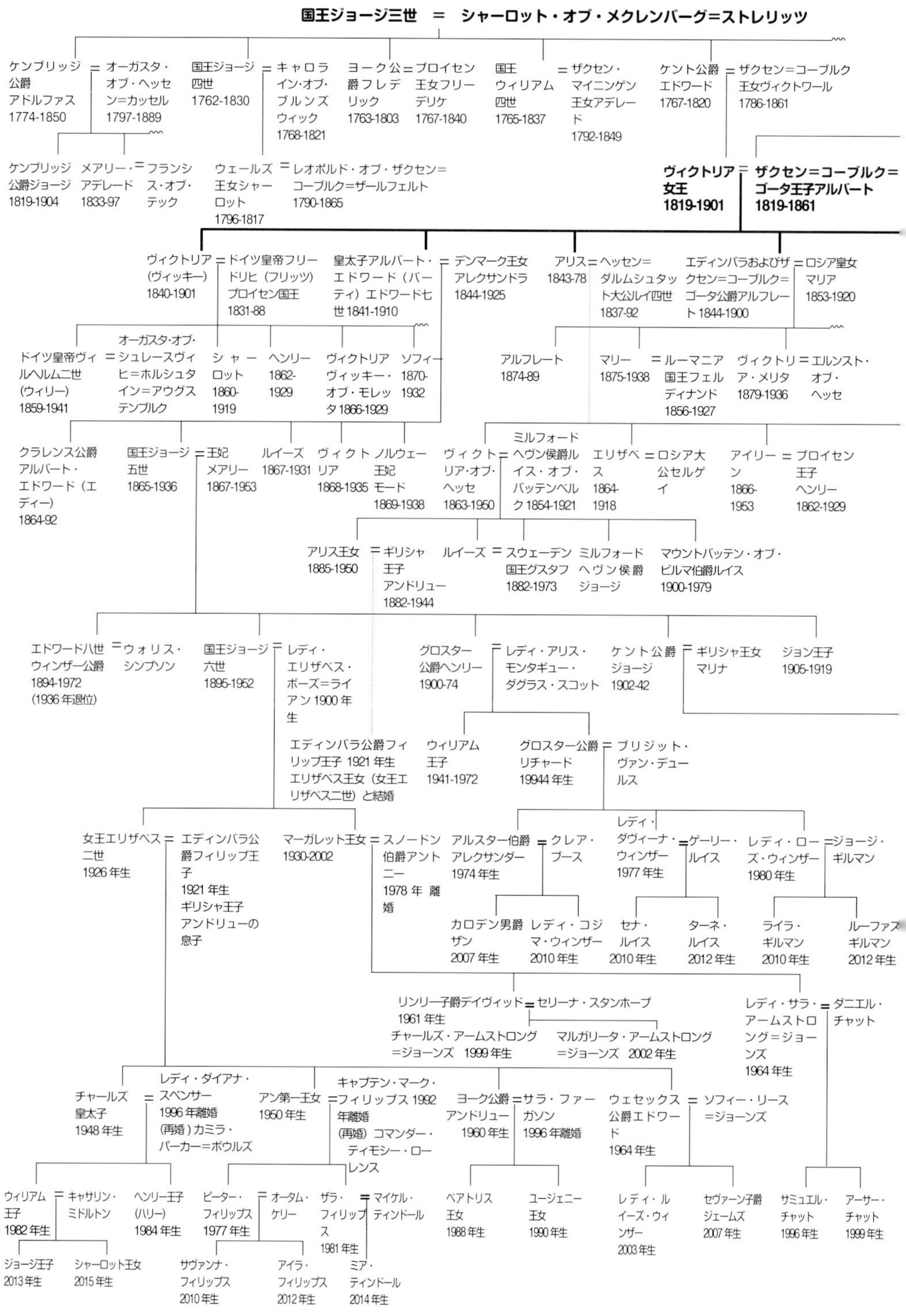
国王ジョージ三世 ＝ シャーロット・オブ・メクレンバーグ=ストレリッツ
ケンブリッジ公爵アドルファス 1774-1850 ＝ オーガスタ・オブ・ヘッセン=カッセル 1797-1889
国王ジョージ四世 1762-1830 ＝ キャロライン・オブ・ブルンズウィック 1768-1821
ヨーク公爵フレデリック 1763-1803 ＝ プロイセン王女フリーデリケ 1767-1840
国王ウィリアム四世 1765-1837 ＝ ザクセン・マイニンゲン王女アデレード 1792-1849
ケント公爵エドワード 1767-1820 ＝ ザクセン=コーブルク王女ヴィクトワール 1786-1861
ケンブリッジ公爵ジョージ 1819-1904
メアリー・アデレード 1833-97 ＝ フランシス・オブ・テック
ウェールズ王女シャーロット 1796-1817 ＝ レオポルド・オブ・ザクセン=コーブルク=ザールフェルト 1790-1865
ヴィクトリア女王 1819-1901 ＝ ザクセン=コーブルク=ゴータ王子アルバート 1819-1861
ヴィクトリア（ヴィッキー）1840-1901 ＝ ドイツ皇帝フリードリヒ（フリッツ）プロイセン国王 1831-88
皇太子アルバート・エドワード（バーティ）エドワード七世 1841-1910 ＝ デンマーク王女アレクサンドラ 1844-1925
アリス 1843-78 ＝ ヘッセン=ダルムシュタット大公ルイ四世 1837-92
エディンバラおよびザクセン=コーブルク=ゴータ公爵アルフレート 1844-1900 ＝ ロシア皇女マリア 1853-1920
ドイツ皇帝ヴィルヘルム二世（ウィリー）1859-1941 ＝ オーガスタ・オブ・シュレースヴィヒ=ホルシュタイン=アウグステンブルク
シャーロット 1860-1919
ヘンリー 1862-1929
ヴィクトリア ヴィッキー・オブ・モレッタ 1866-1929
ソフィー 1870-1932
アルフレート 1874-89
マリー 1875-1938 ＝ ルーマニア国王フェルディナンド 1856-1927
ヴィクトリア・メリタ 1879-1936 ＝ エルンスト・オブ・ヘッセ
クラレンス公爵アルバート・エドワード（エディー）1864-92
国王ジョージ五世 1865-1936 ＝ 王妃メアリー 1867-1953
ルイーズ 1867-1931
ヴィクトリア 1868-1935
ノルウェー王妃モード 1869-1938
ヴィクトリア・オブ・ヘッセ 1863-1950 ＝ ミルフォードヘヴン侯爵ルイス・オブ・バッテンベルク 1854-1921
エリザベス 1864-1918 ＝ ロシア大公セルゲイ
アイリーン 1866-1953 ＝ プロイセン王子ヘンリー 1862-1929
アリス王女 1885-1950 ＝ ギリシャ王子アンドリュー 1882-1944
ルイーズ ＝ スウェーデン国王グスタフ 1882-1973
ミルフォードヘヴン侯爵ジョージ
マウントバッテン・オブ・ビルマ伯爵ルイス 1900-1979
エドワード八世ウィンザー公爵 1894-1972（1936年退位）＝ ウォリス・シンプソン
国王ジョージ六世 1895-1952 ＝ レディ・エリザベス・ボーズ=ライアン 1900年生
グロスター公爵ヘンリー 1900-74 ＝ レディ・アリス・モンタギュー・ダグラス・スコット
ケント公爵ジョージ 1902-42 ＝ ギリシャ王女マリナ
ジョン王子 1905-1919
エディンバラ公爵フィリップ王子 1921年生 エリザベス王女（女王エリザベス二世）と結婚
ウィリアム王子 1941-1972
グロスター公爵リチャード 19944年生 ＝ ブリジット・ヴァン・デュールス
女王エリザベス二世 1926年生 ＝ エディンバラ公爵フィリップ王子 1921年生 ギリシャ王子アンドリューの息子
マーガレット王女 1930-2002 ＝ スノードン伯爵アントニー 1978年離婚
アルスター伯爵アレクサンダー 1974年生 ＝ クレア・ブース
レディ・ダヴィーナ・ウィンザー 1977年生 ＝ ゲーリー・ルイス
レディ・ローズ・ウィンザー 1980年生 ＝ ジョージ・ギルマン
カロデン男爵ザン 2007年生
レディ・コジマ・ウィンザー 2010年生
セナ・ルイス 2010年生
ターネ・ルイス 2012年生
ライラ・ギルマン 2010年生
ルーファス・ギルマン 2012年生
リンリー子爵デイヴィッド 1961年生 ＝ セリーナ・スタンホープ
チャールズ・アームストロング=ジョーンズ 1999年生
マルガリータ・アームストロング=ジョーンズ 2002年生
レディ・サラ・アームストロング=ジョーンズ 1964年生 ＝ ダニエル・チャット
チャールズ皇太子 1948年生 ＝ レディ・ダイアナ・スペンサー 1996年離婚（再婚）カミラ・パーカー=ボウルズ
アン第一王女 1950年生 ＝ キャプテン・マーク・フィリップス 1992年離婚（再婚）コマンダー・ティモシー・ローレンス
ヨーク公爵アンドリュー 1960年生 ＝ サラ・ファーガソン 1996年離婚
ウェセックス公爵エドワード 1964年生 ＝ ソフィー・リース=ジョーンズ
ウィリアム王子 1982年生 ＝ キャサリン・ミドルトン
ヘンリー王子（ハリー）1984年生
ピーター・フィリップス 1977年生 ＝ オータム・ケリー
ザラ・フィリップス 1981年生 ＝ マイケル・ティンドール
ベアトリス王女 1988年生
ユージェニー王女 1990年生
レディ・ルイーズ・ウィンザー 2003年生
セヴァーン子爵ジェームズ 2007年生
サミュエル・チャット 1996年生
アーサー・チャット 1999年生
ジョージ王子 2013年生
シャーロット王女 2015年生
サヴァンナ・フィリップス 2010年生
アイラ・フィリップス 2012年生
ミア・ティンドール 2014年生

年表

1800　グレート・ブリテンとアイルランドの合同法可決

1815　ワーテルローの戦いでウェリントン公爵率いる英蘭連合軍がナポレオン軍を破る。穀物法の導入

1817　摂政皇太子の娘、シャーロット王女が出産時に死亡

1818　ケント公爵エドワードがドイツのザクセン＝コーブルク＝ザールフェルト家王女であり、ライニンゲン侯爵未亡人のヴィクトリアと結婚

1819　ケント公爵夫妻がイギリスに帰国。**5**月**24**日にケンジントン宮殿にてアレクサンドリーナ・ヴィクトリア王女誕生。**6**月**26**日に洗礼を受ける。ザクセン＝コーブルク＝ザールフェルト公爵夫妻にアルバート王子誕生

1820　**1**月**23**日にケント公爵、同**29**日に国王ジョージ三世死去。摂政皇太子ジョージ四世が国王に即位

1821　『マンチェスター・ガーディアン』紙創刊

1825　ストックトン〜ダーリントン間に鉄道開通

1828　ヴィクトリア王女の異父姉フョードラ結婚。王室施療病院とユニヴァーシティカレッジ病院設立

1830　国王ジョージ四世死去。弟のウィリアム四世が国王に即位。ヴィクトリア王女が王位継承者第一位となる。リヴァプール〜マンチェスター間に鉄道開通

1832　第一次選挙法改正法案が可決。シェフィールド王立診療所設立

1833　大英帝国内での奴隷制廃止。対中国貿易独占権を失う

1834　フョードラがケンジントン宮殿を訪問。メルバーン子爵、続いて**11**月にはウェリントン公爵、**12**月にはサー・ロバート・ピールが首相就任。国会議事堂が焼失。トルパドルの殉教者が流刑になる。王立英国建築家協会の設立

1835 ヴィクトリア一家が叔父レオポルドと再婚相手ルイーズ・マリーとともにラムズゲートに滞在。メルバーン子爵が首相再任

1836 ザクセン＝コーブルク家のエルンスト王子とアルバート王子がロンドンを初訪問

1837 **6**月**20**日に国王ウィリアム四世死去。ヴィクトリア女王即位。ヴィクトリア女王がブライトンを訪問。ホイッグ党が総選挙で過半数の議席を失う。ロンドンのユーストン〜カムデン間で電信回線開通

1838 **6**月**28**日にヴィクトリア女王戴冠式。ロンドン〜バーミンガム間に鉄道開通。ユーストン駅開設。グレートウェスタン鉄道のパディントン〜メイデンヘッド間が開通。ジョン・ブライトとリチャード・コブデンによりランカシャーで反穀物法同盟結成

1839 メルバーン子爵が首相辞任。エルンスト王子とアルバート王子による二度目のイギリス訪問。ヴィクトリア女王がアルバート王子に求婚。第一次アフガン戦争でカブールにてイギリス軍の対ロシア軍勝利。清国とのアヘン戦争に東インド会社介入

1840 **2**月**10**日にヴィクトリア女王とアルバート王子が結婚。アルバート王子が反奴隷制協会および王立芸術委員会の会長就任。**11**月**21**日に第一王女ヴィクトリア誕生。都市保健協会の特別委員会がスラムの存在を指摘

1841 **11**月**9**日に皇太子アルバート・エドワード誕生。王室画家のサー・デイヴィッド・ウィルキー死去。フランツ・クサヴァー・ヴィンターハルターが後任に指名される。総選挙後にトーリー党のサー・ロバート・ピールによって第二次内閣成立。ウィリアム・フォックス・タルボットによりカロタイプの写真技法が発明され、写真の複製が可能になる

1842 **5**月と**6**月にヴィクトリア女王とアルバート王子に対する二度の暗殺未遂。アルバート王子の希望により、バッキンガム宮殿の庭園に別棟を建設。ヴィクトリア女王とアルバート王子が「王室専用汽車」で初めての鉄道の旅を経験する。スコットランドでの初めての休暇を過ごす。バロネス・レーツェンが王室を退職してドイツへ帰国。フェリックス・メンデルスゾーンが女王からバッキンガム宮殿へ招待される。イギリス軍が中国軍を破る。香港がイギリスに割譲。東インド会社がイギリス政府に準じる役割を担う。王立委員会による鉱山で働く子どもと女性の労働時間と労働条件を改善する法案通過。工場法に

よって同様の改善が繊維工場でも行われる。エドウィン・チャドウィックが労働貧民の衛生状態に関する研究を発表。手術と抜歯の麻酔にエーテルが初めて使用される。エッチングを使った『イラストレイテッド・ロンドン・ニュース』紙創刊

1843　**4**月**25**日にアリス王女誕生。ヴィクトリア女王とアルバート王子がワイト島を訪問。ヴィクトリア女王がヘンリー八世以来、初めてフランスを公式訪問。アルバート王子がソサエティ・オブ・アーツの会長に指名される。ウィリアム・グラッドストンが商務大臣就任。ヘンリー・コールが初めてクリスマスカードの作成を依頼。劇場法が議会を通過し、劇場内で飲食物の販売が可能になる

1844　**2**月にアルバート王子の父、ザクセン＝コーブルク家のエルンスト公爵死去。**8**月**6**日にアルフレート王子誕生。ロッチデールで労働者のグループにより、初の生活協同組合の店が開店。貧民救助法成立。これにより、婚外子の母親が子どもの父親に養育費を請求可能になる。貧しい子どもに教育の機会を与えるため、シャフツベリー卿が初の「貧民学校」設立

1845　ワイト島の地所を購入し、新しくオズボーン・ハウスを建設するにあたり、ヴィクトリア女王による定礎式が行われる。アルバート王子がヴィクトリア女王をローゼナウ城へ連れて行く。アイルランドがジャガイモ飢饉に見舞われる。フリードリヒ・エンゲルスが『イギリスにおける労働者階級の状態』を出版。トーマス・クックが鉄道旅行を企画

1846　**5**月**25**日にヘレナ王女誕生。バッキンガム宮殿改築のため、政府が二万ポンドを支出。穀物法が廃案となり、サー・ロバート・ピールが首相退任に追い込まれる。ラッセル卿が首相就任

1847　ヴィクトリア女王が初めて海水浴を楽しむ。ライオネル・ロスチャイルドがロンドンのシティー選出の議員となる。共産主義同盟がフリードリヒ・エンゲルスとカール・マルクスにより結成。女性専門サマリタンフリー病院設立。ロンドン大学が女子生徒を受け入れる。ドクター・ジェームズ・リードがエーテルの鎮痛薬としての効能を発見する。イギリス長老派教会海外伝道委員会が設立

1848　メルバーン卿死去。**3**月**18**日にルイーズ王女誕生。バルモラル城の購入。ウィンザー城にて初の王室御前上演。アルバート王子とソサエティ・オブ・アーツにより、万国博覧会の計画作成。公衆衛生法により、下水設備と公衆衛生が改善。フランスのルイ・フィリップが退位しイギリスに亡命。ケニントンコ

モンでチャーティスト運動の集会開催。マルクスとエンゲルスが『共産党宣言』発表。WH・スミスがロンドンの鉄道駅における本の販売許可を取得

1849　ヴィクトリア女王の四〇歳の誕生日を記念して、ヴィンターハルターによる家族の肖像画がオズボーン・ハウスに飾られる。ヴィクトリア女王の暗殺未遂。ヴィクトリア女王とアルバート王子が初めてアイルランドを訪問。国王ウィリアム四世の妻、アデレード皇太后死去。ロンドンにヴィクトリア駅開設

1850　**5**月**1**日にアーサー王子誕生。ヴィクトリア女王がブライトンのロイヤル・パヴィリオンを六万ポンドで街に売却。オズボーンで子ども用のスイス風コテージの建設開始。サー・ロバート・ピール死去。ワイズマン枢機卿がローマカトリック教会のウェストミンスター大司教就任。ルイ・フィリップ死去。初の公立図書館が開館。女子生徒のためのノース・ロンドン・コリージット・スクールがフランシス・メアリー・バスによりカムデンタウンに開校。ウィリアム・ワーズワース死去。アルフレッド・テニスン卿が桂冠詩人に任命

1851　オズボーン・ハウスの新しい棟が完成。**5**月**1**日にロンドンで万国博覧会が開会され、トーマス・クックが見学ツアーを企画。**10**月**15**日に万国博覧会の閉会式典。国勢調査の実施。海底ケーブルを使用して、ロンドンからパリへ音が送信される。ポール・ジュリアス・フォン・ロイター男爵がロンドンに最初の通信社を開設。チャールズ・ディケンズが『ハウスホールド・ワーズ』誌を創刊

1852　ウェリントン公爵死去。ダービー伯爵、引き続いて**12**月にはアバディーン伯爵が首相就任。サム・ビートンが『英国夫人の家庭画報』誌創刊。南米伝道協会設立

1853　**4**月**7**日にレオポルド王子誕生。ヴィクトリア女王が出産時にクロロフォルムを使用。バルモラル城の建設着工。ロシアがドナウ川を越えて侵攻。トルコがロシアに宣戦布告。子どもの労働をさらに制限する法案が可決。ナポレオン三世がウジェニーと結婚。大都市圏を対象に煙突排煙規制法案が可決

1854　**9**月にバルモラル城の定礎式。フランスとイギリスがロシアに対して宣戦布告し、クリミア戦争勃発。テニスンが『軽騎兵の突撃』を詠う。**9**月にセヴァストポリ包囲

1855　ヴィクトリア一家がバルモラル城へ移る。プロイセンのフリードリヒ皇太子がヴィッキーの婚約者としてバルモラルを

訪問。事故専門ポプラー病院設立。ヴィクトリアとアルバートが大型ヨットヴィクトリア＆アルバート二号を購入し、フランスを公式訪問。負傷兵が入院中のチャタム病院の環境にヴィクトリアが愕然とする。パーマストン卿が首相就任。ロシアがセヴァストポリ撤退。トーマス・クックがパリの国際博覧会への団体旅行を企画。『デイリー・テレグラフ』紙と『クーリエ』紙が創刊

1856　クリミア戦争終結。ヴィクトリア女王が初のヴィクトリア十字勲章を授与。ヴィクトリアの異父兄であるカール・ライニンゲンと、いとこのヌムール公妃ヴィクトワール死去

1857　**4**月**14**日にベアトリス王女誕生。アルバート王子の称号が王配殿下となる。シュトックマー男爵の引退。ナポレオン三世とウジェニー皇妃がイギリスを訪問。アルバート王子の主導により、マンチェスターでマンチェスター美術名宝博覧会が開催。ベンガルでインド大反乱が勃発

1858　**1**月に第一王女がプロイセンのフリードリヒ皇太子と結婚。インドで平和宣言。ダービー伯爵が首相就任。ライオネル・ロスチャイルドが初めて下院議員に選出。インド現地人キリスト教教育協会が設立

1859　レオポルド王子が血友病であると判明。プロイセンのヴィルヘルム王子誕生。ヴィクトリアとアルバートは祖父母となる。パーマストン卿が首相就任。チャールズ・ダーウィンの『種の起源』、ビートン夫人の『ビートン夫人の家政読本』が出版。大学による中米伝道協会が設立

1860　侍医サー・ジェームズ・クラークが引退し、ドクター・ウィリアム・ジェンナーが後任となる

1861　**3**月にケント公妃死去。**12**月**14**日にアルバート王子死去。**12**月**28**日にウィンザー城のセントジョージ礼拝堂にて葬儀

1862　アリス王女がルイ・ヘッセ＝ダルムシュタット王子と結婚

1863　ヴィクトリアがコーブルクとローゼナウ城を訪問し、アルバート記念碑を見学。ソサエティ・オブ・アーツがアルバートメダルを発行。シュトックマー男爵死去。ロンドンのビショップスロードとファリンドンストリートのあいだに初の地下鉄開通。トーマス・クックがスイスへの団体旅行を企画

1864　皇太子夫妻に長男アルバート誕生

1865 ベルギー国王レオポルド一世死去。ジョン・ブラウンが「女王のハイランドの従僕」となる。皇太子夫妻に次男ジョージ誕生。パーマストン卿死去。ラッセル伯爵が首相就任。女性参政権運動が始まる。イギリスとインドのあいだに電信ケーブルが敷設。出産が原因でビートン夫人死去。中国内陸伝道協会が設立

1866 ダービー伯爵が首相就任。大西洋に電信ケーブルが敷設。ドクター・バーナードが初の青少年向け施設を設立

1867 カルロ・マロケッティがフロッグモアの霊廟に設置するヴィクトリア女王とアルバート王子の彫像を制作

1868 アルバート王子の遺体が霊廟に安置。ヴィクトリア女王とフローレンス・ナイチンゲールにより、セントトーマス病院に初の看護学校の定礎式が行われる。ベンジャミン・ディズレーリが、続いて12月にグラッドストンが首相就任。セントパンクラス駅建設。トーマス・クックがホテルクーポンを導入

1869 トーマス・クックがナイル川をクルーズする団体旅行を企画

1870 ヴィクトリア女王のために小さい王冠が製作される

1871 皇太子が腸チフスに感染

1872 セントポール大聖堂でヴィクトリア女王の暗殺未遂。女王の異父姉フョードラ死去

1873 血友病が原因でアリス王女の息子であるフリードリヒ・ヴィルヘルム死去

1874 エディンバラ公アルフレート王子が、ツァーリの一人娘マリアと結婚。ディズレーリが首相再任

1875 イギリスがスエズ運河の筆頭株主となる

1876 ヴィクトリア女王がインド女帝となる。ケンジントンガーデンでアルバート記念碑の除幕式。ディズレーリがビーコンズフィールド伯爵の称号を与えられて貴族に列せられる。アレクサンダー・グラハム・ベルが電話を発明

1877 ロシア皇帝によるエジプト侵攻の表明を受けて、ヴィクトリア女王が退位をほのめかして応戦する

1878 アルバート王子の命日と同じ**12**月**14**日にアリス王女死去。コノート公爵アーサー王子と、プロイセンのフリードリヒ王子の娘であるルイーズ・マーガレット王女が婚約。第二次アフガン戦争

1880 ディズレーリが首相辞任。グラッドストンが首相就任

1881 ディズレーリ死去。第一次南アフリカ戦争

1882 レオポルド王子がヴァルデック＝ピルモント公国のヘレナ王女と結婚

1883 **3**月**27**日にジョン・ブラウン死去。レオポルド王子とヘレナ王女夫妻に娘アリス誕生

1884 ジョン・ブラウンの命日にレオポルド王子死去。ヴィクトリアの孫娘ヴィクトリア・ヘッセン＝ダルムシュタット王女がバッテンベルク家のルイ王子と結婚

1885 ベアトリス王女がバッテンベルク家のヘンリー王子と結婚。ソールズベリー卿が首相就任

1886 グラッドストンが首相再任後、辞任。ソールズベリー卿が首相就任

1887 ヴィクトリアの在位五〇周年記念式典の関連行事が**6**月**20**日から始まる。インドからアブドゥル・カリムが到着

1888 **2**月にフリードリヒ皇太子がプロイセン皇帝となり、ヴィッキーがプロイセン皇妃となる。ヴィクトリア女王がベルリンを訪問し、宰相ビスマルクと会談。皇帝が死去し、ヴィクトリア女王の孫ウィリーがカイゼルとなる

1889 アブドゥル・カリムが「女王のムンシー」となる

1890 オズボーン・ハウスにダーバールームが増築される

1892 皇太子の長男アルバート・エドワード、アリス王女の夫ヘッセン＝ダルムシュタット家のルイ、アルフレッド・テニスン卿が死去。グラッドストンが首相再任

1893 エルンスト・ザクセン＝コーブルク公爵死去

1894 アリス王女の三女であるアリックスがロシア皇帝ニコラ

イ二世と結婚。ムンシーが「女王のインド人秘書」となる

1895 サー・ヘンリー・ポンソンビー死去。アフリカでジェームソン進攻がボーア人によって阻止される。ダイムラーが自動車の製造開始。総選挙でトーリー党が勝利し、ソールズベリー卿が首相就任

1896 ベアトリス王女の夫であるヘンリー王子（リコ）がマラリアで死去。ロシア皇帝ニコライ二世と皇后（孫娘のアリックス）がバルモラル訪問。アルフレッド・オースティンが桂冠詩人に任命。マルコーニが無線の機器を携えてロンドン訪問

1897 ヴィクトリア女王の在位六〇周年。セントポール大聖堂の表で式が執り行われる

1898 グラッドストン死去。アレクサンダー・グラハム・ベルが飛行機の製作開始

1899 アルフレート王子の息子、小さなアルフレートが結核により死去。ヴィクトリア女王が電話を頻繁に使用するようになる。第二次南アフリカ戦争

1900 ヴィクトリア女王がダブリン訪問。夏にアルフレート王子、続いてヴィクトリア女王の孫であるシュレースヴィヒ＝ホルシュタイン家のクリスチャン王子が死去。皇太子がダイムラー社の自動車を三台購入

1901 **1**月**17**日にヴィクトリア女王がオズボーン・ハウスで脳卒中を起こし、**1**月**22**日に死去。**8**月**5**日にベルリンでヴィクトリア女王の娘である、プロイセン皇后ヴィッキー死去

◆**著者**
デボラ・ジャッフェ (Deborah Jaffé)
作家、写真家、画家。著書に "*The History of Toys: From Spinning Tops to Robots*（玩具の歴史：こまからロボットまで）", "*Ingenious Women*（聡明なる女たち）", "*What's Left of Henry VIII*（ヘンリー８世の遺産）" などがある。ヴィクトリア女王の治世に特別な関心を寄せ、著者によるロンドン万国博覧会（1851 年）についての調査はイギリスのチャンネル４のテレビ番組〈ヒストリー・ハンターズ〉でも取り上げられた。ロンドン在住。

◆**訳者**
二木かおる　（にき　かおる）
関西外国語大学卒業。約 15 年間滞在したシンガポールで博物館のボランティアガイド活動のかたわら実務翻訳の経験を積む。帰国後、出版翻訳の道に入る。

カバー、表紙画像
ヴィクトリア女王、1859 年。フランツ・クサーヴァー・ヴィンターハルター画

図説《ずせつ》 ヴィクトリア女王《じょおう》
英国《えいこく》の近代化《きんだいか》をなしとげた女帝《じょてい》

●

2017年9月1日　第1刷

著者……………デボラ・ジャッフェ
訳者……………二木《にき》かおる
装幀……………川島進
発行者……………成瀬雅人
発行所……………株式会社原書房
〒160-0022 東京都新宿区新宿 1-25-13
電話・代表　03(3354)0685
http://www.harashobo.co.jp/
振替・00150-6-151594
印刷……………シナノ印刷株式会社
製本……………小髙製本工業株式会社

ISBN 978-4-562-05429-9, printed in Japan